Zum Buch

»Mein Leben tut weh! Wünsche verschwinden auf Nimmerwiedersehen. Meine Träume stehen mit kaputten Rücken an Wänden. Und die Liebe ist ein Massengrab.« Roland ist Huberts und Karlas Sohn und genau hier liegt sein Problem. Nur zu gerne würde er seine Abstammung leugnen, sie abwaschen, aber durch jede Pore atmet seine Herkunft. Und was nutzt der schönste Schein, wenn im Inneren alles fault ...

Dirk Bernemanns erster Roman ist eine schmerzhafte Abrechnung mit der deutschen Durchschnittsfamilie, mit ihrer Unfähigkeit zur Kommunikation und den Folgen, die für alle Beteiligten daraus erwachsen. Bernemann seziert seine Protagonisten bei lebendigem Leibe, sieht in sie hinein und durch sie hindurch. Ein Buch, das zur aktuellen Diskussion über Prekariat und Unterschicht, zu Kindererziehung und Krippenplatz, zu Gewaltvideos auf Handys und der Verrohung unserer Gesellschaft nicht passender sein könnte.

Zum Autor

Herr Bernemann wurde vor wenigen Jahren zwischen dem Ruhrgebiet und den Niederlanden geboren. Er wollte schon immer Bücher schreiben, also schrieb er, seit er es konnte, beginnend mit ungefähr sieben Jahren. Er war schon als Kind fasziniert von Musik und schönen, aber auch nicht so attraktiven Worten. Herr Bernemann schreibt Bücher voller Geschichten und Gedichte. Nicht alle Gedanken, die er hat, findet er selber gut, einige hasst er sogar. Er findet es im Moment nicht doof, bekannt zu sein, findet es aber doof, mit Idioten bekannt zu sein, um mit denen Bratwurst oder so zu speisen. Zusammen mit Benedikt Ator spielt er zudem in der Band HORQUE. Er liebt Kultur, seinen Wortschatz und manchmal sogar sich selbst. Er ist nicht elegant, sieht aber immerhin noch gut aus, wenn er auf die Fresse fällt. Mehr unter *www.dirkbernemann.de*

Lieferbare Titel

Ich hab die Unschuld kotzen sehen 1 + 2

Dirk Bernemann

Satt. Sauber. Sicher.

Roman

WILHELM HEYNE VERLAG
MÜNCHEN

Die Originalausgabe erschien im Ubooks Verlag

FSC
Mix
Produktgruppe aus vorbildlich
bewirtschafteten Wäldern und
anderen kontrollierten Herkünften
Zert.-Nr. SGS-COC-1940
www.fsc.org
© 1996 Forest Stewardship Council

Verlagsgruppe Random House FSC-DEU-0100
Das für dieses Buch verwendete
FSC-zertifizierte Papier *Holmen Book Cream*
liefert Holmen Paper, Hallstavik, Schweden.

Taschenbucherstausgabe 03/2010
Copyright © 2008 by Dirk Bernemann
Copyright © 2010 dieser Ausgabe
by Wilhelm Heyne Verlag, München
in der Verlagsgruppe Random House
Printed in Germany 2010
Umschlagillustration: Stills-Online Bildagentur
Umschlaggestaltung: yellowfarm gmbh, s. freischem
Satz: C. Schaber Datentechnik, Wels
Druck und Bindung: GGP Media GmbH, Pößneck

ISBN: 978-3-453-67568-1

www.heyne-hardcore.de

Inhalt

Das Vorwort aus dem Vorort 7

Unkraut versteht sich 9

Geliebte Schwester Hoffnung 34

Humankapital (the broker is broken ...) 53

... and the Oscar NEVER goes to ... 108

Chilling and killing 144

Die Axt und der Stammbaum 163

Vater, Mutter, Anstalt 188

Gehirnsucher und Saftgehirne 202

Das letzte Krankenhaus hat keine Fenster 213

Leben im Glascontainer 221

Prädikat unverfilmbar 232

Ich: Innenministerium 239

Zu Besuch im Lazarett der globalen Wirklichkeit 251

Vernichtungsgeschichten 264

Im Schauspielhaus der Andersartigkeit 277

Im Institut der Leere 284

... die nicht wissen, dass sie Nasen haben 295

Entzauberung der Kunst 301

Das Vorwort aus dem Vorort

Liebe Leserinnen und Leser,

ich beglückwünsche Sie zum Kauf oder Diebstahl dieses Buches. Ich bin Ihnen zu Dank verpflichtet, denn Sie bereichern nicht nur sich in kultureller Hinsicht, sondern auch mich in vielerlei anderer Hinsicht.

Auch Ihr Geld stinkt wie alles andere Geld auch. Da erzähle ich wohl niemandem was Neues. Aber Sie haben sich für dieses Buch entschieden und dafür haben Sie einfach ein Lob verdient.

Bitte schön.

Gut gemacht.

Weiter so.

Das wollte ich einfach mal loswerden.

Hochachtungsvoll

Ihr

Dirk Bernemann

**Für die Liebe …
die ja bekanntermaßen
ein Held ist!!!**

Unkraut versteht sich

*»... I count my bones
while I still wait
and if you ask me ›yes‹
I still live in Villa Hate ...«*
Phillip Boa – Villa Hate

Liebe. Das Gefühl, das ein Herz kaputt macht. Druckluft ins Gehirn bläst. Es ist die Fähigkeit, sich mit einem anderen Menschen zu ertragen. Ohne diesen oder sich selbst umzubringen.

Die Luft wird weniger, wenn zwei sie atmen. Das Zulassen von Wegatmen zuversichtlichen Sauerstoffs, das ist Liebe. Wenn man das akzeptiert, kann man lieben.

Vielleicht.

Manchmal ist alles, was wir brauchen, ein reinigendes Gewitter.

Draußen Nieselregen, deutscher Nieselregen. Das Wetter, das sich draußen so aufhält, hat überwiegend Graufärbungen. Ein Wetter, bei dem Leute, die sich lieben (oder zumindest respektieren und nicht verachten) und denen es die Tagesstruktur gestattet, liegen bleiben. Sich gegenseitig beschlafen und dann anfangen zu fressen. Normaler Samstag in Deutschland und am Ende ist man so platt, dass man bei Wetten, dass ...? einschläft.

Mit Chipsresten am Mund, ein Bier ist umgefallen, aber das kann man ja am Sonntag wegmachen. Schnell den dicken Partner geweckt, und mit Salzstangen und Käsegebäck zwischen den Zähnen erhebt mensch sich und kuschelt sich mit dem Fernsehschläfer ins Bett. Schläft dann vollgefressen und pseudoglücklich mit Bildzeitungsbewusstsein ein. Schnarcht, aber das kann man ja haben, denn man liebt ja die speziellen Geräusche, die dicke Partner so machen.

Da ist die Leere kein Gefängnis, denn man hat ja alles. Was zum Fressen, was zum Betäuben und was zum Beschlafen. Eingerichtet im Mittelmaß.

Wie schön.

Und Thomas Gottschalk redet einen in die Bewusstlosigkeit und man findet bestimmt auch noch Phil Collins Musik schön. Man fasst sich ein Herz und lebt halt einfach, bis man liegen bleibt.

Anspruchslosigkeit im Kopf, dafür maximale Ansprüche an die Freizeit, ans Fernsehprogramm, an die Speisekarten von Pommesbuden. Für Zweifelsfälle gibt es ja Politiker, über die man meckern kann, obwohl man es ja wieder an irgendeinem Sonntag zu irgendeiner Wahl nicht geschafft hat wegen dringenderer Tätigkeiten wie kacken, gucken, atmen oder sein.

Etwas abseits der Norm bewegen sich Hubert und Karla. Sie sind füreinander Dinge voller Scheiße, die Raum einnehmen, der eigentlich ihnen zur Verfügung stehen sollte. Zeitdiebe, nicht mehr.

Man versaut sich das Leben und ist zu träge aufzustehen und jemanden zu töten, der für dieses Leben verantwortlich ist. Den Partner oder sich selbst. Man mag Operationen am offenen Gehirn vornehmen, um alles rauszuschneiden, was den anderen zu doof macht.

Kopp auf – Hirn weg – Kopp zu. Partner schafft mich ...

Das Aufwachen neben diesem Ding, das einen nervt.
Es stinkt.
Es atmet.
Ja, verdammt es atmet. Es atmet Schlechtigkeit.
Dieser ewig existente Ekel geboren aus Mundgeruch, körperlichen Eigenarten und Gedankenkrankheiten.

Schlimm das Aufwachen, lieber so tun, als schläft man noch, lieber einfach sterben und Montag wieder aufwachen, dann kann man in Ruhe zur Arbeit. Hat diese Verpflichtung, an der man sich festhält, nur um nicht zu reden. Zur Arbeit kann der Mensch mit einem bestimmten Ziel gehen. Das Wochenende aber formuliert eine abscheuliche Ziellosigkeit vor.

Hassschaum im Hals von Mann und Frau. Beiderseits steht da weißer Schaum unter der Unterlippe und wellt sich. Bindungszweck ist, sich zu hassen. Die Schikanen des Lebens gerecht umzuverteilen. Dass das Leid und die Scheiße nicht bei einem selbst bleiben, dafür muss man schlagen. Sich und andere. Besser aber andere.

Das denken beide, Hubert und Karla.

Das Nebeneinander, die Gewohnheit, das schlimme Böse zwischendurch. Die alles durchflutende Druckluftleere, die Männer impotent und Frauen putzsüchtig macht.

Das alles wohnt in diesem Einfamilienreihenhaus mit Garten. Der Rasen grünt, als gäbe es morgen kein Grün mehr. Vor dem Haus der gewaschene Wagen. Der muss da stehen, Hubert parkt ihn gern da ein. Jeder soll ihn sehen.

Hubert hat ein Markenauto aus Deutschland. Vorne ein Stern. Endlich nach all diesen gebrauchten Opels und Mobilen ohne Seele und Anerkennung steht da dieses Ding rum. Vorne vor dem Haus.

Vorne in dem Wagen ist ein Navigationssystem. Da drin wohnt eine kleine Frau, die sagt, wo man hinfährt. Die würde Hubert gern kennenlernen, die kleine serienmäßige Benzschlampe, aber er ist zu doof, das Navigationsding korrekt zu bedienen, und die kleine Frau sagt immer nur: »Guten Tag, bitte geben Sie Ihr Fahrziel ein ...« Damit ist der Hubert dann überfordert und wohin man auch fährt, sagt sie nur diesen einen Satz.

Karla hasst Autofahren. Sie hat selbst keinen Führerschein, den hat nur Hubert. Dieser Zweckfahrmann ist in ihren Augen ein nichtsnutziger Totalversager. Sein Auto der Ersatz für einen kleinen Penis und weitere Minderwertigkeitskomplexe aller Art.

Ach ja, Huberts Penis. So kurz geraten und so lange nicht mehr gesehen. Sexuelle Frustration, wohin die Gedanken auch schweifen. Karlas Vagina vereinsamt zusehends. So sieht die Sache für Karla aus.

Ein Typ voller Krankheiten und Lähmungen, der sich an Sachen aufgeilt, die so unnütz sind wie eine Karaokemaschine für Analphabeten, und nicht an ihr. So gern wäre sie wieder erfüllt von seiner, nein, lieber irgendeiner Männlichkeit.

Man hat Es versehentlich geheiratet. Man hat dann wegen dieser Traditionsehe Kinder gezeugt und groß gemacht.

Das war eigentlich eine gute Zeit, weil die Familienzucht keine Zeit für Zwischengedanken ließ. Hubert und Karla als Hengst und Stute. Sie waren überfordert mit der Aufzucht ihrer Brut. Da kamen Kinder aus Karlas Schoß geblutet, die man sich anders gewünscht hätte. Viel zu laut diese Zwerge, viel zu individuell, viel zu dumm, viel zu beweglich.

Schrecklich dieses Zusehen in Kombination mit dem eigenen Verwelken. Die Kinder.

Das Heranwachsen. Das Lernen.

Und die Idiotie der Kinder passte Karla und Hubert nicht. Die Zucht so schwer, die Nahrung so teuer, die Abende zu müde zum Sein. So dämmerten sie dahin. Und beide wussten sie nicht, was da eigentlich passiert war, das große »Warum?« über ihren mit schweren Gedanken beladenen Köpfen. Aber so war es nun einmal, der Ist-Stand dieser Ehe.

Nach der Geburt der beiden Kinder, als sie so sechs oder acht Jahre alt waren, war Hubert so genervt von seinem Zuhause, von seinem nicht vorhandenen Leben, dass er es immer mehr mied, wirklich zu Hause Ansprechpartner für Frau und Kinder zu sein. Lieber unterwegs sein und die Wichtigkeit des Geldverdienens vortäuschen.

Unterwegs sein mit beschissenen Autos.

Daheim dann die Frau, die Frau, die alles gut machen wollte, die Familie zusammenhalten, die Kinder gut behandeln, nicht schlagen die Kinder, bloß nicht schlagen, obwohl man ihnen gerne Socken in die vorlauten Münder gesteckt hätte, wenn sie mal wieder die Welt erklärt haben wollten.

Manchmal hat sie sie aber geschlagen und die Wirksamkeit einer flachen Hand auf einem Kinderpo, die man im

Vollrausch der Gefühlsüberforderung niedersausen lässt, hat Karlas Erziehungsstrategie vervollständigt.

Aber sie fand sie auch so süß, diese beiden Jungs, wie sie sich in ihren Pullovern einrollten, die sie strickte, die Karla. Jeden Winter strickte sie den kleinen Kerlen einen viel zu bunten und viel zu süßen Pullover und jedes Jahr verbrauchte sie mehr Wolle, als sie wollte. Ebenso süß fand sie die Schokoladenmünder ihrer Kinder.

Sie aßen so unkompliziert und frei, wie Kinder eben essen, und häufig gab es eben diese Schokolade als Besänftigung für die Kleinen. Manchmal auch in völlig unbedachten Situationen. Ein Kind warf zum Beispiel etwas runter, das auf der Erde Scherben verursachte, das andere Kind kroch durch den Scherbenhaufen und verletzte sich an der kleinen Hand und am Ende aßen alle friedlich Schokolade. Erziehung ist halt auch Gefühlssache, sagte sich Karla immer.

Zwischendurch schleicht sich purer Hass durch alle Poren des Denkens. Irgendwann erkennt man sich dann doch als Individuum in der Ehe wieder.

Die Zweckgemeinschaft, in der man sich dumm und fett fühlt und alleingelassen. Weit weg von der Wichtigkeit des eigenen Seins fühlen sich Hubert und Karla wie Eiterbeulen kurz vorm Zerplatzen.

So dünn die Haut über dem gelben Schleim.

Die Kinder, die es gibt, sind äußerlich gesund, drinnen haben sie die Genetik ihrer Eltern. Hubert und Karla sind ahnungslose Eltern. Sie haben zwei Jungen das Leben geschenkt, die aber schon in freier Wildbahn umherrotieren und sich ihr genetisches Material meistens anders wünschen.

Hubert und Karla am Anfang eines Morgens.

Beide stehen also aus lauter Gewohnheit auf. Es ist halt so. Und wenn sich das nicht ändert, bleibt das so. Das Gefühl im Inneren eines Vulkans, dessen Ausbruch nur noch Formsache ist. Es brodelt in ihren Gehirnwindungen. Es dampft und zischt durch ihre Adern. Der ganze Körper im Widerstand stehend.

Mann gegen Frau. Es ist wie Magnetismus, zwei Pole, die sich abstoßen. Nur Opposition ohne Regierung. Auch die Selbstverwaltung der eigenen Gedanken leidet unter dieser Grundstimmung.

Die Frau geht in die Küche, kümmert sich um den Tisch, stellt den voll mit Sachen, holt die Zeitung ins Haus. Die Frau steht vor dem Haus. Guckt auf die Straße raus. Sieht dieses Scheißauto und kriegt Bauchschmerzen vor unausgesprochener Abneigung. Dieses Sich-in-den-Alltag-spülen-Lassen macht so unglaublich müde. Das symbolisiert ihr Blick auf die Straße, auf die Fassade der anderen Häuser, in denen auch Paare wie Hubert und Karla leben. Hinter diesen Wänden wohnen ebenfalls Menschen aus Abneigung und kaputter Sympathie.

Das motorisierte Statussymbol ihres Mannes. Es steht da und hat eine negative Ausstrahlung. So wie dieser Tag.

Tiergeräusche dringen vom Vorgarten her in Karlas Ohren. Leidvolles Tierwimmern. Nachbars Miezekatze kotzt miese Miezekotze, weil sie vom dummen Dünger aß, den Hubert an die Pflanzen gemacht hat.

Die Frau guckt der Katze zu, die sich theatralisch auf den Bürgersteig erbricht, dabei ihren kleinen Katzenschädel auf den Asphalt donnert, und geht wieder rein.

Die Katze erliegt dem dummen Dünger, bricht formlos zusammen vor der Tür.

Der Garten ist aber, scheiße noch eins, grün und in vollster Blüte.

Der Mann ist im Bad. Rasiert sein altes Gesicht. Sieht seine Haare, die sich um den Kamm wickeln und dranbleiben am Scheißkamm.

Sieht sein Gesicht nach der Rasur.

Sieht sich verfallen.

Sieht sich als zusammengeknülltes Handtuch. So sieht nämlich sein Gesicht aus. Besser geht es nicht mehr. Die Frau hat laut Mann Schuld dran. Das Altern geht schneller bei hohem Nervfaktor.

Eine sehr einfache, aber wahre Formel.

Guten Morgen, happy Kaffee, Schatz.

Da ist ein Haus der Lüge, darin wohnen zwei sehnsüchtige Menschen und alles ist so sauber. Eine breite Hausfrauenzunge hat scheinbar die Fugen zwischen den Fliesen im Wohnzimmer geleckt. Ein sexuell frustrierter Fettsack hat scheinbar alles Unkraut des kleinen bunten Vorgartens an der Wurzel abgehackt. Ein gewaschener Wagen vor der Tür. Hier wohnen gute Menschen, die wählen gehen, Freunde zum Grillen einladen und Bioprodukte genetisch veränderten Produkten vorziehen. Hier guckt man die Lindenstraße, die Tagesschau und den Tatort.

Hinter diesen Mauern.

Mann und Frau in gewohnter Zwietracht. Und das schon seit über 30 Jahren. Keiner kann mehr genau sagen, was da mal war, warum man sich fand und nicht einfach ein an-

deres Wesen gefickt hat und danach links oder rechts liegenließ. Güte strömt durchs Haus.
Die Fassade glänzt.

Hubert am Kaffeetisch. Karla auch. Kein Blick, warum auch? Blicke machen nichts. Blicke verändern nichts.
Blicke töten nicht.
Beide sind sie 55 und es ist ein Samstag und was soll man schon machen. Sitzen sie also rum um diesen Kaffeetisch. Hubert die verlogene Tageszeitung, Karla eine dumme Illustrierte lesend. Das lässt keine Blicke zu. Auch die Notwendigkeit von Worten scheint nicht zu bestehen. Dafür aber eine Menge Gedanken.

Der Tisch ist gedeckt mit Hass, Eierbecher, Untertasse, Tasse, Teller, kleiner Löffel, großer Löffel, Gabel, Messer, Blutmarmelade.
Hubert und Karla frühstücken.
Marmelade in die Wunde des durchgeschnittenen Brötchens. Salz auf die Eier, denen man die Köpfe abgeschlagen hat. So würde man das gern mal mit dem Gegenüber machen. Den Kopf mit dem scharfen Messer ab und kiloweise Salz in die Wunde und dann in Ruhe den Kaffee in die Tasse und den Ehepartner ausbluten lassen.
Dann ein Brötchen geschmiert. Und irgendwas gefühlt zwischen Fernsehgarten und dem Morgenmagazin. Auf jeden Fall Spaß in die Trostlosigkeit des späten Lebens.

Hubert kann sich nicht aufs Lesen konzentrieren, wenn Karla isst. Ihre Haltung, sitzend am Tisch, allein wäre schon ein Grund, ihr einfach so eine Gabel in die Wange zu stechen, diese selbstzufriedene, emanzipierte Frauenhaltung.

Gerader Rücken, die Brust provokativ nach vorn gedrängt, die Beine übereinandergeschlagen. Warum sitzt sie so, fragt sich Hubert.

Das Geräusch, das das Zerkaute zwischen ihren Zähnen macht, die Feuchtigkeit ihres zähen Speichels, all das ekelt ihn massiv an.

Karla vermutet Verschwörungen gegen sich hinter der Tageszeitung. Zerbricht sich minütlich räuspernd den Kopf. Guckt in eine *Tina*, so heißt ihre Zeitschrift mit Vornamen. Die *Tina* begleitet die Karla schon länger und sie beratschlagt sie. Sie gibt ihr Hinweise, Horoskope und eine Rätselseite, um sich klug und überlegen zu fühlen. Karla und *Tina* sind so richtig gute Freundinnen, auch wenn *Tina* jede Woche neuen Themenschlamm absondert, den Karla aussaugen darf. Diese Freundschaft ist gereift. Karla nähert sich einem Artikel, von dem sich ihr Geist nähren will. Darin steht, dass es Frauen gibt, die ihren Mann mit über 60 verlassen, weil sie doch mal erkannt haben, dass er ein Arsch ist.

Aha, denkt Karla, sieht ihr Problem mehr als deutlich, erkennt aber nicht die Chance, trinkt Kaffee und schmatzt absichtlich laut an ihrem Brötchen rum.

Hinter der gegenübersitzenden Zeitung ist deswegen Blutdruck 180. Die Worte und Bilder aus der Zeitung bewegen sich vor Huberts Augen hin und her. Nicht zu erfassende Sinnhaftigkeit. Er versucht, einen Artikel über Fußball zu fixieren, sieht aber nur Buchstabensuppe und Bilder von Jungkickern drum herum.

Dann geht's wieder und der Artikel sagt, dass Frauen der natürliche Feind des Fußballs sind. Die ganze Emanzenlitanei schreibt sich da einer von der Seele.

Bauchmänner, die Bier schlürfend Länderspiele gucken, werden fast in einen Sack mit Vergewaltigern und anderen Perversen gesteckt. Dagegen sollten sich Männer entschieden wehren, schreibt der frustrierte Kolumnist. Weiter schreibt er, dass er es satthabe, wenn die Frauen so einen sozialen Psychodruck auf ihn ausübten.

Das tut ja weh. Hubert leidet mit dem Mann, blättert aber um und ihn interessiert ja auch das Wetter für die nächsten Tage, aha Nieselregen.

Nächster Artikel aus der bunten Betonkopfzeitung. Eine Kleinstadt bewohnt von gewöhnlichen Deutschen. Einem bestgutintegrierten Afrikaner hat eine deutsche Randalegruppe das Gehirn entfernt in rabenschwarzer, undurchsichtiger Nacht.

Die Manier von Psychos.

Geprügelter Hund. Der Schädel allseits offen.

Die Münder der Umstehenden auch.

Auf der Suche nach Moral findet Hubert kein Mittel, sich zu finden. Deutschland ist so krank. Vielleicht wird es wieder Lichterketten geben müssen. Muss man eigentlich immer hierbleiben, nur weil man hier geboren ist?

Hubert weiß es nicht.

Was wäre das für ein Leben, in dem da nicht täglich diese Frau ist, dieses ewig schmatzende Ding, ohne diesen ewigen Zwang zur Unkrautvernichtung, ohne den Blick auf das, was Realismus ist.

Hubert hat Hunger nach einer warmen Zufriedenheit, nach Verwöhnaromen; irgendwie sehnt er sich nach seiner Mutter, ihrem Geruch und ihren Handlungen, nach einem Stück behaglicher Kindheit, nach einem Leben ohne Träume, weil alles da ist.

Mensch isst sich nicht satt, weil mensch hasst. Der Kaffee wird nachgeschenkt, dafür die Blätter kurz gesenkt. Milch und Zucker rein und die Anspannung geht nicht weg. Die tanzt im Raum.

Und tritt heftig gegen die Köpfe der Ehepartner. Die merken nur die Erschütterungen in ihren Hirnen und halten das für Lebendigsein und zweifellose Wahrhaftigkeit. Ein Stück Gewohnheit.

Karla muss kacken.

Ein Stück bahnt sich den Weg vom Dickdarm Richtung Anus. Sie wirft wortlos die *Tina* auf den Tisch, sodass die Kaffeetasse übersuppt. Stellt einen Blick her, gafft durch die gegenüberliegende Zeitung auf diesen ausgeblichenen, farblosen und vor allem unscharfen Mann, der da, wie sie denkt, selbstzufrieden abhängt, und hält das, was sie sieht, für ein Bündel zusammengeknülltes und benutztes Toilettenpapier.

Dann geht sie raus aus dem Zimmer und die räumliche Distanz macht erst mal ein Lächeln an und danach sofort Skepsis.

Was ist, wenn er in meinen Kaffee pisst?

Würde ich das schmecken? Dann hätte ich endlich einen Grund, ihn mit der Kaffeekanne totzuprügeln.

Sie genießt zwei Räume weiter analen Ausklang.

»Mit 17 hat man noch Träume« heißt ein alter Schlager, den sie vor sich hinsummt, und weiter konstatiert der Schlager, dass dann noch alle Bäume wachsen würden in den Himmel der Liebe, natürlich.

Ja, wohin denn auch sonst.

Unterdessen ist auch bei Hubert Ruhe eingekehrt der Abwesenheit seiner Gattin wegen. Er entspannt sich, hat sogar kurzzeitig eine Erektion, als er ein warmes Brötchen anfasst.

Die Penetranz in Person scheißt derweil ihre Liebe ins Klo. Hubert schließt die Augen. Sekunden voller Glück umtanzen sein Bewusstsein und NUR, weil SIE gerade kacken muss.

Er fühlt sich wie im Urlaub auf irgendeiner karibischen Insel. In ihm drin bunte Cocktails, an ihm dran Sonnenstrahlen und die Hände von kleinen Strandnutten, die natürlich NUR auf IHN gewartet haben.

Begehrenswert fühlt er sich in seiner verdorbenen, autistischen Welt. Kleine Hände an seinem Schwanz, während er an Cocktailhalmen süßen Rausch in sich saugt.

Eine Klospülung unterbricht säuselnd und plätschernd den Egourlaub. Dann hört er Schritte in seine Richtung und nimmt schnell die Zeitung wieder hoch und seine miese Grundstimmung wieder auf.

Karla setzt sich wieder hin und meint, ihr Kaffee würde irgendwie gelblich schimmern.

Nach Wohlstandspisse riechen obendrein.

»Den trink ich nich' mehr«, denkt sie, »meines Gatten krankhaft-wahnsinniger Urin im koffeinhaltigen Heißgetränk für Erwachsene muss ja nicht sein.«

Sie hat ja noch Brötchen dastehen und die *Tina* liegt mit breit geöffneten Seiten konsumierbar vor Karla. Sie nimmt die Zeitschrift an sich, ohne den Plan diese zu lesen, sondern nur mit der Idee, sich dahinter zu verbergen. Karla will ihr Gesicht nicht zeigen. Hubert auch nicht, besser sind da schon die Belanglosigkeiten der Alltagspresse.

Zu einer Zeit, als in diesem Haus noch zwanghaft kommuniziert wurde, weil da Kinder waren und mehr Leben drin war, haben sich die Eheleute einen Plan eines Samstages gemacht.

Hubert findet nun irgendwo auf der Arbeitsfläche der Küche einen Zettel und ergibt sich in das Schicksal des Zum-Einkaufen-Geschickten.

Wortlos geht auch das. Hubert einkaufen, Karla putzen.

Jeder hier kennt das, jeder hier macht das.

Immer. Reine Routine findet hier statt. Es hat noch keiner ein Wort gesagt bis auf den Nachrichtensprecher, der aus dem Radio leise Katastrophen flüstert von Terrorismus und Innenpolitik.

Das Geld ist da, weil der Hubert, der hat ja Arbeit. Baustelle. Der Kran, den er lenkt, symbolisiert eine hohe Verantwortung.

Das kann man nicht einfach so machen und leider kann man es auch nur montags bis freitags machen. Und jetzt ist Samstag, ist Selbstmord und zumindest besteht die Möglichkeit der Kurzzeitflucht durch den Lebensmitteleinkauf.

Der folgende Sonntag wird auch ohne Leben sein, nur das verzweifelte Zucken des Sich-aus-dem-Weg-Gehens. Vermeidungsstrategien, lange Aufenthalte in Räumen, in denen man alleine ist, wie Bad oder Küche.

Schweigende Fernsehzerstreuung.

Das Schlafengehen ohne Lust und ohne intensive Müdigkeit, weil der Tag einfach mit nichts außer Gedankenamok gefüllt war.

Karla räumt Frühstücksutensilien in die Spülmaschine, ihren Kaffee gießt sie aus eben genannten Skepsisgründen in die Spüle, wo er schwarz tropfend versackt.

Jetzt geht Hubert kacken. Irrer Frohsinn auf beiden Gesichtern. Aber keiner zeigt sein Gesicht dem anderen. Mann freut sich aufs Ausscheiden, Frau aufs Alleinsein in der Küche.

Etwas fehlt, schreit das Leben, obwohl alles vorhanden ist.

Obwohl alles an seinem Platz ist.

Die Gewissheit ist in beiden Köpfen: Ehe ist nicht dazu da, um glücklich zu sein, es geht darum, sich nicht zu langweilen. Und wenn man sich doch langweilt, so wie es hier der Fall ist, bleiben immer noch Mordfantasien.

Und dreckiger Hass, der den Kopf bis an den Rand füllt und die Schädeldecke von innen deformiert.

Gedanken wie bösartige Tumore. Kommen.

Kommen.

Kommen.

Hubert auf dem Klo, auch er hat einen Schlager im Kopf, den er früher mit Trinkfreunden und willigen Beiwerksmädchen gebrüllt hat. Während stressige braune Suppe aus seinem Anus in die Schüssel klatscht, denkt Hubert ein Lied, ein Lied aus seiner Jugend.

Udo Jürgens, der mit immer gleicher Frisur Generationen deutscher Frauenherzen entflammt hat. Ein Lied über Sehnsucht: »... ich war noch niemals in New York, ich war noch niemals auf Hawaii, einmal verrückt sein und aus allen Zwängen flieh'n ...«

Wie viel Wahrheit in diesem Lied steckt, merkt Hubert, als er eine rasende Mordlust wegen unausgelebter Sehnsucht entwickelt. In ihm klingelt dieses Lied, er hört die Arbeitsgeräusche von Karla in der Küche und sieht sich dann wie ein geistesgegenwärtiger Wahnsinniger mit einer handlichen Kettensäge der Karla den Schädel abrasieren.

Der Kopf schlägt auf die Fliesen und guckt Hubert an. Der Restkörper räumt weiter die Spülmaschine ein.

Recht so, denkt Hubert, scheißt zu Ende, nimmt wie immer zu wenig Klopapier und wäscht sich mit Absicht nicht die Hände, nur um damit eventuell seine Frau zu berühren.

Es ist immer so, dass an diesen Samstagen die Karla Sachen auf einen Zettel schreibt, die Hubert einkaufen soll. Während Hubert dann weg ist, um all dieses Zeug zu besorgen, leckt Karla mit ihrer fleischigen und fleißigen Zunge die Bude sauber.

Gießt dann Blumen und zwischendrin kleckern Musikfetzen durch das Wohnzimmer, die Karlas Gedanken zertrümmern. »... für mich soll's rote Rosen regnen, mir sollten sämtliche Wunder begegnen, die Welt sollte sich umgestalten und ihre Sorgen für sich behalten ...«

So blubbert die Hildegard, die Knef, die schon tot ist, durch das Zimmer. Hat sich damit für Karla und andere Menschen unsterblich gemacht.

Statt roter Rosen regnet es mittlerweile lediglich kranke Gedankenschauer in Karlas Hirn und statt Wunder begegnen ihr nur Wunden. Und die werden von Hubert gesalzen.

Hubert, der wundersame Wundensalzer.

Hubert besteigt sein Auto, in seinem Hirn rumort es. Das Gehirn will expandieren, die Grenzen des Schädels sprengen, raus aus dem Kopf, sich zerschlagen und anfangen, neu zu denken.

Geht aber nicht. Irgendwas in ihm, sei es Vernunft oder Feigheit, tritt in ihm auf die Bremse und so ist er *full speed* egal.

In ihm Raserei, aus ihm raus keine Regung.

Hubert fühlt sich wie ein Auto, bei dem einer Vollgas gibt, aber vergessen hat, einen Gang einzulegen. *Full speed* neutral eben. Als Hubert den Zündschlüssel umdreht, eskalieren seine Gefühle. »Guten Tag, bitte geben Sie Ihr Fahrziel ein«, erotisiert es ihn aus seinem unbedienbaren Navigationssystem.

Du Schlampe, denkt Hubert und fährt zum Supermarkt. Jede Minute sagt die kleine Frau: »Guten Tag, bitte geben Sie Ihr Fahrziel ein.« Aber das kann Hubert nicht.

Und das Gerät plappert ihn in den allmählichen Wahnsinn, in dem er sich eigentlich schon befindet. Das ist wie ein Sumpf, in den man mit jeder Bewegung, die man tun kann, immer nur tiefer einsackt. Tiefer und tiefer in einen Taumel gerät, der nur das Verschlucken des Selbst zelebriert.

Währenddessen saugt Karla die Wohnung. 1600 Watt Leistung saugen kleine, wehrlose Flusen aus Sesseln, von Teppichen, aus Ecken, wo nie jemand sein und stehen wird.

Für Karla sind 1600 Watt Staubsaugerleistung zu wenig. Sie fühlt immer noch Schmutz in diesen Zimmern und überall diese Unruhe, weil hier dieser dreckige Mann wohnt.

An ihm kleben Bakterien und Viren, die er hier auf die Erde atmet und damit alles kaputt verseucht. Dagegen helfen auch keine 1600 Watt Saugerleistung. Dagegen würde ein Gewehr helfen, das dem Mann ein Loch in die Brust oder den Kopf abmacht.

Oder wenn der Mann hier tatsächlich weiter umherstrauchelt, muss was zum Schutz her. Ein NASA-Anzug.

Karla saugt unsichtbaren Dreck vom Fußboden und sich ihr emotionales Ungleichgewicht aus dem Kopf. Ist schwer, denn es kommt immer schneller neues Ungleichgewicht. Ständig neuer Schaum vorm Mund. Der blubbert und schmeckt nach Blut und Sünde. Kleine Träume sind auch dabei, nur die sind so undeutlich, geschmacklos und blass, allzu blass.

Geschmacklose Träume, die zu klein sind, um sie zu betrachten, sowie die nahezu unsichtbaren Staubpartikel in der Luft und die Bedeutungslosigkeit kleiner Flecke auf dem indischen Teppich. Karla beißt sich zwischendurch auf die Zunge, nur um einen Schrei zu vermeiden, der in ihr gärt und ihre Persönlichkeit dem Wahnsinn näher bringt.

Der Innenmundschmerz ist so bekannt wie der stechende Geruch, der Huberts Körper umspielt. Die Monotonie des Staubsaugers heilt.

Beruhigend das blöde Motorengeräusch des Staubsaugers. Gleichbleibend Karlas Saugbewegungen. Sie fährt mit diesem Gerät über den faserigen Teppich, über glatte, kalte Fliesen, über ein Leben, das keines ist. Das könnte sie den ganzen Tag tun.

Hubert unterdessen im Supermarkt. Liest diesen dummen Zettel. Holt sich einen Einkaufswagen. Schiebt den durch die belebten und von Gehirndurchfallmusik beschallten Gänge.

Waschmittel, Putzlappen, Hackfleisch, Bratensoße, Äpfel (grün), Seife, Gefriergemüse, zwei Handgranaten (es sind zwei, um ganz sicherzugehen), großer Spaten, Holzkiste.

Die letzten drei Punkte erscheinen nur vor Huberts geistigem Auge, der Supermarkt bietet so tolle Sachen ja auch gar nicht an. Hubert kauft, wie es ihm aufgetragen wurde. Er schaut sich die Regale an, die Menschen, die mit ihren gewaschenen Händen Dinge da rausnehmen.

Sich in die Schlange vor der Kasse einreihen mit anderen Samstagvormittagskäufern. Hubert hasst diese Supermarktatmosphäre, ist aber trotzdem gern hier, denn seine Frau ist woanders. Hubert schiebt seinen Wagen vor sich her, genießt das hysterische Geschrei von Kindern, die beim Schokoladenriegelüberangebot vollkommen ausflippen und von überforderten Eltern erniedrigt werden.

Er erinnert sich an seine eigene Kindheit, in der es vielleicht vier Sorten Schokolade gab.

Schreiende Kinder vor ihm und Mütter, denen der adäquate Umgang damit fehlt. Diesen Stress zu beobachten, entspannt Hubert, es ist ja nicht sein Stress.

Dann steht Hubert an der Kasse und ein langfingriges Kassenmädchen scannt Huberts Einkäufe.

Hochtoniges Piepen intensiviert das Entspannungsgefühl. Dann sagt sie »45 Euro« und dann noch »79 Cent« und Hubert bezahlt das und bewundert ihre geschickten Hände, wie sie Wechselgeld aus verschiedenen Fächern der Kleingeldlade der Registrierkasse fummeln. Diese Hände, genau diese Hände bitte, bitte um seinen Schwanz.

Er lächelt das Mädchen an, die schaut neutral und scannt schon des nächsten Einkäufers Warenkollaps. Hubert trägt den ganzen Scheiß zum Auto und packt da alles rein.

»Guten Tag, bitte geben Sie Ihr Fahrziel ein.« Ganz fieser Terror in Huberts Gehirn. Vielleicht sollte er doch noch mal die Bedienungsanleitung von dem Navigationssystem lesen. Vielleicht würde er dann verstehen, wie man sich die sexy Stimme gefügig macht. Vielleicht sollte er einfach mit hoher Geschwindigkeit vor eine Betonmauer fahren.

Zu viele extreme Eventualitäten.

Karla putzt das Klo. Sie lächelt, sie lacht fast. Putzen macht sie glücklich. Da erblüht sie, denn alles schön saubermachen mit der Kraft ihres Körpers und ihrer Reinigungsmittel, das macht ein Gefühl von Überlegenheit.

Einer muss es ja tun, Karla tut es, es ist wie eine Aufgabe von einer höheren Macht gestellt. Haushaltshandschuhe bis zu den Ellenbogen hochgezogen und bewaffnet mit Reinigungsmittelflaschen.

Alles ganz chemisch.

Alles blockiert die Atmung.

Karlas Kick an Samstagen. Eine Nase Scheuermilch und die Bescheuertheit geht einen Moment weg. Die Toilette, der ganze Raum, die ganze Wohnung, das ganze falsche Leben beginnt, nach Essig und Zitrone zu stinken.

Der typische Samstagsduft und Karla wird ganz weich davon im Schädel und ein kleiner Stechschmerz klopft von innen an die Schläfen. Ihr Kopf im Klo. Ihre Haushaltsfinger entfernen dort Kackreste.

Huberts Kackreste, ganz klar. So scheißt nur ein Mann. So Rückstände hinterlassend. So Spurenelemente verweigernd. So anders, so krumm, so hinterhältig miefig.

Karla würgt, nimmt noch schnell eine Extranase Scheuermilch. Wie gut. Wie richtig. Glückliche Menschen können solche Geschichten nicht erzählen und auch Karla schweigt darüber, denn wem sollte sie so was erzählen? Ihren Söhnen? Würden die das nach all den Jahren verstehen? Dass sie weggezogen sind, versteht Karla. Ein wenig gekränkte Mutterliebe gesellt sich zur Gesamtdepression.

Essig und Zitrone.

Hubert fährt zurück und macht Umwege. Jede kleine Zeiteinheit ohne Nervfaktor Karla verschönert sein Leben. Jeder Moment ohne die Alte hat Qualität.

So rechnet Hubert.

So kalkuliert er sein Leben.

Da gibt es wertvolle Sekunden und Karlasekunden, die so müde machen. Die Kapazität seiner Adern wird immer sehr strapaziert, wenn die Frau zugegen ist. Der Blutdruck steigt. Die Blutflussgeschwindigkeit auch. So schnell.

Huberts Kopf kocht, seine Füße frieren beim Gedanken an die nahende Heimkehr. Die ist aber unvermeidlich. Da ist eine Angst. Die Angst, im Angesicht des Todes allein zu sein. Auch ist da die unbestimmte und dringliche Angst, mit Karla allein zu sein. Die Angst aber auch, dass das Leben einfach so vergeht.

Hubert biegt im Schritttempo in die Wohnsiedlung ein. Dem Zittern seiner Hände folgt das Tränen seiner Augen. Er hat schon Essig und Zitrone in der Nase.

Unterdessen Karla. Sitzt auf dem Sessel und betrachtet die desinfizierte Wohnung. Das geht aber vorbei, weiß sie, das mit der Desinfiziertheit, und zwar sobald der Mann zur Tür reinkommt und atmet.

Das wird sowieso passieren, es sein denn, das dumme Auto tötet seinen Insassen. Durchgeschnittene Bremsschläuche schießt es durch Karlas Kopf. Einen Versuch wäre es wert.

Nur wie sehen eigentlich Bremsschläuche aus?

Dann kommt Hubert zur Tür herein, zwei große Einkaufstüten in seinen männlich geballten Fäusten. Ein kräftiger Blick durchfährt den rustikal eingerichteten Wohnraum. Der Blick fliegt wirr durch das Haus, bleibt an Nebensächlichkeiten wie Karlas roten Putzhänden und an Sofakissen mit dem berühmten Knick in der Mitte kleben.

Hubert hat keine Ahnung. Wartet auf das Ergebnis seines Lebens. Was für ein Ergebnis?

Da kommt er, der Malocher, *der Mann* vom Einkaufen in *sein* Haus und muss erst durch drei Schleusen: Schuhe aus, Schlappen an und dann Sofa.

Schnauze voll davon. Vom Reinkommen und Sich-wie-im-Museum-Fühlen. Und immer die Angst, dass der Museumswärter einen vertreibt vor lauter Langeweile mit sich selbst.

Huberts Bewusstsein beinhaltet die Tragik seiner Existenz. Traut sich nicht mal mehr zu furzen, aus Angst, die Scheiben könnten beschlagen. Depressiver Glanz. Die Atmosphäre spannt sich und die Luft wird dünn bei diesen Gedanken.

Da sitzt die Frau. Sie erzeugt das Gefühl von Nur-zu-Besuch-Sein. Alles macht sie sauber und dadurch kaputt. Es ist wirklich dieses Gefühl, als wäre man im eigenen Haus nur zu Besuch, wenn Karla geputzt hat. Und jeden Moment kommen die eigentlichen Bewohner wieder und Hubert traut sich nicht, irgendwas anzufassen.

»Rest is' noch im Wagen«, nuschelt Hubert in den Wohnraum hinein. Da ist sie wieder, denkt Karla, seine Stimme, der männlich stupide Glanz, den seine Stimmbänder erzeugen können.

Karla bemerkt Huberts Angespanntheit und sagt emotionslos: »Gut! Hackfleisch bekommen?«

Hubert will auf sie zurennen und ihr einfach das ganze Hackfleisch in alle Körperöffnungen stecken, besonders in den Mund, bis kein Sauerstoff mehr durch die Fleischfasern gelangen kann und die Frau beim Hinfallen wegen des Sterbens rohe Frikadellen erbricht.

»Ja«, sagt er kurz und schenkt ihr ein Lächeln, weil sie das nicht erwartet. Er geht an ihr vorbei und auch sie lächelt, warum weiß sie selbst nicht, eigentlich ist sie ja voller Hass. Vielleicht ist das die letzte Stufe vor dem Wahnsinn, fragt sie sich leise.

Obwohl in Karla einfach nur Ablehnung ist gegen ihr Leben, gegen diesen Mann, diese Art des Dahinrottens, lächelt sie. Vielleicht ist dieses Lächeln aber auch nur das zaghafte und nicht wirklich ernst gemeinte Zurücktreiben der Lava in den Vulkan. Nur ein wenig Deeskalation, bevor der Kampf weitergeht.

Das jeweilige Gegenüber verwirren. Psychologische Kriegsführung. Beide wissen, was sie an sich haben.

Es wird mit Hass gekocht. Buletten. Kartoffeln. Kleingehackte Zwiebeln. Messer sausen runter.

Hack.

Hack.

Hack. Ins fremde Fleisch.

Beim Essen fragt Karla ihren Mann: »Weißt du eigentlich, was unsere Söhne machen? Haben sich so lange nicht mehr gemeldet ...«

»Ja, der Peter hat schon so lange nicht mehr angerufen«, erwidert Hubert widerwillig, Frikadellen schmatzend, »und der Roland ist doch so beschäftigt mit seinem Job in Frankfurt.«

Wieder lächeln beide. Debil und anmutig. Mehr wurde aber auch an diesem Tag nicht geredet.

Da ist eine Macht, die beide aneinanderkettet. Beide sind fixiert. Sie sehen sich in die Augen und dann beginnt es zu kochen in ihren Hasshirnen und beide sind auf der Flucht voreinander. Hier wird niemals irgendwer irgendwem körperlich Schaden zufügen.
Man ängstigt sich vor dem Blut, das aus dem Partner kommt, sobald man ihn aufgeschnitten hat. Hubert ist zu träge dafür, Karla zu sauber.

Von fern klingt erinnerte Musik in die alten Ohren. Traditionelle Gitarrenmusik, die einer ihrer Söhne mal laut aus seiner Anlage hat schreien lassen. *New Model Army.*
Für Hubert und Karla eine laute Band aus England. Für Peter ein Fahrzeug in freiere Gedankenregionen, in denen hoffnungsvolles Weidegras zu wachsen gedenkt.
Die Kinder, die beiden vor sich hin wesenden Jungs, waren doch nur Ablenkung. Nachdem beide ausgezogen waren, um ein eigenes Leben zu gestalten, konzentrierte sich aller Gehirnkot auf den jeweiligen Partner.
Hubert und Karla.
Karla und Hubert.
Reihenhaussiedlung. Ein Lied. Ein Lied klingelt durchs Haus.

> *»... we are not children anymore*
> *the fists you made they come bashing at your door*
> *your legacy is waiting in the wings*
> *and there's something so familiar*

in the hunger that we bring
we don't want to be like you
don't want to live like you
learn by our own mistakes, thank you
forcing time and pushing through
you are not our heroes anymore

...

you are not my mother
you are not my father ...«

New Model Army – Heroes

Das Lied hat sich in den Fasern der schlecht geklebten Tapete festgesetzt und reflektiert von dort aus den miterlebten Wahnsinn von Peter und seinem Bruder Roland.

Dieses Lied zieht immer noch wie ein Geist durch die Mauern und manchmal, wenn es ganz still ist, und das ist es sehr oft hier, können die beiden Eltern die musikalische Anklage vernehmen, aber leider können beide nicht gut Englisch.

Geliebte Schwester Hoffnung

> *»... Kurz vor der ersten Straßenbahn*
> *Sind die Gedanken müde und schwer*
> *Ein Stern fällt ins Wasser und der Mond hinterher*
> *Einmal für dich*
> *Einmal für mich*
> *Wo ist der Gott, der uns liebt*
> *Ist der Mensch, der uns traut*
> *Ist die Flasche, die uns wärmt*
> *Wenn der Morgen graut ...«*
>
> Element of Crime – Wenn der Morgen graut

Deutsche Großstadt. Der Mond ist aufgegangen und grinst breit ins Land. Küsst hier und da ein Hochhaus der gute, runde, gelbe Mond. Versucht die Stadt zu romantisieren der glückliche, naive Mond.

Aber die vollgefressenen und betrunkenen Großstadtleute schlafen schon oder Romantik geht sie nichts an.

Der Mond macht trotzdem gelbes Licht auf die Dächer. Reflektiert doch nur Sonnenlicht, das derzeit woanders auf der Welt scheint. Zentralafrika zum Beispiel. Da krallt sich grad die Sonne die harte Wüste und trocknet die Augen der weinenden Negermamas, deren Biafrakinder den Fliegen zum Opfer fallen. Die legen Maden in die großen, dunklen Augen rein, einfach weil da Platz ist. Die Köpfe groß, die Bäuche dick, die Ernte im Arsch, die Hilfe falsch, die Ärzte inkompetent oder überfordert und der Bürgerkrieg frisst alles auf.

Lecker Entwicklungsland, denkt der Bürgerkrieg und haut kräftig rein. Beißt sich durch die Wüste, kaut rum auf abgebombten Beinen und zum Nachtisch die Kinder mit den Fliegen in den Augen. Seine Verdauung kotzt der Bürgerkrieg dann über Mitteleuropa aus. In Form von Flüchtlingen mit Booten. Die schwappt an den Strand, die Kotze.

Mitteleuropa hat da keinen Bock drauf, hat ja so viel eigene Verdauung. Europa, das ewig bessere, pseudoprivilegierte Dekadenzarschloch macht deswegen Mauern um sich, um sich vor dem, was der Bürgerkrieg abwirft, zu distanzieren. Da komm mal einer unblutig drüber.

Die Stadt stinkt. Auch nachts. Besonders nachts. Da kann der Mensch alles viel besser wahrnehmen, weil es dunkel und die Nacht dumm und reizlos ist.

Die stinkende Nacht liegt also über der einfältigen Stadt. Sie riecht nach Abgasen, Bratwurstresten, Verdauungsrückständen, immensen Urinausschüttungen, Tankstellennebengerüchen und gezuckerten Ernährungsgegenständen zur Verfettung von Kindergesichtern. Und es riecht nach diesen Resten von Leben, die in irgendwelchen Betten liegen und schlafen und sich des Erwachens sträuben und sehr oft, wenn das Leben den Blick auf das Leben verstellt, nach Suizid und nach Fantasieleben.

Da reiten sie dann auf Einhörnern, die blöden Träumer, und machen die Welt besser, pflanzen Bäume, leben Träume, trocknen Tränen und heilen einander böse Krankheiten und trauen sich sogar an partnerschaftliches Füßemassieren. Solche Gedanken befinden sich in den Köpfen von Leuten, die auf der Flucht vor ihrem Leben sind.

4.30 Uhr. S-Bahn-Haltestelle.

Da sitzt ein Mensch auf einer Bank und kramt in den Taschen seiner Strickjacke. Fummelt ein Päckchen Zigaretten hervor und ein Feuerzeug. Das Feuerzeug flackert und der Atem geht ganz bewusst nach innen. Der Mann auf der Bank raucht. Und denkt.

Es ist Randor Namobi, Asylant, Afrikaner, Mensch, berechnendes Arschloch. Dann zieht er noch einen Gegenstand aus der anderen Tasche der durchgeranzten Secondhand-Strickjacke und starrt abwechselnd in die stinkende Nacht und auf sein Telekommunikationsendgerät.

Handy. Kleines, dummes Handy.

Blinkt, speichert, leuchtet, klingelt, foltert.

Der bestgutintegrierte Ausländer Randor Namobi wählt eine Nummer in sein Handy. Halb auf Englisch, ein Viertel Deutsch und ein Viertel ahnungslos redet er mit einer Andersgläubigen.

Er verabredet sich aus Liebe beziehungsweise aus dem Beweggrund, den er für Liebe und Sicherheit hält, und denkt an Vera. Die ist am anderen Ende der Nacht nicht so gut auf Herrn Namobi zu sprechen, denn es ist spät und die Sehnsucht hat doch Zeit bis morgen.

Vera und Randor Namobi kennen sich seit drei Wochen und da ist was zwischen ihnen. Ein Gemisch aus Interesse, internationalem Flair, omnipotenter Geilheit, Blockade und der vollständigen Auflösung des Lebens. Randor lädt sich bei Vera zum Tee ein. Vera sagt »Gute Nacht« und »Küsschen« und ist genervt, weil morgen im Krankenhaus

Frühdienst ist und sie eine der wenigen Schwestern auf der Intensivstation ist, die von dem Job so was wie einen Plan hat.

Randor merkt an ihrer Stimme ihr Genervtsein und will alles gut machen. Sein Plan sind Rosen, lecker Abendessen, ein duftender Badewannengang und danach süchtig machender Sex.

Dann einschlafen und dann noch Frühstück machen, dann hat er wohl Veras Herz in der Tasche. Diese Gedanken behält er aber noch für sich und macht ein cooles »Bisch morgän, Schatzi, un' schlaff gutt« ins Telefon rein. Ist fast zufrieden mit sich und seinem Nachtdasein.

Warum auch nicht? Er ist in Deutschland, halb verliebt in eine blonde Frau, die ihm »Küsschen« an den Hals wünscht. Na, da hat sich der Asylantrag ja gleich mehrfach gelohnt. Er vermisst seine Mutter, seinen Vater, seine Geschwister, die Berge, darin das Haus, in dem alle lebten, die Schafe, die sie hatten. Sogar die Foltererinnerungen seiner Freunde vermisst er. Dürre, Wüste, Wassermangel, Vergiftungserscheinungen. Warum ist *er* hier und nicht einer seiner Landsleute? Da hat aber einer Glück gehabt ...

Randor wünscht sich kurz und weit südöstlich. Da steht die fette Großmutter und kocht einen riesigen Pott Eintopf. Sie rührt, jemand schießt. Eine laute Explosion. Einem Kind wird der Arm abgerissen. Blut, Tränen, Kotze. Die fette Großmutter rührt weiter und singt ein Friedenslied. Väter begraben Kinder und umgekehrt. Irgendwo erschossen. Verbuddelt unter Heimaterde.

Die Großmutter rührt im Topf und der Tod kriecht ins Land und der Eintopf riecht wie immer. Kinder tanzen,

Krieger trommeln, Politiker reden und immer dieser Hunger. Und die Großmutter rührt im Topf.

Man weiß erst, was Hunger ist, wenn man in ein frisch erlegtes Gnu seine wegen Vitaminmangels brüchigen Zähne versenkt hat. Nur einfach so, weil sonst alle Lichter ausgehen, und das Gnu zuckt noch im Todeskampf und ist schon Lebewesen und Mahlzeit in Personalunion. Randor kennt diesen Hunger, er kennt die Beweggründe, ein zappelndes Gnu zu fressen oder dem Nachbarn den Kopf einzuschlagen, da dieser ein zappelndes Gnu in seinen armen Armen hält. Er kennt die Amputierten, die in den Straßen betteln und doch nur Tritte in den zerfetzten Leib kriegen. Er kennt die kleinen aidsverseuchten Schwestern, die sich für ein Stück Fleisch oder ein paar Münzen den Körper zerficken lassen.

All das kennt Randor Namobi und am Ende ist das Ende und Afrikaabschluss und Europaeinkehr und einfach nur Glück, dass er hier ist und noch ein wenig Verstand hat und seinen ganzen Körper. Arme, Beine, alles da, alles gut, alles Deutschland. In seiner Heimat hat kaum jemand was zu verlieren außer Gliedmaßen, Hoffnung und manchmal das Leben.

Er kommt aus einem Land, das vom Bürgerkrieg gezeichnet ist. Der Bürgerkrieg ist aber ein schlechter Zeichner. Er kann nur kaputte und halbe Menschen malen. Alles nicht so schön.

Militärs radieren am Volk rum. Gerade Linien kommen nur aus Maschinengewehren. Ein roter Blutschwall aus dem amputierten Bein, das die Landmine seiner Schwester nahm. Was blieb, war ein stumpfer Knochen, der aus dem Oberschenkel ragte.

Böse Mine zum bösen Spiel.
Kein Spiel – Realismus. Kaputt radiert. Schattiert. Der Bürgerkrieg ist wie ein abstrakter Künstler, er malt die Menschen ganz anders, als sie eigentlich gemeint sind.

Randor kommt zurück aus der Vergangenheit. Ist wieder Reisender in der Gegenwart. Wartet auf den letzten Zug der Nacht mit Zügen von der Zigarette. Der Tabak verbrennt und er saugt den Rauch in sich rein.
Vera. Ja, Vera. Aufenthaltsgenehmigungsvera. Aber ein bisschen verliebt ist er auch. Nicht so wirklich und nicht so richtig. Aber Vera geht schon ganz gut.
Ihre Haut würde in seiner Heimat verbrennen. Einfach so runterschmoren die deutsche weiße Haut. Krebs kriegen. Egal. Die deutsche Frau ist eine schöne Frau. Sie hat einen Blick, der nach Vanille riecht. Sie hat ein Badezimmer, das nach Äpfeln riecht, sie hat einen Körper, der nicht nach Mensch, sondern nach Kunst riecht. Sie nennt das Parfüm und eigentlich stinkt es.
Das ist nicht schlimm, sie ist eine Deutsche.
Die dürfen das, die Deutschen.

Da kommen Stimmen und Schritte heran. Durch die Unterführung kommen Gestalten. Randor ist unbeeindruckt, bemerkt nicht die sich nähernden Geschöpfe.
Drei gute Deutsche kommen auf den Bahnsteig, alle mit dem debilen Dauergrinsen eines Playmobilmännchens. Turnschuhe, Tennissocken, Trinkterror. Alle drei fein alkoholisiert.
Herrengedecke grienen aus ihren Schweinsäuglein. Schales Bier und warmer Korn. Da kommen sie marschiert, die drei Deutschen von der Trinkstelle.

Über die Finger gepinkelt haben sie sich auch, das ist in diesen Kreisen so üblich. Mann stinkt nach Urinstinkt. Urin stinkt von seiner Haut. Mitten in Deutschland unter Männern. Kofferträger, Stiefellecker und Parkplatzwächter.

Große Ansagen, kleine Taten.

Heute König, morgen Schicht.

Diese Existenzen sind nicht wertvoller als andere, doch nach vier Bier ist man ein hochgeistiges Wesen mit unendlicher Entscheidungskompetenz. Nach dem Gruppensaufen ist man Politiker, Künstler, Intellektueller.

Intell... leck mich doch am Arsch, du Mistding.

Solche Leute kommen heran, jeder trägt einen Sack Scheiße, in den er sein Leben gepackt hat, eine Flasche Bier und sich selbst. Kompetenzüberschreitung der Ausgebeuteten möchte man rufen, hält aber lieber die Schnauze, denn mit Deutschen ist Spaß schwer. Hysterische historische Beweise gibt es genug. Die drei kommen, nähern sich dem Gleis, an dem auch Randor wartet und raucht.

Die Gruppe ist da.

Postiert sich wartend. Inhalte werden ausgetauscht.

Beziehungsweise das, was man in diesen Kreisen für Inhalte hält. Darauf stützt man sein Leben. Auf die Leere, die eigentlich da ist. »Was haben wir heute aber viel gesoffen ... Wie geil war eigentlich die Blonde. Man, was haben wir gesoffen!!!«

Insgeheim ist man aber mit sich im Unreinen (und mit seiner Haut sowieso) und nur der Alkohol macht diese neue Realität. Obwohl, viel gesoffen stimmt ja.

Gehirnreduzierungsmaßnahme.

Durch die Nächte, die schlechten und die guten. Immer müssen sie alles aushalten. Deutschland ist ein Land der Hierarchien und die drei Realitätsvermeidungstrinker liegen immer unten. Da gibt es kein Darunter. Nichts, in das man reintreten kann, außer in den Scheißhaufen des eigenen Lebens. Es riecht nach Sommer. Nach einer Nacht, die den Tag wiederhaben will. Der ist nah und ihm dämmert sonntägliches Aufbegehren. Der Tag kommt sekündlich näher.

Der Bahnsteig ist nun gefüllt mit vier Existenzen. Alles Menschen mag man meinen. Dazwischen glänzt ganz unverblümt ein neu erwachter Holocaust.
Du bist Deutschland.
»Wat kiekst denn so?« Kurz später sagt einer, der einen Stein aufgehoben hat: »*Speak German or die.*« Unbewusst der Ironie, die er damit transportiert.
Das Schwein zur Schlachtbank ... Hier wollen Dinge geschehen ...

Die Stadt erwacht leise mit den ersten zischenden S-Bahnen und Autos, die beginnen die Straßen zu verstopfen. Fußgänger hat es noch keine, dieses erwachende, noch zu formende Stadtbild, nur Leute, die warten, warten, dass es wieder dunkel wird. Die Sonne will aufgehen und sie macht das, als hätte sie nie etwas anderes getan.
Aus der unersättlichen Stille schreit ein Vogel und fliegt danach mit voller Absicht gegen die Fensterscheibe eines Gourmetrestaurants. Gegenüber diesem Restaurant sitzt eine übermüdete Vera in einer schmutzigen Mietwohnung und trinkt den ersten Kaffee ihres Tages. Sie schaut in die Weite der verschwindenden Dunkelheit und denkt an ein

Leben, bis ihr auffällt, dass es ihr Leben ist, über das sie da nachdenkt, und dass sie es nicht gut findet, dieses Leben zu haben, aber aufgeben will sie auch nicht.

Sie denkt an ihren Freund und dass er so ein hübscher Mann ist. Ja, wunderschön ist dieser Neger, wie gemalt, fast wie eine Statue. Vera versteht nie, was er sagt, aber wenn der Neger sie berührt, reißt diese Tatsache alle Mauern ein, die Vera jemals um ihr Herz errichtet hat.

Alle Mauern der Coolness schmelzen mit einer Berührung aus Randors Richtung und sie glaubt an die Ernsthaftigkeit dieser Bindung. Der erste Kaffee des Tages, die ersten Gedanken des Tages.

Vera ist eine dieser Frauen, die mit Ende 30 immer noch dieses spezielle Stück kindliche Naivität an sich haben, so dass sie so verliebt sein können wie jugendlich leichtsinnige Menschen um die 14, die sich in Lehrer oder ähnlichen Menschenmüll verlieben.

Vera hat zwar auch schon einige Enttäuschungen hinter sich, die wirklich sehr wehtaten und wegen derer sie eine gut gemeinte Therapie benötigt hätte, aber sie hat sich immer wieder aufgerafft und nie ihre Naivität und ihren Glauben an die Liebe verloren.

Vera beginnt ihre Schicht. Spricht einige Worte der Übergabe mit der Nachtschwester. Ärgert sich dann ein bisschen über zu wenig Schlaf und über inkompetente Kolleginnen.

Da gibt es immer viele Neuaufnahmen während der Nacht. Die gibt es immer. Opfer von Schlägereien oder der mangelnden Erfahrung im Einsatz von Rauschmitteln oder Schnellfahrer, die ihre Körper auf der Straße verteilen.

Solche Nächte gab es schon viele und die Rettungsdienstmenschen kratzen die Menschenreste und manchmal auch die Menschenrechte von der Straße ab und bringen das ins Hospital, wo dann ätzende Ärzte und Schwestern mit den Resten das Leben wiedergutmachen wollen. Verbinden von Wunden. Die frisch operierten. Da wurde fein geschnitten, mit dem Skalpell die Haut aufgemacht und dann die Knochen im Menschen sortiert, so dass der wieder laufen kann zum nächsten Unglück.

Intensiver Verletzte kommen natürlich auf die passende Station. Meistens in solchen Nächten kommen solche mit Schädelfrakturen. Wenn der Schädel nicht rechtzeitig wieder zugemacht wird, entkommt das Gehirn durch die Hintertür. Vera hat so was schon gesehen.

Da ist eine dicke, professionelle Haut über die Dinge gewachsen, die Vera schon gesehen hat. Menschen gehen schnell kaputt und manchmal kommt die Füllung raus, das ist nicht schön und das weiß Vera gut.

Vera weiß so einiges: Sie hat ein ekelhaft hemmendes Misstrauen gegenüber anderen Menschen. Sie weiß, dass sie manchmal überreagiert und in ihrem emotionalen Haushalt immer Gefühle fehlen oder zu viel sind.

Sie kann sich nicht organisieren. Entweder reagiert sie bei Kleinigkeiten völlig über das Maß der gewöhnlichen Emotionsinvestition oder aber sie bleibt bei Gegebenheiten, bei denen andere Menschen ausrasten, kalt wie ein Gefrierfach.

So ein Leben, in dem viel passiert, macht so was mit einem, denkt die Vera, wenn sie wieder, vor dem Scherbenhaufen der emotionalen Endgültigkeit still verharrend, Selbstmordgedanken hat.

Und immer wieder diese Männer, von denen viele kamen und alle auch wieder gingen aus für Vera unerfindlichen Gründen. Für Vera stellte ab einem gewissen Zeitpunkt das Verlassenwerden eine Art Routine dar.

Sie hatte immer wieder Angst vor dem Zeitpunkt und vor Sätzen, die da lauteten: »Vera, wir müssen reden« oder »Vera, ich habe nachgedacht« oder »Vera, du weißt, was das heißt ...« Vera wusste einen Scheiß und die Verliebtheit ging doch auch nie weg, denn sie, die Vera, war nur imstande, auf eine einzige Art zu lieben, nämlich in aller Fülle und glänzender Gänze.

Anders zu lieben, kam für Vera nie infrage, irgendwie so halb lieben oder offene Beziehungen oder gar fremdgehen kam für Vera nie infrage. Sie war immer fixiert auf den Mann, den sie grade liebte. Voll drauf auf ihm, immer mit der Gefahr verbunden, ihm hörig zu werden, weil die Liebe doch so stark ist und die Liebe, die erhaltenswerte Liebe, geht doch weg, wenn der Mann böse wird.

Sie hat sich so viel gefallen lassen von diesen stinkenden Männern, die Vera, und jetzt liegt ihre ganze Hoffnung vor den Füßen eines gewissen Randor Namobis. Nein, der ist ja auch bald weg, es gibt nur noch seinen zerschlagenen Körper.

Vera liest die Liste mit den Neuen der Nacht, insgesamt sind es zwölf Personen, bei zweien besteht immer noch akute Lebensgefahr, einer davon hatte schon ihr Gesicht in den Händen.

»Randor Namobi« steht da. Und dahinter »komatös«.

Was dann noch dahinter steht in dieser überheblichen Medizinsprache, übersetzt Vera für sich folgendermaßen: Ein afrikanischer Körper liegt verwüstet und zerschlagen auf Zimmer 115. Der Kopf hat keine Möglichkeit mehr, die zerbrochene Gestalt irgendwie zu steuern.

Innerhalb des Körpers ist das meiste zerrissen. Die Seele und Teile des Gehirns kleben an irgendeinem Bahnsteig. Abdrücke von Schuhen am Hinterkopf sind die kleinste Verletzung, die der Sterbende hat.

Eine Chance hat er nicht.

Die Täter sind nach der Tat schnell weggerannt. Der krasse Wahnsinn in ihnen hat die Gestalt eines Mordes angenommen.

Deutscher Mord.

Unter deutschem Mond.

Das steht da nicht auf dem Zettel, den Vera liest. Sie heult ein bisschen, fragt sich dann aber warum eigentlich. Vera guckt.

Neutral.

Ihr afrikanischer Freund.

Wäre er bloß nicht hierhergekommen, dann hätte er vielleicht eine Chance gehabt. Aber er war hier, kurz und schmerzvoll reißt er nun ein Loch in sie, und das würde wehtun, hätte Vera an dieser Stelle, wo man ein Herz vermutet, ein Herz.

Das liegt aber derzeit tiefer, irgendwo in der Magengegend, und verdaut sich selbst, der alte, schleifende Klumpen Herzgestalt.

Sie beginnt ihren Dienst mit dem Stellen von Medikamenten, die sie gleich verabreichen wird. 'ne Menge Valium, 'ne Menge Morphium.

Viel Ruhe liegt in diesen Tabletten. Es ist die Ruhe, die Vera ausstrahlt.

Eigentlich müsste sie doch schreien vor Schmerz. Da war doch was mit Liebe mit diesem schwarzen schönen Mann mit gut gebautem Penis. Da war doch was mit bunter Hoffnung auf ein anderes Leben mit einem Menschen außer dem, dem man selbst aus den Augen schaut.

Der andere Mann. Randor. Ein warmer, anschmiegsamer Körper. Exotische Erotik.

Vera erinnert sich an eine Nummer auf dem Küchentisch, nach der sie sich wie eine Mischung aus Filmdiva und Billignutte gefühlt hat. Der Afrikaner hat sie hergenommen wie ein Stück Abreaktionsmaterial. Spermavernichtung. Aber das Vorurteil vom langschwänzigen Neger kann Vera nur bestätigen und gut finden.

Aber jetzt ... und was ist jetzt ... da dieser Körper nebenan in Fetzen geschlagen aufgebettet liegt.

Jetzt liegt er hier und stirbt.

Keine Chance, weil man sein Gehirn zertreten hat. Ein leichtes Zittern überkommt Vera und sie erinnert sich an das Telefonat mit Randor Namobi von gestern Abend. Da hat man sich noch Küsse an den Körper gewünscht und eigentlich auch mehr und Liebe und all das Zeug, das bunte Gedanken macht, weil da wer ist, der mit einem ist.

Und der liegt jetzt hier, Zimmer 115. Vera bedient sich am Valium, um emotionalen Entgleisungen vorzubeugen. Das hat sie in der Vergangenheit schon öfter für nötig erachtet. *Viva la Valium*. Es kommt langsam in den Körper, und die Gedanken, die gerade noch wie entgleisungswürdige ICEs vorbeirauschten, werden zu sanft trabenden Wiener Pferdekutschen.

Wie gesagt, es liegt viel Ruhe in diesen Tabletten. Sie machen Schmerzentfernung. Das weiß Vera, deswegen verlieren sich diese kleinen weißen Dinger in ihrem Gesicht. Immer wieder.

Die Tablettensucht ist eine Suche nach dem Kern und gleichzeitig aber der Verlust der Eigentlichkeit. Vera hält es schwer aus, sie selbst zu sein mit all diesen seelischen Verstümmlungen und Verwundungen, die sich so tief in sie reingegraben haben.
38 Jahre lang.
Vera hat eine Weichheit, in die jede Neurose ungehindert eindringen kann. Die Härte ist nur äußerlich. Der emotionale Gesamtdeponiebestand fängt immer wieder Feuer. Irgendwas in ihr ist ständig entzündet.

Ihr Dienst ist routinierter als sonst. Die Notwendigkeit der Betäubung besteht laufend. Der Vormittag tanzt vorüber und von der Realität ist der Traumstrand nur einen Pillenwurf weit entfernt. Unzerkaut fallen die kleinen weißen Dinger in den Magen und der Schlaf wird zur Sehnsucht.
Sie geht auch zu Randor ins Zimmer. Schaut zu, wie er stirbt, der doofe Neger. Überall an ihm sind Schläuche. Der ganze Mensch eine einzige blutende Wunde. Vera geht aus Zimmer 115. Was da noch liegt, ist nicht mehr von Belang.

Der Dienst atmet ein und aus im Gegensatz zu vielen Menschen hier. Diese Verletzten, diese Krebsmenschen am Tor zum Finale, diese Anderswelt mit Nahtodexkrementen, all das würde Vera lieben, wenn sie lieben könnte.
Denn all diesen Menschen geht es schmutziger als ihr. Vera lebt.

Irgendwie ist sie am Leben beteiligt. Aber da liegt keine eindeutige Definition von Leben vor. Alles ist immer nur die Probe vor der Aufführung. Nie wird es wirklich Ernst. Immer sind da diese Phasen, in die Vera fällt, haltlos, achtlos fällt sie in Empfindungen und nichts kann den Fall stoppen, der immer mit einem unsanften Aufprallen auf dem Asphalt der Realität endet.

Es ist wie mit den Kranken, mit den Sterbenden, die Vera betreut, auch die haben, wenn sie zu ihr kommen, nur einen einzigen Ausgang zur Verfügung: Sterben.

Vera verlängert lediglich ihre unbedeutenden, kleinen Leben und bringt den Angehörigen Kaffee, Kekse, Trost und Gleichgültigkeit.

Am Ende des Frühdienstes ist Vera etwas regulierter. Etwas fehlt, und zwar die Aussicht auf einen dunkelbraunen Schwanz in ihr. Diese Mangelaussicht ersetzt grad ein Valiumpräparat. Aber mehr schlecht als wirkungsvoll.

Sex war immer auch Lösungsmöglichkeit. Die Sprache der Liebe war sehr häufig vaginal, weil Vera verbal einfach nicht das sagen konnte, was sie fühlte.

Vera denkt auch an Roland, der war etwas länger da, aber warum, außer jetzt mal feste ficken, das weiß sie auch nicht. Der Dienst zu Ende. Der Kopf so leer. Der Roland war jünger und sie weiß nicht mehr, als dass er mal da war, der Roland, und mit ihr getanzt und auch geschlafen hat und dann gegangen ist zu seinem ach so wichtigen Job, zu seinem Berufsleben, ohne das ein Mann wohl nicht leben kann.

Der Roland war doch nur ein Junge, denkt die Vera und vermisst ihn tragischerweise sehr, den Jungen, den Roland.

Der ist weg. Sehr weit weg. Niemand außer dem Leben meint es wirklich ernst.

Vera verlässt das Krankenhaus. Wieder nur Gedanken, die wie Schnellzüge vorbeirauschen. Nichts ist wirklich erfassbar. Das Liebespaar nicht, das sonnenbebrillt und Eis schleckend vorbeischlendert.

Der Obdachlose nicht, der in seine vor ihm liegende leere Mütze weint, der kleine Junge nicht, der die Hand seiner Mutter küsst, die alte Frau, die ein viel zu großes Brot in einem viel zu roten Kleid wegschleppt. Alle Menschen sind nur Ameisen, denkt die Vera. Alle haben nur diese Missionen im Kopf und gehen auf ihren genetisch vorbestimmten Wegen. Jedes Gesicht, das auch nur den Ansatz eines Lächelns trägt, wird von Vera als falsch empfunden. Lügen in den Gesichtern, in aller Fröhlichkeit und Ausgelassenheit ist doch nur Lüge drin. Die Empfindung wird zur Empfindlichkeit und bleibt.

Vera in der Bahn. Valiumbeseelt. Fährt in ihre schmutzige Wohnung. Die Betäubung lässt nach. Es ist ein stinkender Nachmittag und die Betäubung lässt nach.

Vera weiß, dass man diesen Zustand nicht wegschlafen kann. Noch drei Haltestellen, dann kann sie raus. Muss sie raus. Die Bahn rast und ist laut. Stimmen, Blicke, Unbehagen.

Wilde, unförmige Öffentlichkeit. Veras Blick registriert ihr Umfeld. Versucht, sich an Gegenständen und Menschen zu reiben, der haltlose Blick. Ein Rucksack steht auf dem Bahnboden und tanzt. Eine dicke Frau ohrfeigt ein kleines Mädchen. Das Mädchen erträgt den Schlag stumm und mit unwirklicher Leichtigkeit.

Draußen rasen Körper vorbei. Vera sieht einen Mann in einem Anzug, der aussieht wie jemand, mit dem sie mal geschlafen hat. Die Vergangenheit macht Klingelgeräusche in Veras Kopf.

Veras Blick wankt durch die Fenster, hinter denen Gebäude und kaputte Bäume vorbeirasen. Ihr gegenüber ein Junge, vielleicht 18.

Weite Hosen, Schlabbershirt, wichtiger Blick. Introvertiert wirkend wegen Hip-Hop auf den Ohren. Ab und zu ein Move mit dem Kopf, eine Art Nicken als Zustimmung des Beat-Taktes. Völlige Zustimmung des Gehörten. Musik und Text.

Auf dem Walkman rotieren aggressive Blödmänner und rappen sich ihre postpubertären Sex- und Gewaltfantasien von der Hirnrinde.

Kevin guckt. Vera guckt. Kevin guckt weg.

Kevin denkt: »Alte Frau, bloß weggucken.« Vera denkt: »Knackarsch vielleicht irgendwo in dieser endlosen Hose. Penis? Bestimmt.«

Irgendwo versteckt in der 38-jährigen Vera ein Kinderwunsch und der Wunsch nach Arschfick. Sie zieht an Kevins Kopfhörer. Der löst sich von seinen Kinderohren und ein Beat flüstert durch die Atmosphäre. Vera neigt sich runter zu Kevin.

»Ich bin 'ne Partyschlampe und ich mag's, besoffen in den Arsch gefickt zu werden.« Sie greift ihm an die Hose, ungefähr an die Stelle, wo sie seinen Schwanz vermutet. »Lust mitzukommen?«

Vera wundert sich im Inneren über sich selbst, über ihre Handlungen und viel mehr noch über ihre Worte. Sie beobachtet sich wie von außen, als ob sie gar nicht mehr in ihrem Körper zu Hause wäre. Sie mag doch überhaupt keinen Analsex und wer ist dieser doofe, uninteressante Junge, mit dem sie ein Gespräch versucht? Vera ist ganz komisch drauf und hat Kevins Interesse entfacht. Da knistert ein kleines, blödes Feuer und die Bahn hält und beide steigen aus.

Kevin läuft wortlos hinter Vera her. Die ist ganz komisch drauf, die Vera, denkt die Vera. Und gleich wird sie gefickt, die Vera, bedeutungslos gefickt. Kevin denkt banale situationsbezogene Kleinigkeiten. Wie es wohl in der Wohnung der fremden Frau aussieht? Und: Yeah!!! Und: Die hat's aber nötig!

Aber fast sieht sie gut aus, nur ein bisschen alt, aber da schwingt dann bestimmt Erfahrung in Großmutters Vaginalstübchen. Vera braucht nur einen hormonellen Ausgleichsfick und Kevin irgendwas, was ihn am Leben erhält. Irgendwas halt eben. Sei es der Blick aus dem Fenster in die trübe Stadt oder eben ein Geschlechtsakt mit einer Unbekannten.

Why not, denkt Kevin, *why me,* Vera.

Vera und Kevin gehen zu Veras Wohnung. Ein paar Stufen durch ein Treppenhaus. Es stinkt nach Pisse, weil der Aufzug kaputt ist und es mal wieder irgendjemand nicht rechtzeitig in seine Wohnung geschafft hat.

Treppenmarsch. Veras Arsch ganz nah an Kevins Gesicht. Der denkt nicht mehr, sein Gehirnblut mehrt sich zwischen seinen Beinen, um sein Kindergenital zu verdicken. Vera macht die Tür auf und zu. Kevin guckt. Vera guckt Kevin an. Kevin guckt weg. Er kann den Blick der alten Frau nur schwer auf seinem geilen Body ertragen.

»Was'n los jetzt?«, durchbricht er unbeholfen das schwer auszuhaltende Schweigen.

»Dahinten ist das Schlafzimmer«, erzählt Vera Kevin. Der hat ein bisschen Angst. Die alte Angst blitzt auf zwischen Geilheit und Ekel.

Ekel vor sich selbst und vor Vera. Aber jetzt gibt es kein Zurück mehr. Zwei Leben tanzen zwischen selbst gewählten Mauern der Coolness. Tanzen aufeinander zu.

Für einen Augenblick Sekundensterben.

Dann gehen beide hintereinander in Veras Schlafzimmer.

Humankapital
(the broker is broken ...)

Ein Schlafzimmer von Designergehirnen gestaltet. Ein Bettgestell, ein großer Kleiderschrank. Über dem Bett ein Spiegel. Der zeigt einen kleinen Menschen. Ein Fixpunkt im Nichts. Der Mensch schläft und bekommt von der äußeren Sinnlosigkeit der Schönheit nichts mit.

Schweißdurchtränkte Nacht in wütender Bettwäsche. Die Nacht ist lau und von Sommer ist wenig zu sehen. Ein Mensch im Kampf gegen sich selbst. Setzt alle Waffen ein, zum Beispiel eine der explosivsten und tödlichsten: seine Arbeit.
    Der Mensch deswegen im Wahn. Hat zwar viel, ist aber wenig. Ist nur ein fremdgesteuerter Zellhaufen ohne Leidenschaft, die ist ausgesaugt worden. Doch wehe, wenn der Mensch schläft, dann ...

Roland träumt. Er träumt davon, dass Kleinvorstadt brennt. Angezündete Sparkassen und geplünderte Tankstellen. Er sieht Menschen rennen und Schweine brennen. Er sieht fettleibige Anzugträger mit unendlich vielen Kinnen im Feuer wohnen und hört Fettblasen platzen und lächelt bewusst niederträchtig.
    Er träumt davon, dass ganz Deutschland brennt. Endlich in Flammen aufgeht. Frankfurt am Main ist ein Schwein. Deutschland, du Drecksau. Europa, du Nazihure. Das schreibt Roland auf Transparente.

Seine vielen Freunde helfen ihm dabei, nicht durchzudrehen vor Enthusiasmus. Roland schwitzt die Wäsche voll. Er will nicht aufwachen und wieder Teil des Systems sein. Zu viel Realität ist tödlich für ihn. Die Pseudosicherheit des Träumers ... Ein Gedanke im Fleisch ... Eine Idee von Liebe ...

Roland will nicht nur brennende Vorstädte, er will auch brennende Vorstände. Flammenwerfer ins Gesicht halten. Nochmal nachladen und die brennende Leiche erschießen. Das war der Plan. Und er hat funktioniert. Und Roland liebt es, wenn Pläne funktionieren. Er raucht eine Zigarre und denkt an die Kindersendung »Das A-Team«, in der auch immer alle Pläne funktionieren.

Yeah, denkt Roland und die Macht und die Gunst der Stunde pushen ihn *to the limit* seiner Wahrnehmungsfähigkeit.

Szenarien überschlagen sich in Rolands Kopf. Er träumt weiter. Er sieht ein System an sich selbst sterben. Er sieht die Wut in den Augen hungriger Kinder, deren Eltern bei Atomtests diverse Arme gewonnen haben.

Er sieht überfüllte Krankenhäuser mit Opfern von Gewalttakten, die in keinen Akten zu finden sind. Man hat damit aufgehört, Geschichtsbücher zu schreiben, weil sich die Geschichte zu schnell wandelt und sich jeglicher Dokumentation sträubt.

Guido Knopp wurde auch schon umgebracht. Recht so. Die ganze beschissene Welt im Chaos. Roland ist mittendrin. Abschnallend vor Traumsucht.

Er sieht ein Notstandskomitee auf Hilflosigkeit plädieren. Die letzten Kapitalisten zählen ihr Geld, während 1000 Gewehre auf sie gerichtet sind, um ihnen ihre Fehlbarkeit zu erläutern.

Er sieht einen Regierungsdebattierclub, der zu einem regierenden Debakelclub geworden ist. Roland sieht Familien rennen, beschossen und weniger werden. Tränengeflutete Augen kleiner Kinder sieht er, der Roland. Ganz nah. Und weiß, dass das, was ist, falsch ist zum Leben.

Roland sieht sich reden und seine Ideen präsentieren. Dem Krieg ein Ende, den keiner je als Krieg erkannt hat: Kapitalfaschismus.

Roland findet in der Katastrophe Gehör von Leuten, denen sonst immer alles egal war. Es sind relativ glückliche Sekunden in dieser Traumeinheit.

Roland schafft in seinem Traum das ab, was alle Kapitalismus nennen. Danach ist er Präsident oder Führer eines Teils der Welt, der dann unabhängig von Geld und Außenwirkung und Markt und Selbstzerfleischungsterror leben kann und darüber erstmal saufroh ist. Roland hat ein Volk froh gemacht. Er hat einen Sieg errungen.

Siegreich brettert er durch blutgetränkte Straßen, in denen kurz zuvor noch mit Maschinenpistolen, Flammenwerfern und Kindersoldaten gekämpft wurde. Für die Freiheit von allen, die sich durch Repressionsscheiße erniedrigt gefühlt haben.

Roland fährt dann in einer durchgeranzten und blutbefleckten (ja, auch er hat mitgemordet, so richtig *old school* mit der Machete Köpfe von Hälsen ...) Militäruniform hinten auf einem Jeep durch Straßen, flankiert von jubelnden Menschenmengen, die seinen Namen brüllen und die Fäuste zum Himmel recken.

Roland hat irgendwas mit der Revolution zu tun, die hier passiert ist, und die Menschen feiern deswegen ein Fest auf den Straßen. Es ist ein sonniger Tag und überall blutbesprenkelte und blutbefleckte Menschen, auch Kinder. Das versammelte kriegsgeschädigte Volk am Wegesrand spricht afrikanische Dialekte, Englisch, Deutsch, Spanisch und irgendwas, das Roland nicht versteht, aber er weiß, dass die Menschen ihn meinen.

Roland steht hinten drin im Jeep und es regnet Blumen und Kleinkinder für ihn.

Am Schluss des Traums führt Roland nach fünfstündiger Atomar-, Energie- und Kulturprovokation noch Krieg gegen Amerika und gewinnt auch hier überlegen mit 4:1.

Er hat hoch gepokert und die Welt gewonnen, die ihn dann mit Blumen beschmeißt und ihm bunte Kinder schenkt. Ein Tropfen Glück wandelt sich in einen Tropfen Schweiß ...

... und Roland erwacht in der zittrigen Einsamkeit seines eigenen Asozialismus. Sein Zimmer ist hell, als er die Augen aufmacht, die er dann auch schnell wieder schließt. Wieder nach innen wollend, wieder irgendein Traum. Jetzt ist er wach und stirbt weiter.

Jeder seiner Tage beginnt mit solchen Zusammenbrüchen. Immer diese Diskrepanz zwischen Stimmung und Wirklichkeit beziehungsweise zwischen Wollen und Nichtkönnen.

Und die Träume werden immer kranker.

Und immer echter.

Immer blutiger und immer revolutionärer. Immer näher kommen die Bilder, nur er, der Roland, er ist kein Held, wird nie einer sein. Schwimmt nur. Kann nichts machen außer existieren.

Immer diese Müdigkeit nach dem Erwachen. Immer so schlimm. Und Schmerzen hat er. Er ist vor kurzem erst 30 geworden. Das war kein Fest, es kam und ging und nichts fing Feuer.

Und die Verwirrung. Da kommt sie als Produkt dessen, was Roland so träumt und was er so lebt. Die Verwirrung schleicht um seine Wahrnehmung und plündert irgendwann die Synapsen, schneller Zugriff der Verwirrung aufs Gehirn.
Roland wird von sich verwirrt und die Verwirrung besiegt sein Sein. Sucht sich Teile in seinem Gehirn, die eigentlich zum Treffen wichtiger, für ein menschliches Fortkommen relevanter Entscheidungen benutzt werden, aus und fickt diese. Um den Verstand gekommen. Da liegt dann der Verstand unbenutzt in Roland rum und vergammelt Zelle für Zelle.
Es beginnt ein Tag, es endet ein Traum.

Geisteskonfusion ist da, das sieht ungefähr so aus in Rolands Schädel: Glücklich sein; der Weg ist klärschlammbesudeltes Territorium; ein anderer sein wollen, als ich nicht bin; lieber keine Jahresrückblicke mehr machen; ja, ja, ja, ficken, ja, ja, ja; Gott spuckt Blut auf den Ameisenhaufen der Geschichte; ein Hase sein wollen; in Liebe endlich alt werden dürfen; verrottendes Gemüse im ungeöffneten Gefrierfach; da sind noch Leichen im Keller, wenn Sie Hunger haben, mein Freund; ich hab die Unschuld kotzen sehen; ab jetzt nur noch Liebeslieder; anderswo ist Sommer; *today is the greatest day of my life*; schwierige Schuhe sind unendlich; Traurigsein im Wasserglas; an nichts glauben außer an nichts. Zu schnell die Gedanken zu Erfassen und zu-Ende-Denken ist unmöglich. Würde irgendjemand sich mit mir auf ein Feld voller Steine legen und warten?

Warum stinke ich morgens und abends? Was ist in meinem Bauch, das ich nicht brauche? Raus damit!!! Unwillkürlichkeit und Schlagermusik.

Polka. Pogo. Pornografie. Ein Tanz in Massenhaft. Gefangener der Wirklichkeit. Wo ist mein Musenmiststück?

Bis zum Kollaps. Züge fahren quer durch seinen Kopf und kollidieren.

Das denkt Roland. Ein Gedanke ist nur etwa eine Viertelsekunde bei ihm, alle Gedanken sind Turboschnellzüge, unmöglich zuzusteigen und mitzufahren. So bleibt Roland stehen am Bahnhof, der eigentlich sein Schlafzimmer ist, und leidet still an seiner Art des Nichtverstehens der Welt.

Unbekömmlichkeit kommt. Und das Leben schmeckt hervorragend, wenn man auf den Geschmack von vorverdauter Kinderkotze vermengt mit Zahnfleischblut mit einem Hauch süßester Fäulnis steht.

Das geht in Roland vor. Er ist verdammt nochmal minusglücklich, als er pflichtbewusst die Augen aufmacht und an sich runterguckt.

Da liegt unter seinem Kopf ein unterernährter Körper, morgens schon am Ende der Kräfte, gesteuert von einer Psyche, die neurologische Vergleiche sucht.

Neurosen wuchern und kein Gärtner in Sicht. Unterfordert, untergeliebt und ausgebrannt. Irgendwie noch in Flammen stehend und doch nur kalte Asche. Was für ein seltsames, stetes Gefühl.

Er erhebt sich aus dem Bett und der Blick aus dem Fenster macht die Welt öffentlich. Sie ist noch da, die Welt, niemand, der den Vorort über Nacht in Schutt und Asche gelegt hat. Schade, denkt Roland und lässt heftig einen fahren seiner ihn dekonstruierenden Ernährung wegen.

Das stinkt und er kratzt sich am Sack, der morgens immer juckt. Aus Gewohnheit. Blöder Hoden. Nur am Jucken und sonst nichts geschissen kriegen.

Das Bett hinter sich lassend. Roland will diesen Tag nicht überleben, also beginnt er ihn, bevor der Tag ihn beginnt. Das klingt paradox, ist aber der absolute Inbegriff der Logik Rolands.

Das Bett, der Ort des Traumes. Zurückgelassen steht es da, das ach so tolle Designerbett. Die Bettdecke voller Traumschweiß. Sollte mal jemand waschen. Ist aber niemand da außer Roland und der fühlt sich krank. Zu krank zum Waschen. Ihm ist es egal geworden.

Deodorant über die Depression gesprüht und kurzer Wasserkontakt im Bad. Das monotone Surren des Rasierers und das kalte Metall auf der Haut lassen Roland fühlen. Lassen ihn sein Gesicht fühlen und es fühlt sich nicht gut an.

Davor ein Spiegel und es sieht auch nicht gut aus. Seine müden Augen verfolgen sein Spiegelbild. Das Spiegelbild beleidigt ihn außerordentlich. Warum dein Gesicht haarlos machen, scheint es zu fragen und Roland weiß darauf keine kluge Antwort.

Die ersten Schritte sind immer unter Schmerzen, schon seit so langer Zeit ist das so. Schmerzen beim Laufen, immer Schmerzen, am und im ganzen Körper.

Roland fühlt sich wie eine offene Wunde, die irgendjemand ständig salzt. Sein Leben ist eine mineralstoffhaltige Fleischwunde, in der sich Bakterienvölker endlosgewordene Kriege liefern.

Immer leidenschaftlicher das Schmerzbombardement.

Die Küche. Sonnenstrahlen brechen sich in der großen, klaren Fensterscheibe. Kinderschreie. Anfahrende Autos. Schmerzen. Roland.

Tabletten zum Frühstück. Kaffee.

Blick aus dem Fenster. Novembersommer. Soll heißen, draußen ist Sommer und in Roland November und Schlimmeres. Laut Kalender ein Junimorgen, der nichts verspricht außer ein Zittern um Belanglosigkeiten.

Draußen ist dieses Leben im und am Existenzmaximum. Zumindest da, wo Roland lebt. Alle haben alles. Keiner hat mehr Unschuld.

Roland kaspert mit sich rum. Findet sich nicht wirklich, verliert ständig den Faden. Ist unterernährt, mangelversorgt, will kotzen, ist zu schwach dafür. Geht irgendwann los.

Er hat einen Job an der Börse. Aktienhandel. In einen Anzug gepresst fühlt sich Roland fast unauffällig. Krawattiert fast überheblich.

Die Manie seiner manischen Depression hat sich für einen Moment durchgesetzt, als er die ersten Schritte Richtung S-Bahn-Station wagt. Es hat 20 Grad und Roland schwitzt in seinen teuren Anzug. Ist nicht schlimm, denkt der Anzug, ich bin eh nur ein Ding. Jederzeit ersetzbar. Der Anzug ist aber ein schlaues Ding.

Roland besteigt so eine S-Bahn. Macht er jeden Tag. Er könnte schlafen beim S-Bahn-Besteigen. Alle fahren irgendwohin. Alle in diesen Anzügen. Alle so kaputt und zu traurig zum Anhalten, Innehalten, Luftanhalten, Ausatmen (... viele von diesem Egoistenpack scheinen wirklich einfach *nur* einzuatmen ...) oder Aus-dem-fahrenden-Zug-Springen.

Nur Einatmen als grundlegendste Form des Egoismus.

Alle gucken gleich dumm und Hilflosigkeit schreit aus ihren Poren. Aber sie schweigen.

Sie verrecken in Verstecken.
Sie verkümmern unter Trümmern.
Sie verenden hinter Wänden.
Und sie trauern hinter Mauern.

In diesen Leuten muss doch irgendwo Hoffnung versteckt sein? Auf irgendwas und wenn es ein guter Fick mit sich selbst ist. Roland schaut Verzweiflung. Nichts anderes. Wo er auch hinschaut: Nichts!!! Als!!! Verzweiflung!!!

Auf dem Weg zur Arbeit sieht Roland die High-Definition-World vorbeirauschen. Da hat man Werte hochdefiniert für eine Welt, die näher am Abgrund als am Leben ist. Zwei Schritte vom Abgrund entfernt will die Welt springen, hat so viele Pickel von der Menschheit, so viele hochdefinierte Krankheiten, Maschinen, die hochdefinierten Lärm machen und ansonsten die Straße kaputt. Und den Menschen.

Dann ist er im Nest der Kapitalgesellschaft. Böse Börse Frankfurt am Main. Hohe Häuser stehen rum und wollen vorbeifliegende Flugzeuge küssen.

Silbrig poliert strahlt die Eingangspforte, aber Silber ist auch nur glänzendes Grau. Roland geht da durch. Begrüßt einige Leute. Die Tabletten vom Frühstück verlieren ganz langsam ihre Wirksamkeit und mit jedem geheuchelten

Freundlichkeitswort, das Roland so sagt, spürt er in sich wellenförmige Antigesundheit toben.

Die schlägt gegen den Magen und dann sofort gegen die Innenseite seines Geschlechtsteils und von dort dann rasant in alle vorhandenen Gehirnteile. Da denkt dann irgendwas: Nicht schreien, nicht weinen. Fassung bewahren und weiterlabern.

Roland macht den Mund auf und zu und da kommen Geräusche raus. Das sind dann wohl sinnvolle Worte zum Begrüßen der Arschfickerkollegen, denkt sein Gehirn. Die Worte, das Gehirn.

Alles sinnlos aneinandergereiht. Dann ist irgendwann keiner mehr da, mit dem sein Gehirn kommunizieren kann. Alle gehen in ihre dummen Ecken und Büros, bevölkern Kaffeeautomaten, labern ihre Minitelefone voll und dünne, fragile Finger sausen auf Laptoptastaturen hin und her.

In der Börse kaspert das Böse in Form von schlechtem Kaffee und Kapitalismus. Man kommt sich ständig in die Nähe der Quere und belästigt einander mit Statistiken, Notierungen und Arschfickgesprächen.

Nadelgestreifte Wichtigtelefonierer spendieren sich gegenseitig mit VWL- und BWL-Eifer (und dementsprechend vereiterten Krustengehirnen) wenige Worte. Das Gefüge der asozialen Kompetenz entgleitet dem eigentlichen Leben.

Draußen ist feindlich, drinnen ist Geld, Gewinn, Rendite und die Möglichkeit, ziemlich günstig an billige, minderjährige Polinnen und günstiges und trotzdem astreines Kokain zu kommen. Investoren haben zu investieren, wenn die Stimmen an ihren Telefonen lauter und geringschätziger werden.

Es geht ab und Roland hat Bauchschmerzen vom schlechten Kaffee und vom Kapitalmarkt. Saumäßige Übelkeit in der Nähe von gelb-oranger Blutkotze würgt sich aus der Tiefe seinen Hals hoch, und er schafft es gerade noch, den ganzen Körpermatsch runterzuschlucken, bevor das aufs feine Nobelbörsenparkett plätschert.

Roland will Ohnmacht. Er spürt eine definitive Nichtdazugehörigkeit. Die Lautstärke, die Zahlen, diese Schmerzen im Herz und dieser Druck im Bauch, der ihn seit mindestens 16 Tagen nicht hat richtig kacken lassen, das alles macht ihm so was von brutal Angst. Die geht dann überall hin in seinem Körper, die Angst, und macht Roland stumm und fast tot.

Dies klingt alles so, als sei der Roland so maximal unzufrieden, dass nur noch ein anderer Job ihm helfen würde oder allein eine ganz andere Art zu denken. Das wünscht sich der Roland auch, so zu denken wie im Traum der letzten Nacht, nicht zu ruhen, bis auch der letzte Kapitalist an den Geldern seiner Verbrechen erstickt ist.

Aber der Roland, und das benutzt er auch stets als Entschuldigung für sich selbst, ist halt auch schon so lange im Job. Er kann nichts anderes außer das hier. Rennen, schreien, Schmerzen erleiden und das alles für die Aufrechterhaltung eines Marktes, an dem nur die Reichen verdienen. Moralisch kann man hier nicht werden, sondern nur demoralisiert.

Ein Wahnsinn bricht los, als irgendwelche Zahlen veröffentlicht werden. Alles brüllt durcheinander. Keiner weiß, was er tut, und alle finden sich und ihr Tun gut.

Gehandelt wird mit der Nichtigkeit von Leben beziehungsweise mit Werten, die einige Menschen hier für Leben halten. Rolands Frust auf all das wächst und seine Angst ist der Dünger der Frustpflanze. Steigert sich langsam zu Zweifel, Zweifel an dem, was mit ihm und um ihn herum geschieht. Plötzlich sieht er sich mehr denn je als Instrument. Seine menschlichen Züge fallen auf den Boden und zerbrechen dort in Gleichgültigkeit.

Menschliche Züge entgleisen.

Roland hat Durst. Da hat einer Wasser in einer 0,5-l-Mehrwegflasche. Roland steht neben ihm, aber man kann ja keinen hier mit einer Pulle Wasser um einen Schluck bitten. Da könnte man gleich nackt auf dem Tisch tanzen und »Kommunismus!!!« oder »Geld ist ein Arschloch!!!« oder »Aktien sind Lüge!!!« brüllen. Käme aufs Gleiche raus, wie einen mit 'ner Flasche um einen Schluck zu bitten.

Roland hat Durst. Sein Geist zittert. Vor der Vorstellung der Realität. Zu schwach für die reale Präsentation von Echtheit. Zu schwach auch die Einzelperson, die dies alles ertragen muss.

Aber auch er muss in sein Handy schreien. Schreit wen auch immer an. Einer ist ja immer dran. Meist fette Typen, die aussehen wie aufgeplatzte Bratwürste. Der Roland muss den Bratwürsten erzählen, was hier an der Finanzbasis so geht. Die Bratwürste, die meistens Frauen mit dünnen Pommesfingern und surrealistischen Melonentitten haben, antworten stumpf kauend oder Zigarre rauchend die Handlungsstrategien für Roland ins Telefon.

Der Roland muss dann danach arbeiten. Muss die Notierungen angucken. Dann kurz zum Klo und Speed durchs Gesicht wegen Nächten ohne Schlaf, weil der Job Menschen frisst. Und ausspuckt.

Das sieht dann aus wie Roland. Jobkotze. Die Verdauung des Kapitalismus sind missbrauchte Menschen. Ansterbend durch das, was sie täglich tun müssen.

Roland weint, aber nur innen. Versklavt ist er. Deswegen weint er. Schlimm auch, dass er mit dem Wissen lebt, versklavt zu sein und keinen direkten Ausweg parat hat.

Wohin auch? Was kann der Roland denn noch? Den Müll runterbringen? Ein Fahrrad reparieren? Einen Garten bauen? Nichts davon ist hier relevant.

Ständig vibrieren Rechenexempel vor seinem geistigen und vor seinem realen Auge. Weil sein geistiges Auge irgendwann von dieser Scheiße zertrümmert worden ist und dadurch kaputt geblindet wurde, übernimmt seine Realsehschärfe nunmehr alle Guckjobs, also auch die, die beantworten sollen: Wie geht's mir eigentlich noch außer schlecht?

Also von innen sich angucken, geht gar nicht mehr, außer aus massiver Distanz provoziert durch Drogen. Innehalten, Maschine stoppen wäre mal wichtig, um nicht emotional ausgelutscht zu werden. Ausgelutscht von der dicken Zunge des Kapitalmarktes. Die wühlt sich durch die Seelen, rotiert wild durch Innereien und wird zur emotionalen Kettensäge. Zu stoppen ist das nicht. Keine Zeit zum Innehalten.

Roland benötigt seine ganze Kraft, um den Bratwurstinfos zu folgen und um einfach nur weiterzuleben im Sinne von Atmen und Rumstehen.

Geld flattert, das Börsenparkett erzittert, in der Dritten Welt brechen Wirtschaften zusammen. Ökologie, da scheiß ich einen dicken Haufen drauf. Das System rechtfertigt sich selbst. So geht's hier ab. Tränen bedeuten hier nichts, Menschen schon mal gar nicht, alles in dieser Welt ist austauschbar. Und hier gibt es keine Müdigkeit.

... und ab und zu zwinkert die Hölle durch die Fugen des Parketts. Die ist direkt unter dem Börsenboden. Milliarden Grad heißes Feuer, das vernichten will, alle haben will, nichts zurücklassen will außer grauer muffiger Asche.

Roland denkt sich die Hölle als einen Ort der Revolte. Wenn irgendwas kommt zum Kaputtmachen, dann kommt es von unten.

Im Inneren Rolands: In direkter Nachbarschaft zu einem Magengeschwür in Mäusekopfgröße hat sich unbemerkt vom Inhaber dieses Gesamtkörpers ein Krebsgeschwür am Darm verankert. Es wuchert.

Jede Scheiße, die in Roland vorgeht, ist Nahrung für die Krankheit. Krankheit fressen Körper auf. Langsam und mit Genuss wird Roland von innen ausgesaugt. Krebsdinner Mensch.

Lecker Leber, lecker Lunge, nicht so lecker das Gehirn, das immer so kaputte Gedanken hat. Wird aber auch dran gefressen. Roland merkt das nicht, dass sich sein Körper von sich selbst ernährt, während er sich nur von Kaffee, Zigaretten und minderwertiger, vitaminloser Kotze ernährt.

Diese isst er meistens stehend und schnell und aggressiv schluckend. Rauchen macht manchmal die Unsicherheit weg. Also hat der Roland ab und zu Zigaretten im Gesicht, die ihm aber eigentlich ziemlich stinken. Sein dünner Körper kann mit diesem ganzen Scheiß nicht umgehen.

Irgendwann ist eine kurze Pause für den Roland und er sitzt mit vier Kollegen am Tisch und es wird laut geredet.

Tolle Pause. Der belanglose Gedankenaustausch nervt im Angesicht der Bitterkeit der Realität. Realität tötet, weiß Roland. Aber dem Tod in die Augen zu sehen, war schon als Kind ein Abenteuer.

Sabine, Lars, Hendrik und Jörg vergnügen sich in schändlichster Weise mit ihren Verbalismen. Aus den Mündern kommen nur ungesunde Worte.

Roland lauscht, während Sabine ihre sexuelle Not kundtut und sich über ihr Ungeficktsein aufregt: »Also, ich brauch mal wieder 'nen richtigen Mann für zwischendurch zwischen die Beine, so einer, der in drei Minuten alles gibt und sich dann in seine Bestandteile Penis und Knackarsch auflöst. Das Sexualobjekt dann zusammengefaltet und ab inne Handtasche und zu Hause nach Feierabend wieder aufgebaut.«

Jungspund Lars, gerade mit dem Studium der Betriebswirtschaftslehre fertig, aber mit dem des Lebens noch lange nicht, tut breihirnig und lüstern kund: »So einer bin ich. Kann nur mich selbst produzieren und massenhaft fürchterlich fruchtbares Sperma ... Ey, ich bin legendär ...«

Geringschätzigkeit in Sabines Blick, sie muss nicht lange nach Worten suchen, nach Zigaretten in ihrer Handtasche schon noch eine Weile.

»Ne, lass mal kleiner Mann, von dir hab ich schon gehört, frau hier sagt, dein Schwanz ist zwar nicht sehr lang, aber dafür sehr, sehr dünn.«

»Das ist ungefähr so, wie wenn einer sagt, also ich bin jetzt zwar voll den Umweg gefahren, hab aber dafür auch extrem teuer getankt, hahaha«, versucht Hendrik einen durchaus durchdachten Witz in die Atmosphäre zu lenken.

Der Mann hat Humor, das wissen alle. In Roland bricht die Wahrheit an, er macht sich schon seit langem Gedanken über Werte, Gegenwerte und das Dumme am Kapital. Er zögert, die Runde lacht zu Ende, sogar der Lars, der den Witz zwar nicht verstanden hat und deswegen nur für die Statistik lacht.

»Wisst ihr eigentlich«, beginnt Roland zögerlich und leise seine Ausführung, »dass es für die meisten Aktien, mit denen wir hier handeln, überhaupt keinen realistischen Gegenwert gibt. Alles ein riesiger Fake. Alles worauf wir hier unsere grundlegende Existenz gründen ist LÜGE, LÜGE, LÜGE!!! Uns entrinnt die Realität. Und wir alle sitzen hier planlos und reden über Zwischenmenschlichkeit und Zerbrochenheit in unserer Verworrenheit. Was ist nur mit uns los?«

Ignoranz. Keiner antwortet Roland, nein, Lars überhört ihn und bezieht sich einfach auf vorangegangenes Sexualgeplauder. In seiner bekannt selbstdarstellerischen Art preist sich der pseudopotente Pseudohengst selbst an: »Was? Wer sagt denn so was? Mein Schwanz ist der schmackhafteste von allen ... Man nennt mich auch Turbo-Lars, den Geschwindigkeitsficker. Meine stahlharte Jugend sollte eine Sünde wert sein, Fickfrosch.« Er blinzelt Sabine an. Lars als personifizierte Kontaktanzeige, doch aus Sabines Blick gleitet die Erfahrung einer viel beschlafenen Frau.

»Ja, vielleicht für die schwulen Freaks da hinten, die immer noch meinen, der Dax wohnt in diesem Bau. Diese Anzugständer mit Ministändern.« Sabine raucht kurzatmig und fährt dann fort: »Minderjährige haben mich noch nie wirklich interessiert.«

Jörg hat auch eine Wortmeldung. Er ist ansonsten sehr schüchtern, was öffentliches Reden betrifft, aber manchmal sagt er brutal schlaue Sätze, die aus seinem Erfahrungsschatz entspringen. »Ab 35 braucht man halt Viagra, um noch Spaß zu haben.« Sabine bindet plötzlich ihr Interesse an Jörg, der mit diesem Satz, so platt er auch war, scheinbar einen Reiz ausgelöst hat. Sie fixiert ihn mit einem Blick, aus dem die Hormone der Ungeficktheit stieren.

»Hast du was dabei?«, fragt Sabine atemlos und hastig, während sie das Endstück einer Filterzigarette in einen Aschenbecher quetscht.

Jörg antwortet in ungekannter Coolness: »Aber immer ...« Kurze Pause.

Sabine kramt in ihrer Handtasche. Dabei fixiert sie Jörg mit einem mütterlichen Blick, aus dem Arroganz und sexuelle Empfindsamkeit rinnen.

Sie haucht ein »Toilette? Schnellfick?« in Jörgs Richtung und der findet sich in einer Lage, die ihm mindestens vier Nummern zu groß ist, und aus seinem Mund fallen unsichere Worte wie ein leicht genuscheltes, weil aus der Überforderung entsprungenes »... mmmhhh, ich weiß nicht ...«.

»Sicher! Toilette! Schnellfick!«, Lars bietet sich als Ersatzmann an und seine stumpfe Jugendlichkeit übertrumpft Jörgs alternde Skepsis. Sabine verdreht die Augen, weil sie weder den einen noch den anderen eigentlich meinte.

»Du doch nicht, du Loser! Hendrik? Toilette? Schnellfick?« Der Angesprochene hebt eine Kaffeetasse vom Glastisch ab und nippt daran, bevor er Sabine anschaut und geduldig langsam, weil seiner sexuell anlockenden Ausstrahlung bewusst, sagt: »Sabinchen, elendes Sabinchen. Alle Geilheit fressendes Sabinchen. Du beschlafenswertes altes Mädchen. Wir haben doch Pause. Eben noch Kaffee auftrinken, aber dann komm ich mit.« Da ist kein Lächeln, kein unkontrolliertes Gesichtsmuskelzucken auf seinem Antlitz zu entdecken. Die Routine des Erfolges des sexualisierten Ausdrucks. Hendrik trinkt sein koffeinhaltiges Heißgetränk in einem Zug runter, auch hier verzieht der Mann keine Miene. In seinem Palast der Coolness ist er der Weltherrscher.

In Sabine hingegen ist Kirmes. Das zeigt auch ihr Gesicht. Ein Lächeln, die freudige Erwartung der sexuellen Momenterfüllung.

Jetzt will die Sabine Besucher im Genitalbereich. Möglichst viele. Die Angespanntheit der Sehnsucht kann bei ihr nur ein schwanzgemachter Orgasmus vernichten.

»Ach, kommt doch einfach alle mit, ich geb 'ne Runde Quickies aus. Auch für dich, Jungspund.« Sabine deutet dabei auf Lars. Der fühlt sich auserwählt. Und artverwandt dazugehörig. Kevin jubiliert, als er Sabines wahnsinnige Fickbereitschaft wahrnimmt. Aus seinem Kopf verabschiedet sich das Blut, weil es einige Stockwerke tiefer zu tun hat. Und was soll es schon in seinem Kopf, das Blut, da hat es eh kaum was zu tun, lediglich der Wiederholungsmechanismus des Blutkreislaufs bestimmt das Vorkommen in dieser Region.

Lars, Sabine, Jörg und Hendrik stehen nahezu gleichzeitig auf und gehen Richtung Toilette. Da wird dann wohl mal wieder gefickt werden. Auf zum würdelosesten aller möglichen Fortpflanzungstänze: dem Toilettenfick.

Roland kennt das. Er hat da auch schon mal mitgewirkt. Auch mit Sabine und mit anderen. Er weiß um die dumme, sexuelle Aggression und das plumpe Verhalten der Genitalverschmelzung. Er fühlt sich nicht nach ficken. Sein Trieb ist ohnehin ziemlich niedergestreckt.

Er denkt lieber. Roland bleibt allein sitzen und widmet sich seinen Gedanken. Nippt dabei am Kaffee, der nur noch eine lauwarme Temperatur aufweist. Lässt seinen Blick schweifen, versucht in sich zu gehen und bemerkt ausschließlich verschlossene Türen, undurchschreitbar. In diesem Kapitaltempel ist es nahezu unmöglich, menschliche Gedanken aufzubauen, die über die Erfüllung von Grundbedürfnissen hinausgehen.

Dann bekommt er einen heftigen Stuhlgangreiz. Verbunden mit einem Schmerz, der ungefähr das Gefühl darstellt, als würde man sich aus zwei Meter Höhe mit dem Arschloch direkt auf einen in den Boden gerammten und angespitzten Besenstiel fallen lassen. Zieht sich vom Darm in den Kopf und fühlt sich an, als müsse er sein Gehirn ausscheißen. Roland verkrampft sich.
  Sein Unterleib blubbert, irgendwas ist da drin, was da nicht hingehört. Wär vielleicht ganz gut, sein Gehirn rauszukoten, hätte man damit schon mal keine Last mehr, denkt der Roland. Sein eigenes Gehirn formschön durch Analschleimhäute gepresst und dann nichts mehr denken müssen. Das Gehirn fällt in die Toilette und abgezogen wird. Das Gehirn trudelt dann so durch unterirdische Rohre, kommt irgendwann an der Nordsee an und wird dort von kleinen Scampikindern aufgegessen. So könnte es passieren, wenn die Welt in Ordnung wäre.

Roland geht zielstrebig zum Toilettentrakt. Er geht schnell. Eigentlich geht er immer schnell, aber besonders jetzt. Eleganter, schneller Gang. Sein Körper weist aber erhebliche Dysfunktionen in Sachen Wahrnehmung und Orientierung auf. Er erkennt einige entgegenkommende Gesichter nur verschwommen und läuft an Türen vorbei, hinter denen er bereits seinem Drang hätte nachgeben können.

Einige Schritte müssen gerannt werden. Eine Tür muss aufgerissen werden. Dann wieder zugeknallt die distanzierende Tür und dahinter verschanzt. Hinter dieser Tür ist die Ruhe der Abgeschiedenheit von den allzu entspannten Lügnern des Kapitalmarktes. Es ist für Roland eine Wohltat, diese Tür schließen zu können. Dann schnell den Unterleib entblößt und den Arsch in die Schüssel gesessen.

Der Toilettentrakt ist sauber und glänzend. Viel Chrom. Viel Glas. Reflexionen, die im Auge schmerzen. Jede Stunde wird hier geputzt.

Jede Stunde. Jede beschissene Stunde wird hier der Stuhlgang der Besserverdienenden von Schlechterverdienenden weggemacht.

Eine freundlich, aber nicht albern grinsende Osteuropäerin kommt mit einem Eimer voller Chemie und rubbelt mit Zellstofftüchern an den Oberflächen der Toiletten und Waschbecken. Gut macht sie das. Lustlos ist sie. Sie hat vier Kinder, darum tut sie das. Würde hätte sie auch gern, aber sie hat nur diesen Lappen und diesen kleinen grünen Eimer ...

Da kommt auch schon, begleitet von Todesgeruch (feuchtes Laub meets fünf Jahre Schimmelkultur), eine Pfütze Blutkacke aus Rolands Analöffnung runtergeplätschert. Klatscht in die Schüssel und macht sie rot und braun und unaushaltbar todesähnlich riechend.

Dem Raum fehlt plötzlich zuversichtlicher Sauerstoff. Roland atmet seinen Untergang ein, als könne er dadurch die Atmosphäre verändern oder regulieren. Weitere Verdauungsschmerzen folgen. Blut und Scheiße, ein Schmierfilm rinnt aus seinem Arsch in die Toilette und der Kopf ist ganz weich vor Wehmut.

Roland benötigt einige Minuten, um seinem Schmerz Herr zu werden. Er fände es jetzt würdelos, einfach so loszuschreien, denn was würde das ändern. Leute würden die Tür aufbrechen und einen jammernden, erfolgreichen Börsenmakler vorfinden, der zusammengekauert auf einer Kloschüssel abhängt und einfach nur Angst vor Schmerzen und der Zukunft hat. Blutstropfen sprudeln weiterhin dunkelrot durch Rolands Poritze, begleitet von todesnahen Emotionseskapaden.

Er merkt, dass eine Menge nicht in Ordnung ist, als er zwischen seinen Beinen durchsehend seine Verdauungsproduktion betrachtet und verachtet. Jetzt, in der Sekunde der Krebszuspäterkennung, entschließt er sich für Veränderungen.

Ach, es ist nicht wirklich ein Entschluss. Roland ist zu schwach für menschliche Entscheidungen. Er ändert seine Meinung über die Änderung seines Lebens. Diese Entscheidung verwirft er aus Gründen der akuten Schizophrenie innerhalb weniger Sekunden. Wie denn verändern? Was denn verändern? Leben passt doch, lügt sich Roland an.

Sein Leben ist ihm aber etliche Nummern zu groß, ein XXL-Leben hat er sich angezogen, der Roland, obwohl ihm vielleicht nicht mal ein Kinderleben passen würde.

Das Klo neben ihm ist bevölkert von vier Personen, die an sich gegenseitig geringschätzige sexuelle Handlungen vollbringen und nicht müde werden, eigene Körperteile in fremde zu stecken. Die müssten eigentlich Roland wahrnehmen, der nur durch eine dünne Sperrholzwand von ihnen getrennt ist.

Also geräuschmäßig und geruchsmäßig müssten sie es eigentlich miterleben, was da nebenan gerade an spiritueller Darmentleerung geschah. Aber sie sind selber laut und völlig wahrnehmungsbehindert. Es regiert lediglich Geilheit, nicht mehr, alle Wahrnehmungszentren sind auf das Verhaken von primären Geschlechtsorganen getrimmt. Dabei machen sie Geräusche, aus denen ihre Dummheit schreit. Sie vergiften sich gegenseitig mit nicht vorhandenen Emotionen.

Sabine wird von drei Schwänzen gefickt. Mund, Arsch, Genitalbereich. Wäre ein vierter Typ dabei, sie würde auch noch ihre Nasenlöcher, Ohren oder Achselhöhlen ficken lassen. Sabine spürt nichts. Sie wird beschlafen von Typen, die ebenfalls nicht den Hauch einer Ahnung von der Wahrheit haben.

Sabine schreit. Aber lieber Schmerzen als gar nix spüren, denkt sich Sabine und lässt Dinge geschehen, die sich Tiere ausgedacht haben. Ihre Schamlippen bluten wegen erhöhter Penetrationsfrequenz und sie ist überall ganz rot angelaufen.

Tolle Pause, denkt sich Sabine, nächstes Mal gehe ich lieber wieder zum Chinesen, denn diese scheiß charmanten Chinesen entführen einen in Welten voller Zuversicht, nur weil sie lächelnd Essen servieren.

Roland hört das ganze dumme Geficke nebenan auf der Klozelle und befindet sich für Sekunden in einem frivolen Moment. Roland atmet. Und hört zu. Das rhythmische Geficke und die monotonen Lautäußerungen der Beteiligten breiten eine dumme Entspannung aus, die sich auf Rolands Bewusstsein sehr beruhigend auswirkt. Die ganze Atmosphäre, die gerade noch so unattraktiv herumflorierte, nimmt nun den Rhythmus von Sabines Fickgestöhne an.

Ah ah ah aaaahhhh ah ah ah aaaahhhh und so weiter. Die Typen sind still, nur ab und zu hört er Körperflüssigkeiten sich mengen und das klingt, als wenn man kräftig auf einen Sahnekuchen haut.

Roland hat sich ein wenig von seinem Tun und Ansterben erholt. Das versehentlich ausgeschiedene Blut hat ihn schwach gemacht. Er steht auf, taumelt, fällt auf den Toilettensitz, der ihn gnädig wie einen alten Freund empfängt. Er steht erneut auf mit nichts als Unklarheit im Kopf.

Die übernimmt ganz sein Bewusstsein und lässt Roland sich sehr verletzt und einsam fühlen. Böse Unklarheit. Kommt einfach so an, steigt aus blutigem Stuhl auf und ermächtigt sich der ohnehin schon kaputten Persönlichkeit Rolands. Die Toilettenspülung muss ganze Arbeit leisten, um das Analmassaker zu beseitigen. Es rauscht friedlich hinab und klingt verdächtig meditativ, findet Roland.

Roland geht, will noch 'ne Runde arbeiten, fühlt sich aber kaum imstande, überhaupt aufrechten Gang auszuführen. Er steht und Aufstand ist in ihm, all das zu lassen, was er vorhat.

Alles in Roland sträubt sich gegen seine Person. In ihm ist nur Opposition. Er stolpert aufs Börsenparkett zurück, wo der Handel schon wieder mächtiger ist als er selbst. Es ist wieder viel Geschrei am Start. Roland geht zu dem Tisch, an dem er vorhin mit den Fickern saß. Da liegt noch sein Handy.

27 Anrufe in Abwesenheit. Verfickte Scheiße. Roland checkt die Liste der entgangenen Calls. Nur Bratwürste haben

angerufen und irgendjemand namens Anuschka. Diesem Namen kann Roland nicht sofort ein Gesicht, ein Gefühl oder eine Stimmung zuordnen. Dann fällt ihm die Nutte von vorgestern ein und dass sie sich melden wollte. Das hat sie dann wohl getan. Warum auch immer.

Der Moment kommt. Der Moment.
　Es kommt ein Moment.
　DER Moment.
　Will bleiben, ewig sein. Er macht was mit Roland, der den Moment nicht ernst genug nimmt. So kann der Moment ganz tief in ihn rein. Der Moment geht tiefer als tief in Roland rein und macht diverse Veranstaltungen mit und in ihm.

Roland schwitzt an den Händen, die sein Handy festhalten. Er ordnet die Anrufe nach Wichtigkeit und die Nutte belegt den viertletzten Platz. Roland beginnt, ganzkörpermäßig Schweiß abzusondern.

Der Moment fesselt Roland an sich, weil es so ein Moment nötig hat, zu glänzen wie eine Fettsau in der Schlachterei. Glänzt also, der Moment, und macht Roland ein seltsames Gefühl in den Leib. Irgendwas zwischen Zerbrochensein, Erbrochensein und in der Nähe von Freiheit, Glück auf der Flucht vor einem selbst gesehen zu haben.

Das Handy.
　27 Anrufe in Abwesenheit wegen fünf Minuten kacken und sterben. Das Handy kommt Roland ein wenig vor wie die Streitaxt der Kapitalgesellschaft.
　Und man bekommt davon mobilen Krebs im Kopf.

Die Bratwürste wollten allesamt ihre Geschäfte verbessern und ihren Reichtum mehren. Die Nutte ebenso. Doch weder Nutten noch Kapital interessieren Roland jetzt.

Er steht im Tumult der Frankfurter Börse zur besten Handelszeit und schließt einfach die Augen. Er lässt die Welt einfach so versinken, dabei gleitet ihm sein Handy aus der Hand und zersplittert am Boden. Zerbrechlichkeit – deutsche Wertarbeit.

Roland umfängt eine Art Trance, die aus Reizüberflutung entstand. Da wird sein autistisches Ich wach und legt Rolands Sinne zärtlich schlafen. Jetzt ist nur noch kleine, wirkungslose Leere in ihm. Es gibt nur ein Jetzt und von fern klingen leicht Klaviermelodien durch sein Gehirn und reflektieren mit gewaltigem Echo an den Wänden seines Schädels, der all diese Gedanken aushalten muss und dann auch noch diesen Körper adäquat steuern soll. Unmöglich in diesem Moment.

Also steht der Körper regungslos da, während um ihn die Schergen der Hölle weiter ihr Treiben zelebrieren und business as usual machen. Die Klavierscheiße macht Roland so ruhig, dass er einfach schlafen könnte. Die Melodien alle unbekannt, alle schön fett und wohlklingend. Roland auf der Stufe zum Verstandsverlust. Noch ein Schritt und weg ist das Gehirn inklusive Gedanken. Noch wenige Sekunden Stille, dann ist man offiziell verrückt, weil sich die Wahrnehmung einfach mal so verschoben hat. Dann ist nur noch Abtransport und Anstalt gefragt, und wenn man dann klug ist, hat man lebenslänglich seine Ruhe. Spielt den Leuten da offiziell seinen Wahnsinn vor, der ist so echt wie Schmerz, der bleibt.

Roland aber öffnet aus Angst die Augen und sieht sein Handy zertreten am Boden kleben. Er rettet die Speicherkarte, fragt sich, wie spät es ist, und antwortet sich, dass es eigentlich schon zu spät sei. Der Markt hat den Menschen gefressen und Roland will nach Hause.

Sagt genau das einem neben ihm stehenden bekannten Kapitaldealer, der dann sagt: »Is' gut Bruno, gute Besserung!« Roland geht raus.

Draußen ist fast wie drinnen, nur mit mehr Atmosphäre. Weitere Blicke gehen kaum wegen der Zugebautheit Frankfurt am Main.

Blicke treffen Stresspeople, Betonwände, Bratwurstherren, Melonentittenfrauen. Zombies vereint im Geiste. Untote Schicksalsjongleure. Man kennt, grüßt und hasst sich. So auch hier draußen. Roland hat Ganzkörperschmerzen. Er denkt, dass ihm vielleicht ein Arzt helfen könnte und dass spätestens jetzt der Zeitpunkt dafür sei.

Allgemeine Medizin.

Weg von den Drogen, weg von den Nutten, raus aus der Emotionswüste, sich verlieben und bloß nicht krank sterben. So denkt der Roland und an ihm vorbei zieht ein Leben, das nicht das seine ist, aber er hat es gelebt. Am liebsten schnell ein Arzt für ihn. Oder doch nur ein Dealer? Kokain? Jetzt? Um noch schneller zu sterben? Roland antwortet darauf mit eindeutiger Verwirrung. Erst mal weg hier, denkt er aber ganz konkret und geht einige rettende Schritte. Unbewusst, aber ihn entfernend aus der öligen Brutzelpfanne Satans.

Der aber macht sich nichts draus, denn diese Seele hat er eh schon doppelt. Sammler sind schon verrückte Leute.

Der Moment hat Roland verändert, aber er ist sich noch nicht des Ausmaßes der Veränderung bewusst. Er geht erst mal weg. Weiter weg. Ein weiter Weg. Von sich weg. Nach Frankfurt rein. S-Bahn zum Bahnhof.

It's a kind of strange walking. Füße tragen nur den Körper, nicht das Schädelportal. Der Kopf steuert nichts.

Unterbewusst kommt Unbewusstes. Rolltreppe runter. Das Gefühl im Gewühl macht kein Gefühl. Anzug tragende Systemkonformisten. Reden Mist und riechen nicht nach Mensch. Die Frauen schon gar nicht. Nachgezeichnete Augenbrauen für den Höhepunkt der künstlichen Optik.

Dem Roland fällt eine H&M-Werbung auf, die ein Model im Bikini zeigt. Die Brüste des Models wirken eingeklemmt und scheinen um Hilfe zu schreien. Freiheit, verdammte Freiheit.

Daneben geht es um Schokolade und daneben um Fleisch und daneben um Medizin. Roland sieht sich im Geist mit einem Maschinengewehr den Bahnsteig blutig spülen.

Zerfetzt Körper und spaltet Schädel. Arme fallen ab. Knietief in Menschenblut watet der Roland und erwartet nichts mehr außer noch mehr Blut. Das Gewehr rattert und spült die Gedankenfetzen der Gleichgültigkeit auf die Schienen. Die Struktur der Gleichgültigkeit ist wie rosagelbes Gehirnblut. Das kommt aus den Leuten raus, wenn Roland in sie Munition schießt, und ergießt sich fröhlich färbend in die Welt. Das selbstgerechte Pack verreckt an Ort und Stelle und blutet aus. Roland lächelt. Kurz und schmerzverzerrt.

Inside S-Bahn. Dort etwas mehr zu sich kommen. Das ist gefährlich. Aber es geht und Roland tut das. Kommt zu sich und kann ein wenig unferngesteuert und unbescheuert denken.

Okay, das monotone Surren der Bahn macht ein wenig Ruhe im Kopf. Es flackert rhythmisch. Roland braucht Hilfe. Das weiß er. Medizinische Hilfe. Fachkompetenz in Sachen Heilkunde.

Retten würde ihn auch Liebe, weiß er, aber die ist weiter weg als der Planet Pluto. Die Liebe. Wo die wohnt, ist kein Mensch. Kein Mensch, den Roland näher kennt, strahlt so etwas wie Liebe aus. Tief geht er in sich. Wieder so was wie Autismus, nicht ganz so krass wie der Moment.

Er schaltet ab. Sich ab. Als sei er ein heiß gelaufener Kernreaktor, der grad nochmal so die Kurve vor dem Super-GAU geschafft hat.

Die Betonwände Rolands haben erhebliche Risse.

Es ist zu spät für einen Arzt heute. Vielleicht sogar überhaupt zu spät? Der Arzt muss warten, Roland muss warten, denn der Arzt ist schon auf dem Golfplatz oder auf der Swingerparty mit den Kollegen.

Den Arztbesuch, das will der Roland morgen in Ruhe tun. Also fährt er relativ zielgerichtet heim. Noch zwei Stationen, dann ist Wohnen, denkt der Roland und entscheidet sich sehr bewusst für ein anderes Leben, weiß nur noch nicht welches.

Roland kommt zu Hause rein, es riecht noch wie am Morgen. Der Duft von Sorgen und Kummerdreck liegt in der Luft, der Gestank eines ungesunden Lebensstils, notdürftig mit Parfüm und Deodorant verdeckt, aber wehe man sprüht nix drüber, dann erkennt man sofort den Loser darunter. Roland holt sich ein Glas Wasser, trinkt das auf und geht ins Schlafzimmer. Dort ist Angst über dem Bett. Unsichtbare Angst schwebt übrigens in allen Räumen.

Roland überlegt, was ihm wohl ein Arzt raten würde. Bestimmt Urlaub oder Psychotherapie. Gesprächstherapie. Mit bebrillten Seelenerkennerinnen um die 40 auf Edeldesignersofas rumhängen und Alltag und Kindheit reflektieren. Dann 'ne Dose Pillen und 'ne Handvoll Hoffnung und weiter geht's Richtung Ende gut.

Fragt sich, ob er so was kann, der Roland. Über seine Kindheit sprechen. Überlegt, was für ein Kind er war. Ziemlich unauffällig eigentlich. Bisschen dünn vielleicht und ein bisschen zu klein. Aber wenn man Anzug trägt, vergisst man die kleine Dünnheit von einst schnell.

So geschehen auch bei Roland. Er überlegt, ob irgendetwas außergewöhnlich an seiner Kindheit war. Ja, das war sie. Außergewöhnlich normal für da, wo er aufwuchs.

Er erinnert sich an Sommertage und ein Dreirad. Seine Familie gehört der typischen Arbeiterklasse an. Kein Intellekt. Drei Fernsehprogramme.

Das Erziehen erst noch lernen, und bis man da was drüber weiß, kann man ja erst mal draufhauen, wenn die Brut nervt. Roland erinnert sich an Küchengeräte, die seinem nackten Arsch rot brennende Striemen zufügten. Unter den Wahnsinnsaugen der Eltern, die damals einfach nur in einer hilflosen Suppe aus Unkenntnis und zwei kleinen Nervblagen und einem Haufen Schulden wegen des Hausbaus rumschwammen.

Es war für ihn und seinen Bruder anstrengend, so zu leben. Es gab echt häufig Überforderungskloppe. Die Eltern rechtfertigten sich mit dem Nervfaktor, der von den Geräuschen gewöhnlicher, gesunder Kinder produziert wird.

Roland und sein Bruder waren Opfer eines unausgeloteten Familiensystems. Mutter immer frustriert, Vater immer arbeiten. Am Wochenende gab es Familienspaß, bis Mutter entnervt das Spielen aufgab und sich einer Flasche Wodka und einem der drei Fernsehkanäle widmete.

Der Vater war dann unterwegs. Und Roland kannte ihn, wie er stotternd, stolpernd und lallend zurückkehrte nach Hause. Mit einem Geruch, der Roland bis heute in der Nase liegt. Schlecht brennende Zigaretten, die einem sofort die Beine abfaulen lassen, mixed with unzähligen Bieren, Schnäpsen und Vaterkotze. Immer die Diskrepanz von Flügel oder Prügel.

Eine weitere Erinnerung an seinen Vater war das Über-dem-Essen-Einschlafen. Es riecht nach gebratenem Irgendwas in der Küche, die Bildzeitung, die mit dem guten Sportteil, liegt auf des Vaters Schoß und sein Kopf neben dem dampfenden Teller. So oft konnte er nicht mehr wach sein der Liebe wegen. Deswegen ging er arbeiten, bis er nicht mehr konnte. Bis sein Körper so kaputt war, dass er nur noch die Rückfahrt schaffte.

Roland wurde beim Anblick des schlafenden Vaters neben dem Teller immer ganz traurig, aber es war eine verständnisvolle Traurigkeit in ihm.

Noch eine Erinnerung waren »Wassersparmaßnahmen«. Der Vater und Roland in der Badewanne. Der Vater albern, müde oder besoffen. Spielte mit Roland ein Spiel, das hieß »Kleiner Popo – großer Popo«.

Das Spiel war irgendwie seltsam, fand Roland. Man musste seinen kleinen Popo und seinen großen Popo dem Vater zeigen, der dieses Zeigen mit einem Lächeln quittierte.

Roland musste dann irgendwann den »kleinen Popo« seines Vaters in die Hand nehmen, während dieser einen Zeigefinger in den »großen Popo« seines Sohnes steckte. Das dauerte dann immer 'ne Zeit, bis dann irgendwann der Vater zitterte und sagte, dass man jetzt genug gebadet habe und alle jetzt sauber seien. Nie fragte Roland seinen großen Bruder, ob der das Spiel mit den Popos auch kannte, weil das Spiel einfach nicht schön war.

Roland fuhr vierjährig mit seinem Dreirad die Einfahrt des Elternhauses runter. Schob es hoch und ließ sich runterrollen. Unermüdlich.

Oben im Haus machte sein vier Jahre älterer Bruder Hausaufgaben. Eine überforderte Mutter schrie ihn an. Mathematisches Versagen beiderseits an einfachen Subtraktionstextaufgaben. Roland fuhr und fuhr, schob und ließ sich rollen. Das Dreirad als Symbol einer möglichen Flucht aus dem Elternhaus.

Manchmal war das Rausgehen für Roland und das Verbrennen seiner Haut in der Mittagssonne einfach der allerbeste Moment seiner Kindheit. Draußen hatte er sein Buschklo, sein Dreirad und die Gedanken, dass die Familie da oben sitzt und atmend nicht weiterweiß. Roland wusste, dass seine Eltern mit der Erziehung von ihm und seinem Bruder überfordert waren. Sie hatten beide keine Geduld, nur Liebe und das reichte nicht, um jemandem den Weg zu zeigen, der klein, dumm und ängstlich ist wie Roland.

Roland ist über diese Erinnerungen in Trance geraten. Er hat seine beiden Eltern lange nicht gesehen. Aber an das Spiel mit dem Vater und an das Dreirad erinnert er sich detailgetreu. Das war ein Abriss seiner abgerissenen Kindheit in Armut, Sorge und eben ganz gewöhnlicher Kindlichkeit.

Roland ist müde. Morgen ist Arzt. Jetzt ist Schlaf. Roland in Angst, weil wer weiß schon, was in Rolands verrücktem Körper so los ist. Ein bisschen Krebs, irgendwas Bakterielles, vielleicht sogar Aids vom Nuttenficken? Aber normalerweise benutzt er dafür Kondome, aber es kann ja mal sein, dass man da so drankommt an dieses Aids trotz allem Vorsichtigsein.

Roland hat sich ins Bett gelegt und versucht, in seinen Körper zu denken. Wie sieht es da drinnen wohl aus? Wie gefährlich ist eigentlich Blutkacken? So gefährlich wie Blutkotzen? Auf jeden Fall ist Roland froh, sich für die Kontrolle seiner Gesundheit entschieden zu haben.
    Wird schon gut ausgehen, denkt der Roland. Danach geht das Leben einfach so weiter, denkt er noch. Und gleitet in einen Schlaf mit Traum.
    Ein wenig Fieber hat sich seiner angenommen und erhöht seine Gesamtkörpertemperatur.

Der Traum erobert den Menschen im Schlaf: ein freier Tag (wie lächerlich unrealistisch eigentlich). Ein Gang durch den Park. Der freie Blick auf den See.
    Tretboottouristen treten Boote, Brotschmiertouristen schmieren Brote. Die stille Idylle. Familien erziehen Kinder. Kinder spielen Verstecken, Paare an sich rum.
    Der Roland geht da durch und ist vollkommen sehnsuchtsfrei. Setzt sich an einen Steg und starrt den See an. Der liegt flach da rum, oben etwas gewellt, und starrt zu-

rück. Roland sieht ein Tretbootkind kentern. Das Boot fällt um, das Kind unter Wasser. Roland guckt da hin. Das Kind ganz lange unter Wasser. Das Kind ewig unter Wasser. Roland emotionslos. Starrt das treibende Boot an. Das Kind unter Wasser. Niemand außer ihm hat das gesehen. Er guckt weiter. Irgendwann kommt das Kind wieder hoch. Ganz weiß, ganz leicht, ganz tot. Es treibt auf Roland zu. Kommt immer näher, der schwimmende Kinderkörper.

Die leichte Leiche treibt. Das Gesicht unter Wasser und der Rest hängt so runter. Schwimmt aber. Auf Roland zu. Der guckt das nur an. Das Kind ist ganz nah, der Tod ist ganz nah. Dann klopft der Kinderkopf an einen Pfahl des Stegs, auf dem Roland sitzt und nichts fühlt. Die Leiche dreht sich und Roland erkennt sein Gesicht. Er als Kind. Er als toter Kinderkörper treibt auf der Wasseroberfläche. Roland guckt das an im Traum, steht auf, geht weg, holt sich ein Eis und setzt sich auf eine Parkbank. Da drin, nichts mehr.

Herzleer. Ein Stück Beton in seiner Brust juckt.

Er kratzt sich und vergisst. Leckt Eis und vergisst.

Wacht dann kurz auf, ganz verplant, weiß nicht, was das soll, dass ihn seine Träume foltern. Schläft ganz zärtlich und ängstlich wieder ein und ein weiterer Traum gleitet in sein Bewusstsein.

Er, der Roland, sitzt als Kind mit seinem Vater in einer stinkenden Kneipe und isst weiße Mäuse aus Plastik, dazu Cola, die an den Zähnen schmerzt. Für die meisten Menschen in diesem Drecksetablissement stinkt es nicht, sondern riecht es nach Gewohnheit und der Heimat der Arbeiterklasse. Roland kaut die ihm anvertraute Süßigkeit.

Sein Vater sitzt direkt neben ihm und daneben zwei hochgradig betrunkene Krassdrauflinge, die irgendwo im Dorf leben und zwei Arbeiter aus der Baufirma seines Vaters, die sich gegenseitig mit Geschichten aus Superlativen informieren. Dazu Bier von einem Schielauge flink serviert. Es war ein Sonntagvormittag im August, wird es Roland plötzlich von hinten bewusst. Und weiterhin, dass er gerade die Realität nachträumt, denn so ist es gewesen.

Der Roland, das Kind unter Männern in Deutschland. Gefangen in Befangenheit. Der Traum ist der Vorfilm des Erwachens.

»Leute, der Helmut hat gesagt, die Belastung ist mehr geworden«, knallt der Bier zapfende Augenakrobat in die Runde.

Diese allgemeinen Politfloskeln kommen bei seinem Publikum immer gut an und regen Aufgeregtheit und damit verbundenen Bierkonsum an.

Ein Arbeitskollege seines Vaters mischt sich ein: »Zwei Pils, für Heini auch eins. Ja, scheiß die Wand an. Die Sau, die blöde. Eine reinschlagen. Kanzleramt kaputt machen.« Eine Gewaltoffensive des besoffenen Arbeitervolkes folgt auf diese Aussage, dann wieder Stille und leises Feuerzeugaufflackern und Sauggeräusche von Mündern an Bierglasrändern.

Einer dieser Dorfassis, ein kaputter, stinkender Mann mit einer langen Narbe vom Auge bis zum Kinn, wird, ungeachtet der Gegenwart eines Kindes, primitiv sexuell. »Ich war ja letztens in diesem neuen Asiabordell und da gehen Sachen ab, Leute, unglaublich. Die Thaifotzen, die sind ja ...« Die beiden Arbeitskollegen seines Vaters blicken trüb von ihren Gläsern auf und Geschichten über Prostitution scheint es noch nicht genug gegeben zu haben.

»Erzähl!!!« Die Aufforderung der beiden Arbeiter geht mehr in die Richtung: »Los, stimulier unsere Fantasien, damit wir endlich auch wieder bei unseren fetten Frauen Erektionen bekommen oder zumindest das Wichsen wieder ein Ziel verfolgt ...« Der mitgebrachte Freund des Bordellbesuchers mischt sich kurzfristig ein, während er mit Feuerzeug und Zigarette herumfuchtelt.

»Erzähl mal dat mit ein trampeln lassen.«

Rolands Vater kümmert sich einäugig und sehr unpädagogisch um seinen kleinen Sohn, während auch er die Bordellgeschichten des Krassdrauflings nicht missen möchte.

»Roland, wills' noch'n paar Mäuse? Ach, hasse noch. Ja, wie ein trampeln lassen?« Auch der Wirt mit dem Augenfehler kommt etwas näher und die Männer bilden in ihrer Bierseligkeit eine verschworene Gemeinschaft.

Nervös zucken die Augenlider des Kneipenbesitzers und er versucht, weltmännisch zu wirken und diese Alles-schon-gesehen-alles-schon-erlebt-Optik in seinen leicht schrägen Blick zu integrieren. Gelingt ihm wegen seines Schielens nur mäßig bis gar nicht.

Er treibt aber das Gespräch an. »Irgendwie schon mal gehört, aber erzähl mal.«

Der Bordellficker beginnt seine Ausführung: »Also, die haben da so Fliegen, wenne auf Zimmer bist da, ne, also in so'n Schrank drin.«

Ein Arbeitskollege kratzt sich mit seinen Maurerbratpfannenhänden am Schritt, bevor er fragt: »Fliegen??? Echte Insekten?«

Der Krassdraufling fährt fort: »Ja, Fliegen, die sind ja da im Schrank in so'n Glas und da werd'n dann drei von der Nutte ihre geschickten Finger rausgeholt und denen werden dann die Flügelchen ausgerissen und die Viecher werden einem dann auf die Penisspitze draufgesetzt und trampeln eben. Is' erst mal ungewöhnlich, aber nachher total geil. Trampelnde Insekten, bis du spritzt. Allerdings nur einmal verwendbar die Tiere.«

Fachwissend taumelt er auf seinem Barhocker herum. Er hat die um ihn sitzende Mannschaft wahrlich beeindruckt beziehungsweise ihren Horizont der perversen Möglichkeiten um einen Spalt erweitert. Rolands Vater kratzt sich am Arm.

Einer seiner Arbeitskollegen will die Stille mit Schlauheit zerteilen. »Wahnsinn. Die Asianer sind echt krass drauf«, bemerkt er in die allgemeine Erstauntheit der Missionarsstellungskenner. Rolands Vater wieder mal zweigeteilt. Das Kümmern um den kauenden Sohn, der all diese perversen Schwingungen im Raum mithören musste, wird zur Seite gedrängt vom Interesse an der neuen Erfahrung eines Puffbesuchers. »Wills' noch 'ne Cola, Sohnemann? Und wat kost so 'ne Nummer? Und wie is' dat mit Krankheiten? Fliegen fressen doch Scheiße und Scheiße am Schwanz ist unwillkommen.«

Als wolle er gleich drauf los und auch den Insektensex antesten, bombardiert Rolands Vater den Krassdraufling mit Fragen der Kategorie Softpornomagazin. In diese Sequenz wispert ein kleiner Junge, der an seiner Ernstgenommenheit zu zweifeln beginnt: »Nein, Papa. Ich will nach Hause.« Aber niemand nimmt Roland, das Kind mit dem sturen Blick in die Cola, wahr und auch der Vater ignoriert das Bedürfnis seines Sohnes nach Kinderzimmerromantik.

Der Assi beantwortet aber pflichtbewusst die Frage von Rolands Vater: »Hundert wie normal und die Fliegen sind wohl extra dafür gezüchtet, um einem einen zu trampeln. Die sind angeblich super sauber. Und wie süß die dat sagen, die Schlitzinutten, wenn die dat Angebot machen. *Du wolle tlampeln lasse?* Lohnt sich in jedem Fall, Leute. Probiert dat mal aus, Bahnhofsstraße. Geht ab. Ich hab natürlich weiterhin nix dagegen, mir saftig einen blasen zu lassen. Auf die Liebe.« Der Krassdraufling hat die Geilheit und das Unverständnis für eine Kinderwelt in seinen debilen Augen multipliziert und hebt ein Bierglas empor, um mit dieser Geste die gewonnene Meisterschaft der kaputtesten Sonntagsgeschichte zu manifestieren.

Rolands Vater ist in Aufbruchsstimmung, weist seinem Sohn per Blick und Fingerzeig den Weg vom Barhocker runter, auf dem er schweigend saß. »Klingt ja erst mal echt exotisch«, applaudiert er verbal. »Ich muss los, meine Olle wartet mit dem Essen. Wieder so'n Sonntagsscheiß. Uli, Heinz, bis morgen auffe Maloche.« Zum Abschied ein männliches Nicken, sture Köpfe neigen sich gen Boden und Bierglas. Der Wirt kassiert »23,80!«, und Rolands Vater macht auf Kulanz und Nächstenliebe und haut noch einen Witz beziehungsweise eine Lächerlichkeit für alle auf den Tresen. »Da hasse 25. Kauf dich auch mal so Fliegen für hier, hahaha.« Dann nimmt er seinen Sohn bei der Hand und beide verlassen die Kneipe.

Der Wirt mit dem Augenfehler will auch noch eine sonntägliche Humornummer versuchen und artikuliert sich leise lallend: »Ach wat. Lass ma, bin ja kein Puff nich ...« Danach bemerkt er seinen Verlust von Würde, Anstand und Hirnrinde, aber das alles ist ihm egal.

Roland und sein Vater verlassen das dunkle Lokal. Roland ist verstört von der Gesamtsituation und den eben gesagten Dingen. Er stellt sich im Todeskampf windende Fliegen auf männlichen Genitalien vor und ihm wird schlecht. Vielleicht auch von den Schaumstoffmäusen und der Cola.

Roland fällt über seine Füße und schlägt sich seine Knie blutig auf dem Schotterparkplatz. Der Vater zieht ihn hoch und knallt ihm eine (flache Hand trifft Wangenknochen) und Roland beginnt ein stummes Weinen. Alle Schrecken der Kindheit sind wieder da. Roland hinten drauf auf Vaters klappriges Herrenrad und der Mutter und einem Essen entgegen. Da wird dann Schweigen sein. Oder Geschrei. Heimwärts geht es, der Traum endet an einer Straße, an der Roland sich und seinen Vater nur noch von hinten sieht, er heulend und sich festkrallend, während der Vater ein Lied summt.

Den Rest der Nacht verbringt Roland traumlos. Der Traum im Traum war zu realistisch. Das ist ja auch echt so passiert. Rolands Kopf ist zum Bersten mit Traumnachwehen und extremer Verwirrung gefüllt.

Noch ein Fetzen Kleintraum und diverse Synapsenverbindungen Rolands würden einfach so auseinanderplatzen. Im Schlaf. Das Gehirn weggebombt vom eigenen Traumunwesen.

Ein Krassdraufling riecht übrigens wie die Mischung aus unsauberer Toilette, Zahnfleischblut, ranziger Milch und Kotze. Traumgeruch vergehe. Verwehe. Lass nur beständig Realität walten.

Rolands Kopf verarbeitet die Eindrücke. Das hat aber schon als Kind nicht geklappt. Aber die Güte des Schlafs weht zum Fenster herein und es kommt eine kleine Frische und die Benommenheit des Augenzufallens. Das geht ja immer irgendwie einfach so.

Das Aufwachen ist das Zaudern des Lebendigseins. Das Zögern der Existenz. Vielleicht wäre es schön, morgens nicht aufzuwachen, sondern einfach zu sterben ...

»Kein Wille triumphiert« haben kürzlich Tocotronic auf ihrem aktuellen Album »Kapitulation« gesungen und das ist an vielen Morgen die reine Wahrheit. Kein Wille, leider auch nicht der eigene, kann einen bewegen.

Ein Morgen. Und wer so träumt, erwacht zerbrochen. Zu Recht.

Roland schwitzt wie die Sau wegen der Ergriffenheit des Traumes. Er erkennt die Realität seiner Kindheit. Ihm wird ins Bewusstsein geprügelt von seiner eigenen, erhabenen, verkommenen Erkenntnis, dass er Anzüge besitzen könnte, millionenfach Geld speichern könnte, mit absolut naturfreien Parfüms und Deodorants seinen Eigengeruch wegmachen könnte, er aber doch nie seine eigentliche Existenz würde verleugnen können.

Niemals.

Zu keinem Zeitpunkt kann das weg, woher er kommt. Das sitzt fest, ganz innen und kann nicht raus. Nicht durch gutes Essen und gutes Benehmen. Durch nichts.

Durch jede seiner scheiß Poren schießt seine Bäuerlichkeit. Grinst sein stinkender Kern nach außen. Ganz muffig, ganz simpel.

Sein Gefühl, mehr sein zu wollen, als er kann, maßt sich an, groß zu werden, schickt sich an zu protzen. Der Arbeitersohn Roland hat es bis zum Finanzarsch geschafft, allerdings ist das Opfer dafür seine Kindheit und seine Gesundheit ...

... und genau die will er heute checken lassen. Einen Spezialisten nur für mich, denkt der Roland so bei sich, den will er. Einen Universaluntersucher, der ein paar Tabletten verschreibt, ihn 'ne Woche krankschreibt und dann ist die Sache mit dem kaputten Leben wieder okay.

Der Darm wieder intakt und vielleicht gibt es dann endlich auch wieder ein Liebesleben.

Diese Hoffnung wohnt in Roland seit Vera. Das war die Letzte, die hier war und nicht dafür bezahlt wurde, dass sie sich freut, schlecht gefickt zu werden. Aber sie ging. Roland wurde Eis.

War schon vorher Eis. Ließ sich selbst vereisen.

Sturz in die Niederungen der Arbeit und ab und zu funkeln Veras Augen plötzlich in anderen Gesichtern (zum Beispiel in denen von Nutten) wieder auf und blicken vertraut oder vorwurfsvoll. Was aus ihr geworden ist, weiß Roland nicht, interessiert ihn auch nicht wirklich. Kein Hauch Vera blieb an den Wänden, kein Partikel Menschenseele an seiner Seele. Für so was Abstraktes wie Liebe war es damals schon zu spät. Roland schon zu weit im Sumpf aus Geld, Egoismus und Bratwurstbegünstigungen versunken.

Kleines Denken an die kleine Frau aus der Vergangenheit. Vera war schon wegen ihrer Arbeit ein Klumpen Eis. Sie war Schwester auf einer Intensivstation. Hat da die Toten der Zukunft zusammengeflickt, unlebbares Leben mobilisiert. Geholfen, bis ihnen nicht mehr zu helfen war.

Aber sie war es doch, die sagte, Roland sei mit einer Kälte gesegnet, die sie nie zuvor erlebt hatte. Deswegen auch die Trennung, weil Liebe unter eine gewisse Temperatur eben nicht hinausgeht. Und kalt und kalt ergibt viel Scheiße, das kennt Roland ja noch von seinen Eltern.

Roland gets up. Ein wenig gelassener als gestern, obwohl das in ihm ganz komisch ist. Also komisch im Sinne von seltsam, nicht im Sinne von lustig.

Er steht heute auf, um sich untersuchen zu lassen. Nur das heute. Es wird reichen für diesen Tag. Meldet sich erst mal krank per Telefon bei einem Kollegen, der keine komischen Fragen stellt, der das einfach so hinnimmt. Irgendwo aufschreibt, der Roland kommt heute nicht an die Börse, aha, es einer Fettwurst mitteilt, die dann aber auch nicht weiter mit Rolands Befindlichkeit beschäftigt sein wird, denn Essen, Fremdficken und Geldzählen lassen solche Gedanken nicht zu.

Kein frühes Frühstück.
   Nichts in den Magen.
   Nüchternheit regiert.

In Roland ist wieder Krebs gewachsen. Da feiern Metastasen krasse Partys auf dem und im Darm und knabbern auch schon zärtlich am Magenrand, nehmen einen Bissen Bauchspeicheldrüse mit, fressen sich durch und lieben das. Umwege ins Gehirn. Da ist auch 'ne Menge los. Fremd- und Eigenzellen kopulieren fröhlich und brüllen: »Auf die Krankheit!!!«
   Straßen voller Krebs stressen Roland von innen. Der weiß nichts davon. Der spürt nur Zuversicht, weil er sich krank fühlt und sich in der Nähe eines Arztes aufhält.

Der Arzt hingegen hält sich in einem großen Gebäude auf und klaut den Leuten Geld mit Halbwissen. Medical Investigation. Der Arzt macht scheinbar alles richtig. Er hat tolle

Apparate, leicht sexualisierte Sprechstundenhilfen und ein Haus mit Garten, darin ein Pool und Arzt- und Modelfreunde kommen und man testet neue Drogen oder Medikamente oder Frauen.

Ein feines Leben hat sich der Arzt da eingerichtet.

Da sitzt der Roland dann und starrt in Wartezimmergesichter. Jemand ihm gegenüber wirkt wie Sternzeichen Lungenkrebs. Dem geht die Atmung langsam aus. Von einer todesnahen Blässe sein Gesicht. Faulig sein Atem. Roland blickt sich unauffällig um, um Eindrücke zu sammeln.

Fahle Gesichter hinter *Sternen* und *Spiegeln*, *Bild der Frau* und *Schöner Wohnen*. Stummes Blättern hinter etwaigem Husten, Röcheln, winzigen Gesprächsfetzen, die im Raum hängen und zwar klingen, aber nichts sagen. Es geht um Krankheiten, Gärten und um das, was die Leute für politisches Zeitgeschehen halten, aber opiumgetränkte Volkspropaganda ist.

So zelebriert man pseudogeistige Unterhaltungen, nur um den Mund auf- und zuzumachen und ein wenig Existenzberechtigung zu haben. Einige hier sehen echt verdorben aus. Es ist eben ein Wartezimmer und alles, was man hier tun kann, ist warten. Warten auf das Ende der Ewigkeit.

Neben Roland ein alter Mann, halb schläfrig, das schlecht sitzende Gebiss mit Frühstücksresten gefüllt und schlechtem Kaffee im Atem. Vergänglichkeit in Reinform. Der Alte nickt Roland zu, als er die längere Betrachtung seines Zustands, seines fauligen Rumsitzens bemerkt. Roland nimmt sich fix 'ne nichtssagende Zeitung vom Tisch und vertieft sich in Scheinwelten.

Immer wieder werden Namen durch einen Lautsprecher durchgegeben. Dann verschwindet ein Gesicht, aber schnell kommt ein neues, krankes Gesicht und versteckt sich hinter einem *Focus*.
    Blättert stumm und hustet. Blättert und vermutet Wahrheit. Fakten, Fakten, Fuck.

Roland ist ein wenig erregt wegen der Niedlichkeit der Arzthelferin, bei der er sich angemeldet hat. Es ist nicht bloß eine Niedlichkeit, irgendwie mehr. Da sind unzählige Sommersprossen um eine Kindernase angeordnet. Da sind Augen mit strahlig blauem, leicht naivem Ausdruck. Augenblicke fallen sanft, Augenaufschläge ohne Gewalt. Stücke aus Himmeln oder Ozeanen, in denen schwule Delfine mit Modelfischen Standardtänze vorführen.
    Genau solche Augen, in die man gucken kann und sich am Strand des Lebens glaubt und immer Urlaub hat, wenn man da reinguckt.
    Da ist ein Mund, mitten im Gesicht, in dem Roland ein Stück Heimat vermutet. Breit und rot zieht er sich fast von Wange zu Wange. Darin wohnt eine zu lange Zunge, die das Mädchen in Weiß ziemlich geil lispeln lässt. Der Mund ist irgendwie nymphoman geformt, als würde das Mädchen mit Vorliebe Erektionen speisen. In Rolands dekadent-abgefuckten Kulturkreisen gibt es dafür die Abkürzung PgM = penisgerechter Mund.

Der Roland sitzt also in einem Wartezimmer, so postiert, dass er diese Frau angucken kann, wie sie besinnungslos

Buchstaben in einen Computer streichelt oder auf einem Kugelschreiber rumkaut.

Dabei denkt die Frau, die das Anstarren bemerkt: »So ein Arsch, kommt hier rein und gafft, aber sieht nach Geld aus, schicker Anzug, bestimmt Businessclass der Typ. Mach ich ihn mal geil und guck mal, was passiert.« Spuckt ihren Kugelschreiber aus und geht einmal um den Tresen rum, um ihn aufzuheben. Hebt ihn auf, ohne in den Knien einzuknicken, und Roland bekommt das volle feministische Arschprogramm.

Sehr Interesse bindend dieser Körper, aber etwas Größeres bahnt sich den Weg in seinen Geist. Ein Stück Unruhe, die von der besonnenen Betrachtung der Gegenstandsaufheberin ablenkt.

Roland fragt sich, was er denn dem Arzt sagen soll, wenn der gleich fragt, wo es wehtut. Kann man ja schlecht sagen: »Mein Leben tut weh.« Roland fühlt in sich rein, erkennt Bauch- und Kopfschmerz, erkennt Depressionen, erkennt Nichtaufstehenkönnen, erkennt seine kranke Existenz und sieht ein Leben, das ihm nicht passt, aber das man doch soooo gern trägt.

Es ist doch, von außen betrachtet, so ein schönes und maßgeschneidertes Leben, das der Roland da mit sich führt, aber die Innerlichkeit, das Gefühl dazu ist erschreckend gegenteilig. Auf der Suche nach Worten, diesen Zustand zu beschreiben.

Die Blonde bemerkt unterdessen, dass der Wartezimmergast im feinen Anzug wohl das Interesse verloren zu haben scheint. Sie verliert Kugelschreiber zwischen ihren Brüsten und in ihrer Vagina, aber Roland bleibt davon unbeeindruckt.

Er will wissen, wie es in ihm aussieht. Was es da gibt. Organe mit Schmerzen. Aber warum? Symptome beschreiben sollte er. Blut im Stuhl, massive Verdauungsstörungen, Konzentrationsschwächen, die bis zum Zweifel am Leben gehen. Bruststechen, stete Kopfschmerzen, durchgerantzte Nasennebenhöhlen, durch die man fast bis ins Gehirn gucken kann. Scheiß Koks, es war nicht immer das qualitativ beste.

Dann hört Roland mechanisch verzerrt seinen Namen und verlässt wie ferngesteuert gedankenverloren das Wartezimmer. Die Blonde steht vor der Tür und hebt gerade Büroklammern auf und Kniegelenke scheint sie immer noch nicht zu haben, die Arme.

Roland sieht den runden Arsch und fühlt was zwischen anfassen oder ganz dekadent die goldene Kreditkarte zwischen den Arschbacken durchziehen. Er entscheidet sich aber dann spontan für Ignoranz, denn er hat eine Mission: seine kranke Gesundheit. Eine andere, nicht ganz so aufdringliche Sprechstundenhilfe mit kurzen, kunstblutgefärbten Haaren macht eine Da-geht's-lang-Handbewegung Richtung Behandlungszimmer.

Da ist Roland erst mal allein drin. Ein Schreibtisch zum Davorsetzen ist das Herz des Raumes und dahinter viele ungelesene Bücher. Eine Liege ist auch da und viel Medizinkram, den Roland nicht zuordnen kann. Dann kommt der sterile Geruch des Arztes in den Raum geweht und dahinter er selbst: der Arzt.

Schüttelt Roland die Hand und drückt sie dabei fest. Arschloch, denkt Roland; Privatpatient der Arzt. Der große Medizinmann kommt hinter dem mächtigen Schreibtisch in Sitzposition und die Blonde kommt durch die Tür und legt Rezepte vor den Arzt, die er mit Strichen signiert. Dann fallen der inzwischen äußerst sexbereiten Blonden zwei Zettel auf den Boden, die sie mit ausgestrecktem Arsch aufhebt.

Nicht sehr rückenschonend, denkt der Arzt; Arschloch, denkt Roland in Doppeldeutigkeit (blondes Pozentrum, vor ihm sitzender Medizinbonze).

»Aha, und wie oft scheiden Sie Blut anal aus? Und wo genau ist das Zentrum der Kopfschmerzen? Ihre Depressionen, dagegen gibt es was. Also, Ihre Nasenscheidewand sieht ja gar nicht gut aus. Kokain, junger Freund, das lassen Sie mal lieber. Also Darmspiegelung, CT aller Organe, insbesondere Kopf, Blutentnahme«, sagt der Arzt mit pseudoemotionaler Stimme, nachdem ihm Roland in circa dreiminütiger Zusammenfassung sein Leben geschildert hat.

Dass das so kurz geht, hätte er selbst nie gedacht. Diese Tatsache macht ihn unwichtig und menschlich. Dann beginnen die Untersuchungen ...

... Rohre mit kleinen Kameras dran werden in Roland versenkt, unhörbarer Ultraschall macht seine angefressenen Organe sichtbar und sein Gehirn wird fotografisch festgehalten.

Mit jeder Handlung, die an ihm begangen wird, wächst ein Stück Angst nach. Bläst sich auf die alte, böse Angst und füllt den Roland auf wie Giftgas. Roland will nur noch nach Hause oder zur Arbeit ...

... dann sitzt er wieder vor diesem Arschlocharzttisch und vor ihm beginnt ein Mann sehr zögerlich seinen Vortrag mit: »... äh, ehm, äh, Herr äh, ja bitte setzen Sie sich ... Ihre Befindlichkeit gibt den Untersuchungsergebnissen recht. Wären Sie vor circa zwei Monaten schon mal gekommen, dann hätte man vielleicht operativ ... aber so wie es jetzt aussieht ... es tut mir leid ...«

Dann verliest er so was wie ein Protokoll aller Untersuchungen und Roland versteht kein Wort, nur den Ernst der Lage.

»... großer, nekrosenreicher, primärer Hirntumor im Temporallappen, einseitiger Hirndruck infolge einer Masseverschiebung durch den raumfordernden Tumor ... zu erwarten ist ein *march of convulsion*, ein Fortschreiten epileptischer Anfälle ... Darmkarzinom, Metastasenstraßen, Magen, Lunge, unglaublich, dass Sie überhaupt noch hier sitzen und mit mir reden ...« Roland hört sich den Vortrag des Arztes bis zum Ende an, erhebt sich dann und sieht sich tränendurchflutet im Raum stehen.

Dann geht er wortlos einige Schritte im Arztzimmer herum, schweigt und dreht sich um seinen Stuhl. Die Egosonne versinkt langsam und in Bitterkeit.

Immer noch kein Wort.

Roland verlässt aber so was von die Praxis.

Geht sterben.

Geht. Raus. Da ist der Verkehr. Die Straße mit den Autos. Der weiße Arzt ist ihm noch ein wenig gefolgt.

Auch er hat eine Bitterkeit im Blick. Fasst Roland an, der doofe Arzt, direkt an der Schulter. Roland aber will nicht, dass ihn was anfasst, und geht. Schüttelt den Medizinmann von sich runter. Geht Schritte. Gute Schritte.

Männerschritte. Treppe runter. Tür auf. Der Arzt brüllt noch was hinterher, das Morphiumtherapie beinhaltet und das Sterben lässig erscheinen lassen soll, aber Roland geht.

Geht sterben. Mit allen Emotionen. Niemand ist in der Annahme des Fortbestandes dieses Lebens. Hoffnung in Flammen wird Hoffnung in Asche. Und weggeweht vom Wind der Belanglosigkeit.

In Roland verreist seine Wahrnehmung. Alle Gefühle wollen ihn durch alle Öffnungen seines Körpers verlassen, als befürchteten sie eine herannahende Katastrophe.

Die Familie Angst zum Beispiel will weg aus Roland. Hat einen Koffer in der Hand die Mutter Angst und an der anderen ihre kleinen Kinder namens Ungewissheit, Potenzstörung und Vergänglichkeit. Da steht Familie Angst und wartet auf den nächsten Flieger. Kommt aber keiner und Familie Angst in Angst. Muss dann dableiben. Mutter Angst in Tränen gebadet.

Die Kinder Angst ahnungslos. Vater Angst schon lange weg. Keiner weiß mehr wohin.

Alles, was in ihm ist, hat seinen Platz, einiges wächst, anderes wird kleiner und funktionsgestört. Sein Gehirn hat die Form eines Hammers und seine Schädeldecke ist plötzlich aus Metall und das Hammerhirn ballert mit jedem Schritt, den Roland unternimmt, dagegen. Er rennt in den Verkehr. Alles ferngesteuert. Geht in die Katakomben. Weiß nicht, wer ihn lenkt, wer seine Bewegungen steuert. Er selbst auf jeden Fall nicht. Steigt in irgendeine Bahn.

Sitzt dann und das Innerliche ist plötzlich unerträglich. Sterben. Roland stirbt. Jetzt ganz bald. Roland weint nur innen. Schreit lautlos, wahrt die Fassung, aber wofür denn eigentlich?

Ist doch eh alles egal jetzt. Sterben soll er, sagt der Arzt. Zwei Tage, zwei Wochen oder irgendwas noch zu leben.

Als er aus der Bahn steigt, wird er etwas lockerer. Die Apokalypse ist zu Besuch und bleibt, bis er stirbt. Das wird Roland sehr bewusst.

Die Lockerheit sagt, er solle Geld abholen und einen draufmachen und sich die Anarchie aneignen, von der er eigentlich träumt. Anarchie in Frankfurt am Main.

Humankapitalmann läuft Amok.

Roland holt sein ganzes derzeit verfügbares Bargeld ab und sein Kopf tut weh. Hinter ihm am Geldautomaten steht eine dünne Frau.

Er schlägt die Frau dreimal mit der geballten, hasserfüllten Faust ins Gesicht und beim dritten Schlag platzt die Wange auf und da ist Blut. Roland schlägt die Frau, weil er kurz zuvor wegen einer Art Schwindelanfall zu Boden blicken musste und rote Schuhe sah an der Frau und dann schlug er sie, nur weil ihm ihre Schuhe nicht gefallen.

Rote Schuhe, paff auf die Schnauze. Dann wieder der Gang auf die Straße.

Roland tritt einen Hund, weil der vor ihm läuft und seinen schnellen Gang behindert. Drecksvieh. Maul halten. Rippentritt.

Da liegt ein Haufen Steine. Da ist eine Baustelle gegenüber eines Mode- und eines Feinkostgeschäftes. Roland nimmt die Steine an sich und wirft Schaufensterscheiben ein, weil dahinter sinnlose Träume verkauft werden.

Er rennt, er schafft es, er ist ein Anarchist. Er kommt davon und sitzt wieder in irgendeiner S-Bahn, die irgendwo hinfährt, und lacht bescheiden, geschmeidig und widerwillig. Er will mehr und vor allem hochkonzentriertes Leben mit einer gewissen Ernsthaftigkeit. Er steht vor einer Kneipe, als er aus den Katakomben der Bahnhaltestelle gespült wird. Rein. Schnaps. Gut.

Alkoholisiert sich, denn dann tut alles weniger weh für einen Splitter Zeit. Hier ist er fast der einzige Gast. Nirgendwo sonst ein Mensch außer ein dankbar nachschenkender Wirt, der keine Fragen stellt. Roland zahlt, gibt ungefähr 45 Euro Trinkgeld und verlässt das stinkende Lokal.

Geht ins Bordell, denn der Schnaps und die Sonne, die sein Gehirn wärmt, erzeugen eine mannigfaltige Geilheit in ihm. Fickt einen Schwulen, weil er zufällig im falschen Zimmer stand. Taumelt umher, schaut sich verzweifelt um, der Roland, denn was bleibt ihm noch, die Nacht verbrennt ihm.
  Besteigt wieder eine Bahn, weil er es an keinem Ort der Welt länger als fünf Sekunden aushält. Sagt kein Wort, denkt kein Wort. In ihm verreisen seine Wünsche in andere Universen, seine Träume stehen mit ihren kaputten Rücken an Wänden und werden von Captain Realismus abgeknallt.
  Das ist der miesestdraufe Superheld, den man sich vorstellen kann. Captain Realismus hat ein neues Maschinengewehr. Captain Realismus ist der zeitgemäßeste Superheld. Immer da, wenn das Unglück nicht mehr unglücklicher werden kann.
  Roland eskaliert, hyperventiliert, multipliziert sich mit sich und der Umwelt, masturbiert seine Geistigkeit von

sich weg und verliert sich in sich. Es ist bereits Nacht und kälter. Roland ist so was wie Temperaturempfinden sehr egal geworden.

Die Geschwindigkeit der Nacht ist rasant. Was in ihm los ist, ist die Summe der Bitterkeit aus menschlicher Existenz und keiner Ahnung irgendeiner Perspektive.

Er ist das Produkt aus kaputten Wahrnehmungsfiltern und zerbröselndem Sein. Zwischen Streben und Sterben. Er fühlt sich wie eine Aspirintablette, die schon im Wasserglas sprudelt, sich auflöst und doch kein Unheil beseitigen kann. Er läuft weiter.

Um Roland wird es später und später, in ihm gleichbleibend null Grad. Frosterfahrungen im Hochsommer. Sekunden werden wieder zählbar.

Die Nacht knistert im Feuer. Verbrennt ihn, diese kleine böse Nacht, die Nacht mit dem Tag davor, der ihm sein allzu baldiges Sterben versicherte, wie alle Zeit der Welt.

Zerbrechlichkeit. Im Angesicht des Todes marodes Denken. Da zerfällt die Wirklichkeit. Die hochdefinierte Welt umgibt ihn immer noch, doch er ist zusätzlich in einen Mantel eingehüllt. Der macht ihn unsichtbar, sicher und stark.

Er ist mit dem Wissen. Er weiß alles. Alles ist eins.

Aber das ist so was von egal.

Da ist ein verdammtes Naherholungsgebiet. Da geht er rein. Es liegt ihm nah, sich zu erholen, aber wie erholt man sich von einer Todesnachricht, die das Ende der eigenen Existenz betrifft. Roland weiß es nicht, bleibt aber entschieden und ruhig. Seine Gedanken verlangsamen sich auf ein nachvollziehbares Tempo.

Alles bremst sich ein wenig aus. Das Tempo von Rolands Leben passt sich wieder seiner Atmung und seinem Blutdruck an. Ganz langsam wird er wegen der erlebten Anstrengungen. Langes Ausatmen, langes Einatmen. Es ist nicht so leicht.

Mittlerweile ist Nacht und Sterne machen einen Himmel voller kleiner Diamanten. Da funkelt die Welt wie noch nie und nur für Roland allein. Der ist unter einem Baum zum Liegen gekommen. Und starrt in den Himmel. Da oben. Da ist was. Flüchtige religiöse Gefühle überkommen ihn unbewusst, aber deutlich. Er unterhält sich zwischenzeitlich mit Gott. Dabei raucht er eine und schaut in die Baumkrone.

Roland trifft Gott und beginnt mit der einleitenden Frage, wo dies denn alles, also das Leben, die Existenz, die Krankheit an Körper und Geist, also das ganze Gewusel Menschsein, wo darin der Sinn liegt.

Gott schaut Roland ruhig an und beginnt in sonorem Ton eine heilige Ausführung: »Hör mal auf rumzuheulen, du hast gelebt wie ein Nazi im Ausland. Selber schuld. *Mind your body,* hab ich immer gesagt. Und du hast deine Hülle zerstört, übrig bleibt 'ne Seele, die aber nicht zum Leben reicht. Also, lass dieses bescheuerte Fragen sein, du Sohn deiner Mutter ...« Gottes Zorn überzeugt Roland.

Gottes Gewalt ist spürbar in der Baumkrone. Roland erzittert unter all dieser Jämmerlichkeit. Seine Existenz im Zeichen der Selbstaufgabe.

Traumloses Widerhallen. So schwach der Körper.
Kleine Kälte wie ein Tuch über seine Beine. Roland aber lächelt. Lächelt, bis ein epileptischer Anfall kommt und

ihn zuckend macht. Roland vibriert, beißt sich auf die Zunge, spuckt davon einen Teil auf seinen Bauch. Die blutumspülte Zunge.

In Roland Panik. Roland in Panik. Der Tod klopft an ...

Der Tod ist von wunderschöner Gestalt. Gleißend-geiler Wahnsinn presst sich auf Rolands überforderte Netzhaut. Das personifizierte Sterben beginnt zaghaft.

Ein wisperndes, zerbrechliches Sprechen: »Mitnahme von Leben. Expressantigeburt. Sterben. Nichts weiter. Es ist nichts weiter als vergehen. Die reine biologische Entsorgung.«

Roland und die Verzweiflung sind mittlerweile gute Spielkameraden wie auch anders im Angesicht des Todes. Der Mut des zerbrochenen Börsenangestellten lässt folgende Worte zu: »Entsorgung ist ein schönes Wort. Ein zaghaftes Sichwegbewegen vom Leben kommt nicht infrage, lass es wie einen Unfall aussehen, vielleicht ein Amokläufer ...?«

Das, was Roland für den Kopf des Todes hält, wippt auf und ab, geringschätzig, abweisend und doch Einhalt gebietend: »Kollege, es ist kurz nach zwei Uhr, demnach mitten in der Nacht, wo soll ich um diese Zeit einen Amokläufer herkriegen. Die pennen alle schon. Wie wär's mit 'nem Verkehrsunfall?«

Roland erkennt den Tod als ein handelndes und leicht zögerndes Wesen und ist entzückt von Kinderträumen, die er sein eigenes Ableben betreffend hatte. »Nö, zu primitiv, lass mal. Geht nicht was Spektakuläres? Ein Braunbär, der mich hier im Park erlegt? Geht so was? Was mit Tieren? Ein Wolf? Ein Löwe?« Ein Lächeln umspielt seinen Mund, sieht ungesund aus dieses Lächeln, ist es auch. Es ist falsch, hinterhältig, es symbolisiert Rolands Leben perfekt.

Die Maske des Grinsens zerfällt in dem Augenblick, als das personifizierte Sterben die Worte flüstert: »Alter, bleib aufm Teppich, nur weil du voller Krebs bist, kann ich hier nicht 'ne Super-Fantasy-Show auffahren. Ich bin ja nicht Siegfried und Roy ...«

Roland entgegnet, wie man halt dem Tod was entgegnen kann: »Aber du bist der Tod. Sei mal kreativ. Überleg dir mal was Krasses!«

Der Tod fühlt sich philosophisch herausgefordert: »Bin ich allein denn nicht schon krass genug? Hast du denn gar keine Angst vor mir?«

Roland blickt auf seine verglimmende Kippe, die langsam runterbrennt und sich in die Bestandteile Glut und Asche zersetzt. »Doch schon«, wittert Roland eine Gelegenheit, ein Herz-Hirn-Gespräch zu führen, »aber mehr vor dem, was nach dir kommt. Dich kann man schmerzfrei überwinden, aber dann, was geht dann ...? Was ist die menschliche Niederlage, wenn der Tod kommt? Und ist es überhaupt eine Niederlage?«

Der Tod schaut tödlich, wirkt ein wenig gereizt von Entgegnungen dieser Art, will aber aus elementaren Coolnessgründen die Oberhand über das Gespräch zurück. »Überraschung, das siehst du dann, aber so weit entfernt von deiner Jetzt-Existenz ist das gar nicht.« ... Der Tod bekommt eine SMS ... »Scheiße, ich muss weg. Selbstmordattentäter. Aber *never mind*, mein Freund. *I'll be back* und dann finden wir schon was!«

»Krieg ich so lang meine Zunge wieder?«, fragt Roland und wundert sich, dass er die ganze Zeit seine Stimme in Bewegung fühlt, die sich aus seinem Mund in zerbrochenen Wörtern äußert.

Ein fairer Tod ist das und spricht schon freundesgleich: »Klar und entspann dich noch'n paar Tage und vielleicht solltest du mal deine Eltern besuchen, bevor ich das tue. Die vermissen dich.«

»Danke, Mann!« Roland fühlt ein wenig Wohlbehagen.

»Ich bin eine Frau.« Der Tod hat also doch ein Geschlecht ...

Der Tod haut wieder ab und Roland erkennt den Sommer in sich. Das Leben. Egal was hier Traum und Realität ist und war. Er schläft unter diesem Baum ein und schläft einen äußerst gerechten und vor allem traumlosen Schlaf. Währenddessen kotzt er ein bisschen, weil alles einfach zu viel ist. Um ihn ein stiller, nächtlicher Park. Dunkelheitsberuhigung.

Ein Traumgedanke an seine Eltern. Offene Rechnungen, niedergelegte Emotionen. In ihm wächst die Krankheit. In ihm brennt Elend, in ihm verbrennt der Mensch, der er ist.

... and the Oscar NEVER goes to ...

Am Stadtrand hält sich ein Naherholungsgebiet auf. Liegt da rum und grünt natürlich. Es gibt betretene Wege und belassene Flächen. Menschen mit Hunden, die das alles vollkacken, laufen orientierungslos herum und nennen das Freizeit. So ermorden sie ihre Lebenszeit und vermuten einen Sinn dahinter.

Wissen aber nichts die Menschen mit den Scheißhunden. Ahnen nur etwas Großes. Grübeln, während sie laufen. Oder reden Belanglosigkeiten in anderer Menschen Ohren hinein. Deren Gehirne verwerten das und scheiden dann, wie ein ganz gewöhnliches Verdauungssystem, das aus, was nicht benutzt werden kann.

Verstoffwechslung von Informationen nennt man so was.

Andere, etwas ältere Menschen sitzen auf Bänken und vergiften Tauben und andere Kleintiere mit Essensresten. Ihr guter Wille steht in ihren verlebten Fressen. Da sind kleine Fliegen, die um die Gesichter dieser Leute schwirren und von den Bakterien auf den Oberflächen ihrer Häute essen. Tiere streicheln Menschen. Menschen merken nix.

Das Naherholungsgebiet fühlt sich beschissen. Sein Nachbar ist eine neue vierspurige Autobahn. Die Schallschutzwände aus Beton. Stehen da rum und sind so unkonzentriert wie nervöse Hauptschüler. Allzu durchlässig von Lärmgewalt belagert, die Wände.

Hunde pinkeln dran. Hauptschüler auch. Einer hat mal drangeschrieben: »Der Antikapitalismus ist die Waffe der Unwissenden.« Die Wand hat kurz gelacht. Der Park hat kurz gelacht. Der Typ, der das verfasst hat, hat mittlerweile eine Firma für Abfallentsorgung. Man sieht, aus jedem Müllhaufen kann was werden ...

Da liegt der Park. Mittendrin ein See. Darauf langweilt sich ein Rudel Schwäne. Treiben so seeauf und -abwärts. Gucken sich die Menschen an, die ihnen halbe Brötchen ins Gesicht werfen.

Die Schwäne sind aber recht cool. Es sieht ja immer so aus, als ob sie sich freuen würden über den ganzen Abfall, den die Leute so als Restnahrungsmittel in den See werfen. Die Schwäne grinsen wohl wissend, nehmen das Brot auf und schmeißen das in nahe gelegene Mülltonnen, ohne dass die Menschen das sehen. Und die Menschen bestehen im Glauben, sie tun was Gutes. Geben armen Vögeln Essen. Wie schön. Muss man nicht mehr für Negerkinder spenden. Kann man auch dreimal die Woche sein Kind vergewaltigen. Kann man auch mal die Sekretärin mobben und dann Sex erpressen. Zumindest einen geblasen bekommen.

Die Menschen flüchten sich in solche schönen Feierabendgedanken, die sie dann nach der Nahrungsaufnahme auch realisieren. Wie schön ist doch die Welt, wie dumm sind doch die Menschen, wissen die Schwäne und treiben Richtung Weißbrot. Grinsend.

Eine Gruppe junger Frauen walkt die Wege platt. In ihren Köpfen hallt: Mich will sowieso keiner.

Und: Schokolade ist ein Psychologe. Sie haben Stöcke in den Händen. Damit fühlen sie sich sportlich. Sie walken also so rum und unter ihnen sterben kleine Tiere.

Die Sneakers (so neumodische Synthetikschuhmode, nicht der Schokoriegel), in denen ihre formlosen Füße Sport treiben, schwitzen. Der ganze Schuh suppt. Und saugt aus sportlichen Gründen alles auf, was er reingedroschen bekommt.

Wer solche Schuhe isst, geht tot. Sofort. Die Frauen benutzen während des Sports Deodorants mit Chemiesommerblumenmassakergestank, um nicht komisch oder dumm zu riechen. Wer hat eigentlich definiert, dass Schweiß stinkt? Bestimmt derselbe, der befohlen hat, dass man die Exkremente seiner Lieben nicht essen sollte.

Von fern sieht man eine Gutaussehende mit Charakter sich nähern. Joggend. Ihr Haar weht im Wind, so wie Haare nun mal sind. Formvollendet macht die Frau Sport. Der gelernte, verschnellerte Gang. Sie trägt die Charakterstärke nicht vor der Brust, sondern dahinter und da wohnt auch eine Menge anderer Scheiß. Britta heißt das Wesen. Und sie bewegt sich zügig durch diesen Park. Der Blick nach vorn. *Jogging against being.* Der Lauf gegen ihr So-sein-wie-sie-ist. Denn das will sie nicht. Laufen macht den Kopf frei und der ist belagert von allerlei.

Britta joggt. Sie fühlt sich fett. Ist aber am Rande des medizinischen Idealgewichts. Doch die neue Rolle verlangt KZ-Melancholie in Körper und Seele.

Es ist kein Nazifilm, einfach nur ein moderner Streifen. Es geht um ganz gewöhnliche junge Menschen in dem Film. Eine Independentproduktion, wo die Britta vielleicht für 90 Stunden Arbeit 900 Euro bekommt. Also wenn der Film verkauft werden kann. Es geht eigentlich um nichts in dem Film. Jugendliche stehen rum und machen, was sie den ganzen Tag so machen. Mit Drogen dealen, welche nehmen, sich gegenseitig beschlafen und Spielekonsolen bedienen und pflegen.

Ein untalentierter Autor hat ein Buch geschrieben, das ein untalentierter Filmemacher UNBEDINGT der öffentlichen Meinung nicht vorenthalten kann. Kranke Seelen treffen sich, kaputte Ideen begatten sich und so entstehen Filme, in denen Britta kleine Rollen spielt.

Deutsche Schauspielerin ist kein Beruf, sondern eine Tragik, es sei denn, man heißt Iris Berben und ist eh die geilste Sau der Welt.

Diese Berben Iris hat Britta mal kennengelernt. Vielmehr hat sie damals als Garderobenmädchen bei der Verleihung des Goldenen Bären in Berlin gearbeitet und die geile Berben hat ihre wunderbar duftende Jacke in ihre Obhut gegeben.

Kein Blickkontakt, aber da war mehr als Magie für die Britta. Die hat gezittert. Ein Ganzkörperorgasmus. Der Berben ihre Jacke erzeugte dieses Beben. Und die Iris Berben selbst. Die so ungeschminkt rumläuft, als würde sie im Supermarkt zwölf Fleischtomaten und fünf Schnitzel kaufen. Die so eine krasse Übernatürlichkeit und Reinheit darstellt, die es eigentlich gar nicht gibt. Aber Frau Berben hat diese Göttlichkeit und wirft damit in einer menschenmöglichsten Charmanz um sich. In all ihren Filmen.

Später an diesem Abend ist die Britta dann mit Jörg Vogel losgezogen, einem unbekannten deutschen Schauspieler mit einer Alptraumvisage, dafür aber mit maximalem Talent, diese für sich gewinnbringend einzusetzen. Der hat keinen Preis gewonnen, weil er ein hässlicher, sehr guter Schauspieler ist.

Mit dem also in ein Taxi und in eine Bar, dann in die nächste und dann in dem Vogel sein dekadentes Hotelzimmer im Maritim. Und man hat nach einigen entspannten Whiskey-Cola begonnen mit Klamotten weg und taube Zunge in fremdes Gesicht und irgendwann saß Britta dann auf dem Vogel und freute sich über seine Erektion in ihr, doch der werte Herr Schauspieler war schon eingeschlafen. Neben ihm: eine Ladung Kotze, durch die er rhythmisch sein Gesicht drehte.

Ihre damalige Freundin Steffi, mit der sie zusammengewohnt hat, hat sich noch wochenlang über das Wortspiel »Ich hab den Vogel gevögelt« kaputtgelacht.

Ob sich der Jörg daran erinnert, bezweifelt die Britta stark. Irgendwann ist Britta bei Steffi ausgezogen wegen Sentimentalitäten. Britta hat Steffis Freund verführt, als der mal allein Kaffee trinkend in der Küche saß. Hat in seinem Schoß kurzfristige Er-Füllung gesucht.

Dabei hat die Britta gemerkt, dass sie eine wunderbare Schauspielerin ist. Jetzt wohnt sie alleine, weil irgendwann alles rauskam. Hat sich nicht gelohnt eigentlich, die Freundschaft gegen eine zu dünn geratene Er-Füllung zu tauschen. Steffi hat getobt, geweint und Suizid und Mord angekündigt. Alles wegen fünfminütiger Miniaturekstase, die keine war.

Also Miniatur schon, aber die erhoffte Ekstase blieb aus.

Jetzt joggt die Britta durch den Park und guckt nur den Weg an. Sie will sich so bewegen, dass purer Sex von ihr abstrahlt. Das will sie können. Dann ist sie perfekt, die Britta. Denkt an das, was sie gegessen hat (es war unter anderem Aas), und wie viel sie dafür laufen muss. Sie verschlang ein Huhn mit Nudeln und Gemüse und um so richtig modern dünn zu sein, darf man gar nix essen eigentlich.

Das sind dann diese Leute, die in Clubs stehen und bewundert werden für ihre gnadenlose Dünnheit, aber kaum den Weg hin und zurück bewältigen können. Die müssen sich dann am Tresen festhalten und sind nach 'nem halben Sekt maximal besoffen, was ja eigentlich ganz gut ist, wenn man wenig Geld für den Rausch ausgeben mag und die richtigen Leute (Hinterzimmerficker mit guten Medienkontakten) auf der Party dabei sind. Aber Britta mag das eigentlich nicht. Sie will Frau sein. Ganz Frau.

Und mit der Dünnheit kommt die Dummheit, hat sie schon bei vielen Kolleginnen gesehen. So kann man gesund nicht aussehen. Das weiß Britta und trotzdem ist es ihr Ziel, so auszusehen. Das Drehbuch des Films, ihre fiktive Rolle verlangt danach.

Weitergehen. Sie läuft und Schweiß läuft an ihr runter und macht ihre Haut glänzend. Ihre krasse Sanftheit wird nur noch von ihrer reinen Natürlichkeit überstrahlt.

Aber ein großes »Aber« strahlt von ihr ab und macht sie wackelig im Kopf. Zu viele Eventualitäten und ein Blick Richtung Zukunft ist nicht direkt in Sicht. Sie hat zwar ein Gesicht, ein hübsches obendrein, aber Menschen, die Kameras bedienen und Regieanweisungen brüllen, denken da häufig anders.

Denn: Nichts strahlt von Britta ab, kein Sex und kein auf den ersten Blick erkennbares Talent. Außer vielleicht ein natürlicher Charakter einer auf dem Land geborenen Zufluchtsdiva, die eine Stadt wie diese als Sprungbrett in eine glorreiche Zeit wertet.

Und die anderen Leute, die Spaziergänger, die Unaufgeregten, die Läufer, Konsumenten, Hundehalter dieser Stadt, diese Leute bewegt Britta nicht. Sie würde so gern erkannt und dann bestaunt werden.

»Sag mal, ist das nicht die ... die hier so im Park mit uns normalen Leuten ... wie volksnah, wie unheimlich volksnah ...«

Solche Wortfetzen wären gut in Brittas Wahrnehmung. Die Leute gucken nicht außer vielleicht die sexuell Abgedrehten, die jeden freigelegten Hautmillimeter des Frühlings als Onaniervorlage werten.

Aber heute: keine Blicke nur für sie. Nichts dergleichen. Sie trägt nur 'ne Sporthose und ein Unterhemd. Ihr kleiner Busen ist mit 'nem Sport-BH in Form gebracht. Trotzdem keine Blicke, als die Diva vorbeijoggt.

Kinder lecken weiter unbehelligt Eis, Sonnenbrillenpaare halten sich an den Händen fest.

Hundeleute haben diese Viecher an ihren Leinen. Die bellen, schnuppern, schütteln sich und stinken. Britta läuft, nur Gedanken an die Zukunft.

Vielleicht noch zwei oder drei Low-Budget-Filme, von untalentierten Typen inszeniert, und dann mal gucken, was sich international so tut. Nicht unbedingt Hollywood, das ist selbst Britta zu anspruchslos. Sie ist ja eine Vollblutdarstellerin und nicht nur eine One-Face-Number wie die magerkranke Kinderfrau Jodie Foster. Britta kann mindestens 150 Gesichter machen. Ihr Körper kann alles darstellen, wonach man sie fragt. Kann sich biegen der Körper und zerbrechen. Kann alles zeigen, was drin und dran ist.

Vor allem Leidenschaft.

Sie sieht einen vollgekotzten Typen unter einem Baum abhängen. Der sieht wie tot aus. Ist er wahrscheinlich auch. Die Kotze ist mit Blut vermengt oder ist das Ketchup?

Der Mann liegt da an den Baum gelehnt, die Augen zu. Mach die Augen auf! Siehst du mich? Kannst wild masturbieren, Typ. Ganz blass, aber schicker Anzug, den er anhat. Roland aber bewegt sich nicht und einige Fliegen ficken in seiner Kotze und essen davon. Britta guckt nur kurz und fühlt sich missverstanden.

Sie denkt kurz an den Halbsex mit Jürgen Vogel. Und fühlt sich unbeliebt, zu fett und dumm und klein und weinerlich und nuttig. Das Divenhafte in ihrem Blick von gerade weicht einem gewissen Weltschmerz, der wird zu Welthass, der wird zu schnellerem Lauftempo, das zu weniger Luft im Gehirn wird, wodurch die akuten Miesgedanken erst mal beseitigt werden. Wie gerne würde sie sich gut gefickt fühlen. Aber da ist nur Laufen gegen Kilos und das nächste Projekt, obwohl das geht ja noch klar, das Projekt.

Ein Jugendfilm, na ja. Besser als Werbespots für Schokolade, da wird mensch ja auch nur fett von und unterbezahlt sowieso.

Was für ein höhepunktloses Leben man doch leben muss, bevor man richtig durchstartet. Britta sammelt Eindrücke wie andere Menschen Pfandflaschen.

Und immer wieder denkt sie, sie habe doch ein hüpfendes Herz verdient. Eines, das springt vor Glück der Verehrung wegen, die es erfährt. Und nicht mehr Pöbel ohne Möbel sein wie in ihrer irren Kindheit.

Kunst machen will sie, große darstellerische Kunst. Keine dumme Kleinkunst und irgendwo in ostdeutschen Fußgängerzonen Mitleidsapplaus gespendet bekommen. Aber außerdem hat sie den Anspruch, dass ihre Filme keine Stapelware zum gepflegten Abdösen sein sollen. Da ist die Diskrepanz in Britta zwischen Stimmung und Wirklichkeit. Britta joggt heim.

Ihre Mietswohnung hält sich in unmittelbarer Nähe des durchgejoggten Parks auf. Nicht sehr schön. Eine Wohnung wie die Wohnung von einer, die nicht gern zu Hause ist. Spartanisch, ohne ideelle Werte.

Warum soll die Wohnung schön sein, wenn ich sie eh bald verlasse, denkt die Britta. Sie fühlt sich auf dem Sprung in ein weiteres Leben. Ein Leben mit mehr Zuversicht und größeren Entfaltungsmöglichkeiten.

Ein mediendurchfressenes Schauspielerleben mit befriedigendem Sex und teuren Einkaufsmöglichkeiten. Jetzt hat sie den Aldi an der Ecke und Hugo, einen Vibrator. Aber da soll mehr hin. Ein massiv geiler Mann soll Hugo ersetzen und Los Angeles den Aldi von umme Ecke.

Aber jetzt ist jetzt und Träume kacken Seele voll, stellt Britta mit Selbstmitleid fest und der abwaschbare Hugo und die schwitzende Britta gehen erst mal ins Schlafzimmer.

Dort macht Hugo Geilheit und Zauber und Brittas Kopf hoch und 'ne Menge Blut rein, ihren Puls rasend, dumme Gedanken weg, dafür Fickgedanken rein.

Hugo macht ihr Arschloch weit und summt monoton auf Brittas Klitoris. Diese schwillt an und Hugo ist in Brittas Hand und rast nach innen in den Schleim der vaginalen Raserei.

Dort gleitet er dumpf herum, eckt an, sieht eine kleine Gebärmutter, kommt wieder hoch. Britta umklammert

Hugo fester und macht ihre Beine weit auseinander und der von einer 9-Volt-Blockbatterie betriebene Hugo gibt noch mal alles. Höchste Stufe und ab in den Sumpf des Vergessens. Britta in der Bettwäsche stellt sich Hugo als Mensch vor, als beim Sex summenden Südkoreaner mit afrikanischem Glied und ein Orgasmus rast von links nach rechts durch ihr rasiertes Genital. Macht kurz ihre Beine taub, ihren Kopf behindert und ihre Augen blind.

Dann entspannt sich alles. Britta mit einem Lächeln im Gesicht und Hugo in der Hand. Hugo voller Schleim. Ein bisschen Blut und Scheiße ist auch dran. Macht aber nix. Fünf Minuten Pause. Dann steht Britta auf, trägt den Hugo in die Küche und wäscht ihn unter kaltem Wasser ab. Stellt ihn dann neben die Obstschale und fühlt sich fein gebumst. Hugo hingegen fühlt nichts, er ist ein Gerät und da fühlt man nichts außer rumstehen oder gebraucht werden.

Wunderbar ist's, sich am Rande dieser inszenierten Selbstvergewaltigung zu verlieren. Für Sekunden flattert Brittas durchlöcherte Seele freischwebend über ihr im Raum. Die Seele mit Flügeln, ganz rot ist sie. Britta kann sie mit halb geschlossenen Augen erkennen, wie sie da so rumschwirrt, die alte Seele.

Das ist die Freiheit der verlorenen Frau nach dem Selbstfick. Die Seele sehen und alles ist in diesem Bruchteil Leben so egal. Frau ist Frau selbst in diesem Augenblick.

Fein durchgefickt daliegend ohne ein Gefühl von Scham. Nur die ganze Charmanz der Welt strahlt von einem ab und es ist kein Wunder, dass man stumpf lächelt und ein Kackleben wie ein extrem gut lebbares erscheint.

Das Glück kann einen echt fies belügen. Die verdammte Gewissheit schleicht sich zurück in Brittas Denken und hustet ins Gehirn. *Welcome back reality.*

Britta duscht dann. Lässt warmes Wasser über sich laufen. Genießt den Rausch des postpseudogefickten Zustands, der sich noch immer in ihr ausbreitet wie ein kleiner, unscheinbarer Virus.

Lecker Virus, denkt sich Britta und genießt es, Wasserperlen mit dem Mund aufzufangen. Nimmt Duschgel, Haarshampoo, Pflegespülung, Conditioner, Pflegebalsam, die ganze Scheißpalette eben, die Leute verseucht. Dann sauber und verseucht der Dusche entstiegen. Ein Handtuch mit Kackresten, auch schon mal für die grobe Reinigung der Toilette benutzt worden, ist in Griffweite. Damit rubbelt sich Britta in einen realistischeren Zustand.

Sie blickt sich um. Erkennt dabei die langsame Asozialisierung ihres Umfeldes.

Im Bad schimmeln die Fliesen. Britta hat Fotos von sich drübergeklebt, aber der Schimmel kommt schon durch die Bilder durch. Frisst sich von hinten durch Brittas Körper, vergilbt ihr Lächeln, macht sie grün und rein abartig.

Hier im Bad wird Brittas Assi-Ich zu ihrem Diva-Ich. Assi-Ich hat im Bad kein Fenster zum Luftgucken und -reinlassen. Assi-Ich duscht zu heiß und zu lang. Assi-Ich fährt mit Rasierklingen über behaarte Beine, Genitalzonen und manchmal kritischerweise auch über haarende Bauchnabel. Assi-Ich malt sich hier Gesichter an in Gegenwart kaputter Spiegel. Assi-Ich betäubt mit Parfüm den Eigengeruch.

Assi-Ich lässt die Echtheit sterben und oft auch gleiten Assi-Ichs Finger in Brittas Mundhöhle, suchen das Brechzentrum und der Fraß, den sie aß, geht zu Boden in die Toilette. Spülung gezogen und das Ganze dann ganz modern Diät genannt, aber die Ungesundheit dieser Methode ist so sehr spürbar, dass es im Hals wehtut. Den Kotzgeschmack mit Zahnpasta weggemacht. Mundwasser rein, ist gut, ist Alkohol drin.

Dann Hautcremes, die alle Poren am Atmen und am gewöhnlichen Zellaufbau hindern. Teuer die ganze Scheiße, sehr teuer. Insekten leben in den Ecken. Unter einem Stapel Unterhosen, in dem Mülleimer, den Britta nicht leert.

Britta verlässt gewaschen und gedanklich unsauber das Bad. Geht ins Schlafzimmer, wo sie sich vorhin den Hugo genital durchgezogen hat. Die dünne Grenze zur Selbstvergewaltigung, da war sie wieder.

Menschen, die unter einer harten Schale leben, brauchen eben harte Reize, um überhaupt irgendwas zu spüren. Im Schlafzimmer riecht es nach Schweiß und Tränen, vermengt mit dem störenden Geruch von Erfolgslosigkeit und Einsamkeit.

Da ist ihr Kleiderschrank. Kleidung für jeden Anlass. Von nuttiger Arroganz bis zur Fickbereitschaftsanzeige ist alles da. Farbenfroh erbricht der Schrank Anziehsachen aus fast drei Jahrzehnten Modewahnsinn. Die Schranktüren geben den Blick frei auf Textildinge, mit denen Britta sich in Szene setzen kann.

Einige betonen die sogenannten Vorzüge ihrer Weiblichkeit, andere betonen einfach nur laut und deutlich, dass es ihr nicht gutgeht. Gar nicht gutgeht das der Britta, sagt ein Spaghettiträgertop in Rosa. Ein Minirock aus schwarzem Leder ist derselben Meinung, die Stricksocken im hinteren Bereich des Schranks sind anderer Meinung, wagen aber nicht zu widersprechen.

Der Anlass ist heute Schleimerei. Und eventuelles Trendwerden und Zeichensetzen. Wie auch immer. Wie immer.

Eine dumme Party bei einem Typen namens Ingo. Ein introvertierter Bekanntensammler. Alle Filmtypen, die auf Independent machen, aber sich bei der kleinsten Gelegenheit an was Großes verkaufen würden, laufen da rum. Ingo ist aber ein guter Gastgeber, denn diese Mischpoke, die sich auf seinen Partys herumtreibt, inspiriert ihn zu dem Gedanken, etwas Spezielles zu sein. Der Typ hat eine kaputte Nasenscheidewand, den Arsch meterweit offen, aber seine Partys sind der Hammer.

Ein Sammelbecken für alle Kaputtgeburten, die was mit Film am Kopp haben. Diese Stadt ist voll davon. Alle auf der Flucht, alle wie Britta auf diesen Partys, also kommt es jetzt auf die Darstellung der Darstellerin an.

Britta steht nackt vor ihrem Schrank, entscheidet sich spontan dafür, ohne Unterhose auszugehen, wählt dann ein kurzes rotes Kleid, hinten offen, vorne eigentlich auch, aber wer wird denn kritisch sein? Sie zieht das an und es sieht irgendwie aus an ihr. Sie hat da am Schrank an der Tür einen Ganzkörperspiegel und posiert dem was.

Marilyn-Monroe- und Marilyn-Manson- und Adolf-Hitler-Gesten.

Diamonds are a girl's best friend und *I don't like the drugs but the drugs like me* und *Ihr Kinderlein kommet*. Das im Kopf und dazu getanzt.

Alles passt und wirkt irgendwie erotisch in Brittas Blick. Sie macht Fickbewegungen, Fickgeräusche, will Sex atmen, muss husten, eigentlich kotzen und weinen ihrer ureigensten Kaputtheit wegen.

Britta geht in die Küche und kocht sich Kaffee. Das riecht gut. Auch die Küche ist ein Müllhaufen. Essensreste, Kosmetikkrempel, Post, Obstschalen, Weinflaschen, volle Aschenbecher, mittendrin der Hugo.

Britta muss mal saubermachen, am besten ihr ganzes verkacktes Leben reinigen. Kommt aber selten dazu, auch nur einen Müllsack runterzubringen.

Hat ja kaum Zeit zum Denken zwischen den Tagen. Der Biomüll hat Gesichter. Kaffeefilter rein, Deckel zu und schnell vergessen, was sich unterhalb dieses Deckels befindet. Das ist ja auch nicht so wichtig, denn bald, ganz bald ist perfekter Bahnhof. Dann liegt sie neben diesem Typen, einer Mischung aus Beton, Gehirn und Muskeln, und fragt ihn was total Romantisches, zum Beispiel ob er auch zur Sonne über den Wolken segeln will oder derartigen Quatschkram.

Der Mann würde sich vor Maskulinität kaum bewegen können und etwas antworten, was die Britta total entzückt und explosiv gestimmt macht, im positiven Sinne. So wie alles mit einem solchen Mann in einem positiven Sinne verlaufen würde.

Genau an dem Punkt ist die Romantik perfekt.

Und dann schläft sie auf haarlosem Muskelgehirnbeton ein und ist mehr als glücklich. Soweit und so weit die Träume. Britta denkt das und trinkt dabei schwarzen heißen Kaffee, der ihr im Magen wehtut.

Sie sollte mal was essen, denkt sie, reißt einige Schränke, auch den Kühlschrank, auf und irgendwo ist noch hartes

Brot. Das harte Brot in der Hand, dann im Mund und dann im Magen. Da liegt das harte Brot unverdaut und die Magensäure kennt so was gar nicht mehr. Verdaut wird es trotzdem irgendwie.

Britta fühlt, wie in ihr, was sie aß, verdaut wird. Kippt Kaffee hinterher. Sitzt in ihrer stinkenden Küche in ihrem roten Fummel und denkt. Denkt, wen sie treffen könnte auf der Party, was man dem sagen kann, welchen Körperteil dieser jemand wohl am tollsten findet an ihr.
Irgendein dummer Jemand hängt da ja immer rum auf diesen Partys bei Ingo, der sich aus beruflichen (Film) oder privaten (Sex) oder der Kombination aus beiden (Sexfilm) Gründen für Britta interessiert. Ihr Kleid gibt ihr recht. Weiblichkeit.
Iris Berben hätte so was nicht nötig, denkt die Britta am Küchentisch. Kaffee lässt sie schneller denken und kribbelig werden. Auch unten rum kribbelt es. Es fühlt sich an, als würden kleine Tiere in ihrer Vagina Nester bauen, um sich dort auf Dauer anzusiedeln. Ein eigentlich sehr angenehmes Gefühl, befindet Britta. Noch 'ne Runde mit Hugo? Nö, ist schon ein bisschen spät.
Da klingelt das Handy, dieses dumme Ding. Am anderen Ende ebenfalls ein dummes Ding, ihre Begleitung für diesen Abend: Linda, Pornodarstellerin mit dem Blick fürs Unwesentliche. Eine Frau, aus der Blödheit wächst, die von Männern aber für analytische Attraktivität gehalten wird.

Linda erkundigt sich nach Brittas Fitheitsgrad. Freundinnen tun doch so was, denkt die Linda, obwohl Britta ihr egal ist. »Geht, geht«, antwortet eine Britta und kann ein

Grinsegesicht nicht verbergen, das natürlich auch auf ihr Stimmbild Einfluss hat. »Sag mal, hattest du grad Sex, Baby, du klingst so frisch gebumst ohne Liebe. Da klingelt eine Melodie in deiner Stimme ...«, analysiert die Linda ins Blaue hinein.

»Hugo!«, antwortet Britta kurz und damit kennt auch Linda die Quelle der vaginalen Freudenspende.

Die Pornoqueen lächelt ein wenig stumm in den Telefonhörer und nickt verständnislos. »Lass das doch demnächst die Männer erledigen, dafür sind sie doch unsere Untertanen, unsere Spieler auf dem Feld der sexuellen Mittelmäßigkeit.« So eine scharfe Analyse hätte Britta Linda gar nicht zugetraut.

Diese fährt aber fort und fragt nach Details der Abendgestaltung. »Ach so, heute Abend ist ja Ingos Party, krümmelweise Zuversicht im Dickicht der Geschändeten.« Linda muss voller Drogen sein, so poetisch, wie sie abgeht. Sie fährt aber in diesem Stil fort. »Wann gedenken wir beide denn die Reise in die Nacht anzutreten, um die Erhabenheit des Highseins mit Nasen und Mägen und allem, was dazugehört, in unser Universum einzulassen.«

Britta antwortet stumpf wie eine ungeschliffene Sense: »Neun los. Vorher Sektchen bei mir. Und komm mal runter von dem Koks.« Sie spürt, dass sich plakative Doofheit und Drogenkonsum nur so zu einer Katastrophe oder massiven Peinlichkeit addieren können.

»Bring ich mit und noch was anderes. Bin dann um sieben bei dir. Hatte einen harten Tag mit harten Schwänzen, aber Ingos Partys sind ja die Staatsempfänge des Kleinkunstschrotts und deswegen so gut.«

Lindas Poesie wird unerträglich für Britta. »Ist gut, Baby, bis später.« Sie würde ihr gerne empfehlen, sich noch 'ne

Stunde hinzulegen, aber bei dieser künstlichen Aufgedrehtheit klingt das nach Unmöglichkeit.

Britta drückt Linda weg, die dumme, glückliche Linda, die mit ihrem Geficktwerden, Vergewaltigt- und Gelecktwerden ihr Leben kalkuliert. Ihre Beifall klatschenden Schamlippen in Großaufnahme sind für die Linda kein Problem. Dabei ist die dumme, glückliche Linda so froh wie kaum ein zweiter Mensch, den die Britta kennt. Hat halt wenig Ansprüche, die Gute, denkt Britta und schenkt sich Kaffee nach. Aber so ein Leben zu akzeptieren, hieße aufzugeben. Einfach nur noch Körper sein und keine Seele mehr und kein Charakter mehr, den die Britta doch darstellen mag.

Charakterdarstellung ist für die Britta ein so tiefes und ausdrucksstarkes Wort. Darstellen könnte sie so viel, wenn man sie nur ließe. Sie hat so viele Gefühle in sich und ihr eigenes Leben reicht dafür nicht aus, all diese Gefühle zu publizieren. Ja, Britta denkt tatsächlich das Wort »publizieren«, ihre Gefühle einer Öffentlichkeit zu präsentieren, dieser Gedanke macht in ihr Spannung.

Dann stellt Britta was Dummes an, nämlich den Fernseher. Die kleine Sehnsuchtsmaschine fängt an zu ticken. Da drin will Britta ihr Gesicht sehen und Verrenkungen machen, die Preise verdienen. Schauspielerische Leistungen werden mit neidvollen Blicken und einer Menge Geld gewürdigt. Das alles will die Britta.

Dann auf Preisverleihungen stehen und meinetwegen auch den Eltern danken, dem tollen Team, den exzellenten Drehbuchautoren, dem endgeilen Kameramann und dem depressiven Beleuchter und natürlich meinem Mann, der ja heute Abend zur Preisverleihung nicht erscheinen konnte, weil die dreijährige Tochter Fieber hat. Jörg, ich liebe dich.

Und dann den handlichen Preis unter unterdrückten Tränen hochheben. Beifall wird es geben. Die Menschen erheben sich, klatschen so, als wäre diese Tätigkeit morgen verboten. Wer ist Jörg? Lediglich ein Name, der eine Sehnsucht projiziert. Wie grau dieses Gefühl doch ist, wo eigentlich rot-orange-gelb schimmernde Emotionsgeilheit hingehört.

Macht das TV-Ding also an die Britta, um ein wenig Zerstreuung oder Betäubung zu finden. Das Vorabendprogramm stottert sich in Brittas Wohnzimmer. Da sabbeln Talkshowgäste über ihre Probleme beim Sein, außerdem gibt es gewichtslose Gerichtssendungen mit erdachten Fällen und Justizpersonal so unreal wie die Liebe. Die Angeklagten werden angekackt und sind es später nie gewesen. Immer ist die Gesellschaft schuld. Soll die doch mal jemand verhaften. Lebenslänglich für das Unwort des Jahrhunderts: Gesellschaft.
Du Schwein.
Du Hure.
Du Pfandflaschensammler.

Britta geht es durch den Fernsehkonsum auch nicht anders, sie wird nur unruhig vom zappeligen Zappen. Die Zeit plätschert ins unaufgeräumte Dreckswohnzimmer und nimmt sich ein Stück von Brittas Leben. Knabbert an ihrer Existenz und lutscht ihre Gedanken rund. Außerdem werden im TV fremde Wohnungen von dicken, blonden Labertaschen ganz, ganz, ganz skurril eingerichtet und kaputt gestaltet. Die plumpe und verbal ungelenke Moderatorin sieht aus, als wenn sie nur ganz, ganz, ganz selten beschlafen wird und sich ganz, ganz, ganz häufig frittiert ernährt.

Es vergeht noch mehr Zeit, in der sich Britta idealerweise Gedanken über ihre Zukunft hätte machen sollen. Aber sie hat den Dummen beim Blödsein zugeguckt und das hat ihrer Meinung nach aber so was von *Style*.

Pünktlich um kurz vor sieben klingelt es und Linda is in the house. Sofort vergeht die Langeweile. Die beiden Schauspielerinnen kennen sich seit fünf Jahren und verfolgen seitdem Privatleben und Karriereungetüm der jeweils anderen.

Neid gibt es kaum, weil die beiden aus völlig verschiedenen Denkrichtungen kommen. Lindas Pornoding tangiert Brittas Hochleistungsschauspielding kaum.

Die Freundschaft passt beiden. Wie eine Arsch-Push-up-Hose. Das ist so eine Hose, die den Po in Form bringt und die immer passend aussieht, egal aus welchem Winkel man sie anschaut. So ist das auch mit dieser Freundschaft. Die geheuchelte seelische Verwandtschaft macht die beiden Frauen gut drauf.

Beide haben objektiv betrachtet ein Kackleben, aber wenn sie zusammenkommen, erzählen sie sich von ihrer glorreichen Existenz, die so was von brennt. Bei beiden geht es natürlich grad tierisch ab, wenn die beiden sich sehen. Die eigentliche Tragik kommt nicht zu Wort.

Umarmung. Herzlichkeit für die andere. Jede aber fragt sich: »Wie gut kann ich eigentlich Herzlichkeit spielen?«

Jede der beiden kann sich daraufhin selbst antworten: »Ich bin total super im Spielen von Herzlichkeit, denn sie merkt nicht, dass meine Umarmung ein Mordversuch ist.«

Die Gedanken der Frauen am Abgrund der Schöpfung. Beide haben zu wenig Zuviel. Und Sehnsucht im Blutkreislauf, Sehnsucht nach Aussprache, Wahrheit, Alternativen zum Leben, wie es jetzt ist. Aber beide wohnen hinter Mauern der Coolness und da lebt es sich recht schattig und angenehm lügnerisch.

Sitzen. Flasche auf. Sekt perlt herum. Ergießt sich in Gläser. Geht in relativ nüchterne Mägen rein. Richtet dort Unruhe an und kleine Flammen der Geilheit.

Reizt den Damen ein belangloses Gespräch aus den primitiv angemalten Gesichtern. Sekt gesellt sich zur allgemeinen Befindlichkeit und macht diese gar beidseitig undefinierbar. Die Frauen machen Gläser voll und Münder auf und lassen einfach all den Unsinn raus, der in ihren Gehirnen spukt.

Linda auf der Suche nach einem Dialogbeginn. »Bin gespannt, ob Fred auch da ist bei Ingo.«

Britta steigt ein, weiß auch nicht warum, wahrscheinlich weil die Stille neben ihrer dummen Freundin sonst zu komischen Gedanken führen würde. »Was für'n Fred?«, heuchelt sie Interesse.

Linda richtet sich auf, fingert an ihrem Ausschnitt rum. »Universal-Fred. Der Film-Fred. Du weißt schon, *Fleischpenis*-Fred. Fred Fantasy.«

In Brittas Augen formulieren sich geschwungene Fragezeichen. Linda erkennt die Unkenntnis und fasziniert sich selbst mit ihrem filmischen Fachwissen. »Ich hab da auch mitgespielt. Stichwort Metzgerei. Der Typ, der immer Hackfleisch kaufte, um sich daraus willige Spermaempfängerinnen zu formen. Irgendwann hat sich jedoch das Fleisch zum Protest formiert und den Typen entführt und ihn mit Fleisch gefüttert, bis er draufging. Wurstrache. Erinnerst du dich nicht ...?«

Britta erkennt den Streifen vor ihrem geistigen Auge wieder. Dieser Film war grauenhaft. Schlechte Schnitte. Miese Darsteller und die Handlung war eine, die sich nur im Untergrund eines vergewaltigten Hirns aufhalten mag.

Britta treibt die Konversation voran, vorher gießt sie noch Sekt in die Gläser, der sich blubbernd erkenntlich zeigt. Britta trinkt einen Schluck und die Flüssigkeit brennt bereits in der Mundhöhle, in der Speiseröhre und im Magen, aber noch um einiges satter. Sie mag das Gespräch fortführen, um nicht über sich nachdenken zu müssen. Auch eine Art brachialer Dummheit, denkt die Britta, sagt dann aber anerkennend: »Ach der, ja der ist krass. *Fleischpenis* war ein geiler Film. Ganz abgedreht. Und deine Rolle als Vergewaltigungsopfer war einfach brillant umgesetzt. Respekt, meine Liebe. Niemand wird so schön brutal durchgefickt wie meine beste Freundin.« Britta bemerkt nicht mal mehr ihr eigenes blankes Lügen. Perfekt für einen Abend wie diesen.

Linda fügt ergänzend hinzu: »Fred ist wohl ständig mit neuen Projekten am Start. Deswegen muss ich den unbedingt sprechen, weil Rollen in seinen fiesen Filmen echt begehrt sind. Psychopornos sind ganz groß im Kommen, Liebste. Also 30 Prozent Erotik-Anteil und der Rest abgedrehte Handlung. Ich sag nur *Basic Instinct* mit der Bollerblondine Sharon Stone. So was, nur mit besser dargestelltem Sex. Nicht dieses Pseudogewippe auf impotenten Hollywoodwichsern.«

Britta kann auch da ergänzend Inhalte einfügen. »Und talentiertere Darsteller braucht so was, ganz klar. Also Michael Douglas und Sharon Stone funktionieren ja echt nicht. Da war keine Harmonie. In beiden allein nicht und zusammen schon gar nicht. Und das seichte Geficke gab doch beide der öffentlichen Lächerlichkeit preis.«

Die beiden unterhalten sich beinahe wie richtige Freundinnen. So banal, so ausgeglichen, so gehirnleer und liebessüchtig. Linda ist nochmals in Sachen Filmkritik dabei. »Böse Beurteilung, herzliche Schwester, aber ist was Wahres dran. Noch'n Sekt?«

Britta hält ihr Glas hin und bestätigt ihrer großbusigen Freundin anerkennend ihren kleinen Horizont im horizontalen Gewerbe. »Ja, darin bist du wirklich Profi, guten Filmsex von schlechtem zu unterscheiden ... Mach mir mal mein Glas voll!« Die Flasche leert sich augenblicklich in Brittas Glas und wird auf dem Boden deponiert.

Die Frauen. Der Alkohol. Die Levelüberschreitung. All das macht gute Gespräche, finden die beiden. Nur über den Gehirnkot, den sie hier fabrizieren, würden beide nüchtern nicht mal leise nachdenken. Und hier mit dem Alkohol im Schädel werden primitive Gedanken zu Absolutismen. Gefüllte Sektgläser wurden zuvor noch angenippt, jetzt gierig eingeatmet. Der Rausch kommt. Linda kramt in ihrer Handtasche. Wirft in ihrer aufgesetzt-dekadenten Art ein kleines Tütchen auf den Tisch.

Sie kommentiert die illegalen Drogen, die da liegen, mit den Worten: »Damit wir gleich nicht völlig abkacken und Kontakte sausen lassen, die vielleicht wichtig wären, hab ich noch was für uns zwei Hübschen. Es ist Winter in Kolumbien.« Immer wenn es um Drogen geht, wird die Linda zum Goethe ihrer eigenen Rauschgeschichte. Poesie fährt in sie und sie bekommt eine verbale Cleverness, die ohne Drogen immer nur aussieht und sich anhört wie ein grade mal so bestandener Sonderschulabschluss.

Britta ist in einem Zustand, auch wegen des bereits konsumierten Alkohols, in dem alles geht, außer »Nein« zu angebotenen Drogen zu sagen. »Koks? Alles klar«, begrüßt sie das weiße Pulver, »mach mal hin. Tu hier auf 'm Glastisch. Rasierklingen hab ich in der Schublade.«

Linda ist aber auch in diesen Dingen maximal vorbereitet, ihre Augen bewegen sich langsam und bewusst, als wolle sie checken, ob hinter ihrer Stirn Vorgänge passieren, die sie nicht steuern kann. Dass das so ist, wissen beide anwesenden Frauen, aber nun bietet Linda in ihrer eigenen Art die Droge feil: »Das Zeug ist schon optimal klein gemacht. Quasi konsumierbar. Kristalle für alle.« Beide grinsen. Beide hassen ihr Leben, das sie nun mittels Drogen zu beschleunigen versuchen.

Linda bereitet vor und dann saugen sensible Frauennasen illegale kristalline Substanzen in vorgewärmte Großmädchenhirne, die die Frauen tanzen machen wollen. *There is consume to do. Starkstrom up your ass.* Bewusstseinsbomben in Gehirnkatakomben. Hoch die Hirne. Leidliches Leibschütteln nach nasalem Konsum. Die beiden Frauen brauchen danach sofort ein Taxi, da eine Power in sie fährt, die sie schnellstens zu nutzen gedenken. Britta kennt die Nummer und ruft eins an, das dann fünf Minuten später vor der Tür steht und rumhupt. Wie eine Fanfare zum Start der Partynacht die Hupe eines blöden Mercedes.

Der Taxifahrer ist ein guter, stiller Mann. Die Weiblichkeit seiner Fahrgäste gefällt ihm, aber er ist weit davon entfernt, so etwas zu äußern. Die Frauen sitzen dann hinten drin und ihre gepuderten Nasenscheidewände kitzeln innerlich.

Britta ist ganz heiß. Schweißtropfen auf der Brust schicken sich an zu rinnen. Auch unter den Achseln ist die Suppe. Klamotten aus wär jetzt gut, denkt Britta. Kopf aus dem Fenster halten und schreien, bis der Kopfinnendruck weicht. Jetzt irgendetwas quer vaginal wär auch gut, dann geht ein wenig Druckluft aus dem Kopf, denkt Britta. Aber da ist nichts zum Verstecken in der Vagina und der Druck besteht weiter. Von innen nach außen. Der Kopf so schwer. Die Augen viel zu weit geöffnet.

Die beiden Frauen drauf. Viel zu wach. So wach will doch kein denkender Mensch sein. Deswegen nicht denken, bloß nicht denken. Nur machen.

Dann ist man da, wo man hinwill. Man muss noch diverse Treppenstufen bewältigen, die ein Herzrasen verursachen. Man hört schon elitäres Stimmengewirr.

Die Meute. Der Mob. Alle am Abgehen. Möglichst laut dabei.

Die Frauen stehen vor einer Tür im 4. Stock eines destruktiven Neubaus. Brittas Zeigefinger fasst Ingos Namen an. Hinter der Tür die Menschen. Die Gefühle einer Nacht. Der Rausch. Getränke und die Wohltat, das Wissen zu haben, nicht unbedingt am Leben bleiben zu müssen.

Linda und Britta wird die Tür aufgemacht und sie sehen genau das. Das Fest. Es ist angerichtet. Schritte durch die Pforte und mitten im Zentrum der unzensierten Dramatik des Nackt- und Nachtlebens.

Dann ist da die Party. Ein dekadentes Wohnzimmer umgebaut zur Disco. Gut gefüllt mit Leibern. Die Körper machen Lärm, dazwischen zucken Licht und Musik.

Technobässe vermeiden Stille, vermeiden Denken. Sind nur da die Bässe und auf die Fresse. Die Folge der Schläge leert Gehirne. Das tut gut, Britta und Linda kommen an und blicken in die Menge. Ingos Party. In Ingos Wohnung, umgebaut als Club der Gestörten. Und die Gestörten sind alle hier und tanzen.

Da ist eine kleine Bar. Da sollte Mensch erst mal hingelangen. Linda und Britta sehen, wo es Getränke gibt und bewegen sich dahin. Sie lesen ein Schild, Ingos Kinderhandschrift hat einen Pseudogag hinterlassen. »Cocktaillabor: Menschenversuche mit Alkohol«, steht da in mutiger Männerschönschrift. Die Mädels amüsieren sich über Ingos nicht vorhandenen Humor. Stehen dann vor dem Tresen und fragen sich, welchen Alkohol man am entspanntesten mit Kokain mixen kann. Bestellen sich Cocktails, weil eh alles egal und eh alles schon zu spät ist und eine Laune herüberschwebt, die klassische Anarchie beinhaltet.

Das saugen die beiden auf durch bunte Strohhalme. Alkoholisierte Anarchie. Jeder Gedanke ist egal. Das ist gut so. Es wird ein wenig assimiliert. Gleichschaltung der Emotionen. Körper im Bassrausch. Spastiker tanzen.

Dann kommt Ingo. Auf seinem Gesicht ein perverses Sammelumkleideintimitätsgrinsen. Also ein deformiertes Lächeln, das nur ein Kontaktgestörter auf seinem Gesicht spazieren führen kann.

Ingo beginnt die Unterhaltung überfallartig. »Moin Mädels! Schön, dass ihr da seid. Rockt wohl, oder? Habt ihr schon mein witziges Schild an der Bar gesehen?« Er deutet auf ein golden eingerahmtes weißes Pappschild mit seiner langatmigen Gagübertragungsrate.

Britta würde gern irgendwas dazu sagen, aber aufgrund ihres Konsums ist sie momentan sprachbehindert. Ihre taube Zunge fühlt sich an, als hätte sie ein pflichtbewusster Handwerker an ihrem Gaumen festgenagelt.

Linda hingegen ist es gewohnt, in diesen Geisteszuständen Kommunikation zu betreiben. »Geht klar, Ingo, gutes Fest. Feine Gäste hast du dir mal wieder eingeladen. Alle breit, wa? Ja, ja und ein witziges Schild, mein Bester.« Linda hat wohl alle Poesie über Bord geworfen. Ihr Blick hat kaum mehr eine Richtung, die Sprache aber fällt buchstabenweise wie ein Selbstverständnis zur Selbstverständigung aus ihrem Gesicht.

Alles zum Entsetzen von Ingo. »Ich mag es nicht, wenn du so plump bist. Das kannst du vielleicht in deinem Pornoladen sein, aber hier is' Party mit Stil, you know?«

»I know. Fred schon da?«

Ingo blickt durch die Menge, als ob er durch das Rund eines riesigen Fußballstadions blickt. »Noch nicht gesehen den Meister. Er plant da wieder was. Neues Filmprojekt.« Er deutet in einer maximal coolen Fingerzeiggeste auf Britta. »Deswegen wollte er dich noch sprechen.«

Britta ist aber immer noch auf der Suche nach ihrem Sprachzentrum. In ihrem Kopf nur würzlose Buchstabensuppe, die einfach nicht über die Zunge gleiten will. Aber sie nickt zum Zeichen des Verständnisses und um nicht ganz als dichte Prinzessin verschrien zu sein, obwohl jeder ihre suppentassengroßen Augen sehen kann. Ihr Blick spricht die eindeutige Sprache von kolumbianischen Kristallen sowie eindeutigem Nichtklarkommen mit sich und dem Gedankenaufwand in sich.

Ingo aber ignoriert das, er performt wieder mal den Selbstdarsteller, den Alleinunterhalter, den Clown für Stunden, in denen man sich Clowngeschnetzeltes wünscht. Er hebt an, einen Witz zu bringen.

Einen Witz!!!

Auf einer Party!!! Wie eigenartig ist das denn.

»Ach, kennt ihr schon den, also hahaha, der ist ja so super.« Er testet, ob es möglich ist, mit billigem Humor billige Frauen zu beeindrucken, und zwar so weit, dass diese eventuell Interesse an Küssen aus seinem fauligen Mund entwickeln könnten.

Linda erkennt den Ernst der Lage, den nahenden Witz und heuchelt: »Na komm, erzähl, bestimmt super.« Das ist für Ingo Anlass genug, einfach zu beginnen. Er hat sich den Witz wohl selbst grad noch erzählt, kichert und grinst schon vor dem Erzählen des eigentlichen Witzes.

Ingo wirkt wie eine fehlgeschlagenen Pointe. »Also, hahaha, na dann ... hahaha, also bei uns Christen heißt das Teil Hostie, wie heißt das denn bei den Buddhisten?« Ingo grinst debil in die Zwischenwelt. »Na, na«, fragt er herausfordernd, »weiß es wer?«

Britta findet genau in dem Augenblick ihre Sprache wieder, in dem Peinlichkeit und Realismus wie Brüder durch ihren Kopf spazieren, dann bewegen sich ihre Stimmbänder, die so lange schwunglos herumhingen. »Keine Ahnung, erzähl!«

Ingo rollt seine Augen durch seinen von einer humorvollen Natur gespendeten Schädel. »Hahaha ... na klar«, blödelt er die Frauen an. »Buddhabrot!« Ein Religionswitz, na bitte, wie scheiße ist das denn.

Britta will Harmonie bewahren beziehungsweise Ingo nicht ehrlich gegenübertreten. »Super Witz, Ingo!«, sinniert sie.

»Buddhabrot, pah ... wie lustig.« Ingo ist am meisten amüsiert über sein Erzähldrama, das er »guter Witz« nennt. Er erkennt aber, dass er damit bei den Frauen nicht ankommt beziehungsweise wiederkommen will, wenn mehr Alkohol in ihren Hirnen ist beziehungsweise sie sich auf sein Niveau runtergesoffen haben. Anmachversuch gescheitert, denkt sich Ingo und entflieht der Peinlichkeit. »Muss dann mal weiter, Mädchen.« Er entfernt sich nicht von ihnen, ohne noch einmal »Buddhabrot« zu flüstern und dabei zu grinsen, als hätte er einen Comedypreis gewonnen. Nichts hat Ingo gewonnen, nur was verloren, seine Würde nämlich.

Ingo geht dann weiter zu anderen Gastmenschen und kratzt dann an deren Oberfläche. Mehr als Smalltalk kann der Mann nicht. Nur Kleingespräche, die einfach nicht tief sein wollen. Ein witzloses Witzeerzählen. Smalltalk und Smallalk: kleine Gespräche, kurze Getränke. So ist er, der Ingo. Erzählt jedem ein bisschen, alles aber jenseits seiner Persönlichkeit. Alles ist doch Kunst und dementsprechend eh scheißegal.

Kunst im Haus.
Guten Tag im Haus der Künstler.
Alles Objekte. Überall hier tanzt die Kunst.
Dreht sich im Kreis und betäubt sich die Sinne. Inszenierte und einstudierte Posen. Eine Trödelmarktstimmung. Verkauft werden billige Puppen. Kaputte Puppen.
Ausschussware.
Alles hier »vom Laster gefallen«. Menschen aus zweiter Hand. Die wenigsten hier sehen aus wie die Person, die sie eigentlich sind. Hier schaut Mensch Kunstfiguren aus den Augen, die man sich auf den Leib geklebt hat, um seinen Wert zu steigern. Ganz tragischer Zirkus mit ganz tragischen Clowns. Britta erkennt das, aber sie wäre so gern Bestandteil der Vorstellung.

Linda und Britta mit Getränken und Blicken durch die zuckende Menschenmenge. Alles Pack ohne Würde. Keiner mehr als Vieh auf dem Weg zur Schlachtbank. Hier ist eine losgetretene Ironie zu Gange vergleichbar mit Lkws auf bundesdeutschen Autobahnen, in denen sich 127 Schweine tummeln und auf denen von außen für alle ein Aufkleber sichtbar ist, auf dem »Lebende Tiere« steht.

Irgendwie alles sehr apokalyptisch, was Britta denkt. Sucht den Fred im zoologischen Gedränge. Die Beats werden immer gewalttätiger. Brechen Köpfe auf. Linda kippt ihren Drink runter und stürmt auf die Tanzfläche. Vibriert dort und zelebriert ihr selbstzerstörerisches Tanztheater. Ihre Arme wirken im Stroboskoplicht wie Säbel, ihre Beine berühren zu keinem Zeitpunkt den Boden, das Koks hatte wirklich Qualität. Die Musik fährt in Linda und macht da alles tot.

Man braucht in diesen Momenten kein Innenleben. Das sind die glorreichen Momente des Partylebens, wird Linda später einmal sagen, der kleine, dumme Drogenschwamm. Ihr Tanz hat auch etwas Hilfsbedürftiges. Sie streckt ihre Säbelarme aus und daran: leere Hände. Aber die Leere in ihrem Gehirn und in ihrem Herz zu füllen, daran ist ihr scheinbar nicht gelegen.

Britta trinkt langsam. Der gezuckerte Schnaps brennt ein wenig zwischen Zahnfleisch und Zähnen. Da ist Fred. Tanzt ebenfalls. Umringt von massiver Weiblichkeit in wenigen und viel zu kleinen Anziehsachen.

Eine aufgepumpte Rothaarige hat auf ihrem knalligen Kindershirt draufstehen: »I WISH THESE WERE BRAINS«. Damit weist sie in ihrer kleingeistig-humorlosen Welt auf ihre Brüste hin, die natürlich mehr Flüssigkeit enthalten als ihre Denk- und Steuerzentrale. Britta kennt die Rote von einigen Castings und ihr auf dem Shirt abgedruckter Wunsch hat seine absolute Berechtigung. Das fehlt, das Hirn, oh ja, doch auch ohne geht's, sogar mit Erfolg, denn jetzt steckt der Fred seine Zunge in den Mund der Roten, die sie freudig mit ihrer begrüßt. Dazu irgendwas zwischen Tanzen und Ficken und der Taumel ist perfekt.

Fred und *la Schlampe rouge* ficktanzen. Fred zwischen ihren Beinen mit einer Hand sucht die Tür, durch die schon viele Männer vor ihm gegangen sind. Ach Fred, du arme Sau. Die Beats im Rhythmus der Ekstase. Ein Minirock, ach, drunter keine Unterhose, wie schön, die Tür ist auf, Fred geht rein. Auf seinen Fingern der Geruch von sterbenden Fischen.

Britta dreht sich angeekelt weg, während Fred Finger um Finger ins Aquarium der toten Fische steckt. Die Rote wird dafür eine Nebenrolle in seinem nächsten Film bekommen. Wie schön für sie.

Britta wieder an der Bar, noch mal trinken, bitte. Noch mal wenig Frucht, viel Alkohol und hinein den Zauber und wie gut, es stellt sich eine Ruhe ein. Eine Ruhe mitten im Zentrum der absoluten Randale. Eines Getränkes wegen.

Britta dreht sich um und sieht den Fred auf sich zukommen, die rote Sau tanzt postorgastisch und hirnfrei im Background. Ihre monströsen Brüste wirken im Laserlicht irreal und subtil. Ein gemaltes Monster. Fred lutscht seinen Zeigefinger fischfrei.

Es stinkt.
Er kommt.
Er spricht.

Es stinkt. Brittas Nase ist extrem sensibilisiert. Fred steht nunmehr vor ihr und ein debiles Mandarinenschalenlächeln fällt von ihm ab. Der rote Stinkefisch im Hintergrund geht in der glitschigen Partymasse unter.

Fred Fantasy ist ein groß gewachsener Mann, der stark schwitzt. Er trägt ein weißes Hemd, durch das buschiges Brusthaar zu sehen ist. »Hey, Britney, alte Eule, dich hab ich gesucht. Fräulein Sexsymbol. Drehst du grad oder warum sieht man dich so selten?« Fred Fantasy fängt spontan ein Gespräch an.

Britta ist mit seiner Schnelligkeit und dem würdelosen Verhalten, das sie da grad auf dem Dancefloor erleben musste, überfordert. Außerdem hasst sie es, wenn Fred sie Britney nennt, das hat so was maximal Billiges, denn das Image der Popsängerin mit gleichem Vornamen ist ja hinlänglich bekannt.

»Drehen? Ja, mach ich«, kommt es aus Brittas Mund. Sie hat leichte Sprachschwierigkeiten, denn der Alkohol blendet die Seele von vorn. Außerdem hat sie eine für ihren Zustand typische Formulierungsinsuffizienz, schlägt sich aber ganz gut. Kurze Sätze vermeiden lallendes Geblubber.

Fred geht ins Detail. »Was denn genau? Und mit wem?«, will er wissen, zündet sich eine Zigarette an und mustert Brittas wohlgeformten Busen mit dem Auge, das zur Hand werden will. Britta bemerkt die Direktheit dieses Blickes, aber warum nicht mal geil gefunden werden in dieser schnelllebigen Zeit der Untreue zu sich selbst.

»Ein Carlos-Veyngaard-Film. Kamera: Erydan Betlag. Jugenddrama. Krankes Durchdrehbuch. Könnte von dir sein.«

Ihr Selbstvertrauen nimmt mit jedem korrekt ausgesprochenen Wort zu. Ihr Verstand wächst wieder, ihr Wille bekommt neue Flügel. Fred gafft weiter, seine Blicke fahren zwischen ihre Beine und über ihren Bauch. Stechende Blicke, sexuell inspiriert vom Wodka und von dem, was Fred Nächstenliebe nennt.

»Ja, klasse Mädchen«, artikuliert Fred seine Distanzschaffung, um dann noch mal neu auszuholen und sich preisen zu lassen. »Also, *Fleischpenis* hat ja mittlerweile international voll eingeschlagen, wir sind für einige genrespezifische Preise vorgeschlagen.«

Britta knüpft an, um den Faden nicht zu verlieren, jede Sekunde Schweigen kostet wertvolle Gedanken. »Guter Film. Linda konnte sich da auf jeden Fall voll ausleben.«

Fred in abfälliger Haltung mit einem Gesichtsausdruck, als würde er nun gezwungen, Durchfall zu gurgeln. »Ach ja, ihr seid befreundet, du und die Porno-Linda.«

Britta beschwichtigt: »Wie man's nimmt, Freundschaft ist vielleicht übertrieben. Sie ist nicht so monumental wichtig. Manchmal hängen wir halt so rum und helfen einander.«

Fred wechselt das Thema, aber nicht sein Blickfeld. »Is' ja auch egal, ich wollte dir ein Angebot machen. 2500 Euro, wenn du spontan bereit bist, hier und heute in Ingos Büro einen One-Take-Movie zu drehen. Es gibt kein Drehbuch, du kannst allen schauspielerischen und auch sonstigen Talenten freien Lauf lassen. Nur einige wenige Vorgaben und eine Handvoll weiterer, erfahrener Darsteller. Eine Kamera. Wenig Licht. Ein Ding in meinem Kopf, das rauswill und muss, verstehst du, Britney, ich bin Künstler. Du bist jemand für diese eine ganz besondere Rolle. Das wird ein

Knaller à la *Fleischpenis*. Das kann ich dir jetzt schon versprechen. *Die stumme Ursel* heißt der neue Film und du kannst genau diese *stumme Ursel* sein.«

Britta in Dialoglaune sagt spontan zu. »*Die stumme Ursel* klingt nach Überzeugung und künstlerischem Anspruch. Alles klar, ich bin dabei.«

Fred Fantasys Castingshow ist hiermit beendet und er bittet Britta auf die erhabenen Stufen einer virtuellen Showbühne. Backstage Hollywood. »In zehn Minuten dann in Ingos Büro. Treppe rauf, durch die Glastür ...«

»... erste links«, ergänzt Britta den schmeichelnden Fred.

»Ich weiß. Alles klar. Bis gleich.« So geht es. Der Deal ist perfekt und Fred kann seinen Blick lösen. Und geht. Britta sieht ihn an die Bar taumeln und in eine Menschengruppe unzitierbare Dinge brüllen. Fred Fantasy ist schon ein Mann, der Qualität verspricht, und Britta sieht sich mit dem Geld schon in den Bekleidungsgeschäften ihrer Stadt Amokkaufen.

Britta in Aufregung. Warum denn nicht auch mal *Die stumme Ursel*. Klingt gleichzeitig nach Hollywoodemotionsdrama und deutschem Frauenversteherkino. Und unter der Leitung von Fred hat es garantiert einen hohen Abgefahrenheitsgrad.

Britta trinkt. Der Alkohol kommt perfekt in ihr zur Geltung und die Welt um Britta positiviert sich zusehends. 2500 Euro, wenn das mal kein Qualitätsgehalt ist. Britta schluckt sich in die Nähe eines Idealzustandes. Dass da auch ein Egalzustand in der Nähe ist, der sie unkritisch und sackdumm macht, fällt ihr zunächst mal nicht auf. All die Skepsis, die sie wegen dieser Leute hat, die hier tanzen, feiern und trinken.

In Brittas Kopf klingelt es. Seltsames Projekt, aber so geht doch Kunst und nicht anders als so, oder? Und eine »stumme Ursel« wird wohl keine massiven Dialoge raushauen. Deswegen kann man das in Brittas Zustand bestimmt spielen.

Dann geht sie los. Die Treppe. Die Glastür. Dahinter wird ein Film produziert. Britta ist unsicher, ob sie einfach so reinplatzen soll oder erst mal warten soll, bis sie aufgerufen wird. Einen Film auf einer Party hat Britta noch nie gedreht. Sie geht durch die Tür, jetzt, einfach so, Unpersönlichkeit in ihren Zügen. Warum eigentlich nicht? Im Inneren des Raumes: ein Drama. Mensch. Kamera. Mikrofone. Beleuchtung. Und: ACTION!!!

... und das ist auch definitiv mein letzter Film gewesen, denkt Britta. Sie blutet aus fast allen Öffnungen des Körpers. Schmerzverstärker überall. Nervenzellen tanzen aus ihrem Körper. Ihr Körper ist eine Wunde der Menschheit. Blut rinnt, fließt, schimmert, tropft und bildet kleine Bäche, die in roten Seen enden.

Einige Öffnungen in Brittas Frauenkörper wurden extra neu installiert. *Die stumme Ursel* ist im Kasten und Fred schreibt an Brittas Scheck rum. Da ist so viel Dreck in seinem Lächeln und in seinen Worten. Unglaublich viel Schmutz geht da ab, wenn Fred denkt und darüber spricht, was in ihm vorgeht.

Perversion.
Deutscher Film.
Perversion.

»Du warst gut, Britney«, lächelt er. »Einen Arzt habe ich schon angerufen für dich. Schauspielerische Sonderklasse.« Hätte Britta noch irgendwo ein Gramm Kraft im

Leib, sie würde es verwenden, um Fred wehzutun. So richtig wehtun, mit Eisenstangen in den Hintern bohren. Kugelschreiber ins Auge. Bügeleisen in den Schritt. All das. Aber Brittas Kraft ist in diesem Film. Dieser Mistfilm hat sie ausgesaugt und sie versteht vor lauter Schmerz nicht mehr, worum es eigentlich ging. *Die stumme Ursel* ist der bakterienverseuchteste Gehirnkot eines sogenannten erwachsenen Menschen, mit dem Britta jemals zu tun hatte.

Britta liegt nackt auf einem Sofa in Ingos Büro. Sie fühlt sich wie ein Kalb auf der Schlachtbank. Drei Männer sind noch im Raum und reden subtil-verstimmten Künstlerscheiß. Alle haben Britta vergewaltigt. Das gehörte wohl in diesen Film und auch der körperliche Schmerz, der ganz offensichtlich überall in Britta zugegen ist. Im Schädel regiert ein grausames Blubbern. Die Brust, der Hals. Böse Bisswunden wie von wilden Tieren, aber gemacht von sogenannten Menschen.

Die Körpermitte blanker Matsch. Blut sickert aus ihrer Vagina. Mengt sich mit Arschblut und unter ihr haben sie eine Folie ausgebreitet, damit sie nicht Ingos Designersofa vollblutet. Die Oberschenkel geschwollen und Fleisch abgerieben. Ganz wund der ganze Körper. Brittas Kraft weggespült.

Weggefickt.

Getrocknetes Sperma im Gesicht und die Betäubung lässt langsam nach und es tritt ein unbekannter Schmerz herein.

Ganzkörperschmerzverstärkung.

Eine Prise Hölle.

Ein Splitter dessen, was Britta für menschliche Sterblichkeit hält. Die drei Männer verlassen den Raum und ein weiterer betritt ihn. Ein großer Mann mit einem kleinen Koffer. Darin kramt er und holt eine große Spritze hervor. Er geht auf Britta zu und lässt unbekannte Betäubung in ihren Blutkreislauf gleiten.

Wahnsinnige Schönheit. Dann lässt Brittas Wille zu leben nach und alles wird egal.

Schlaf.

Chilling and killing

Rotation. Der junge Mann in der alten Frau.
 In Gegenwart des Gegenteils von Liebe.
 Alles ist so falsch. Der Geruch. Das Geräusch. Der Atem.
 Alles fühlt sich ganz falsch an. Falsch und existent. Da sträubt sich das Ego, so zu sein, wie es wirklich ist. Da will jeder ein anderer sein, niemals er selbst.

Kevin zieht seinen Schwanz aus der alten Frau. Da ist Schlamm am Schwanz. Dieses Organ gehört ihm. Her damit!!!
 Raus aus der Frau, zurück im Leben. Kevin sieht die Frau in der zerwühlten Bettwäsche liegen. Sie atmet stoßweise. Ganz rot am Bauch. Da drauf Sprenkel jungendlichen Leichtsinnsspermas.
 Das war mal seins. Gehört jetzt ihr. Oder irgendwem. Liegt da auf dem Bauch und trocknet, das Ejakulat. Kevin guckt die Frau an, die nackt daliegt und zuckt und schaudert. Die Augen halb geschlossen, halb geöffnet. Kleine Spuren irrationalen Irrsinns darin.
 Kleidungsstücke liegen im Raum verteilt. Der Raum gänzlich unbekannt für Kevin. Ein Bett, ein Schrank, ein Spiegel, ein Regal mit kleinen Grünpflanzen drauf.

Kevin ist unwohl in der Wohnung der Frau. Es stinkt nach billigem Schnaps und so fühlt es sich auch in seinem Schädel an. Wodka, Cola, O-Saft, Whiskey, Gin, alles steht rum.

In der Ecke gammelt eine Ladung Kotze. Kevin weiß nicht, wer die da hingemacht hat und ob er seit zwei Wochen oder seit zehn Minuten hier ist.

Die alte Frau ist high.

Zu high zum Ansprechen.

Kevin traut sich kaum Geräusche zu machen. Er steht auf und guckt sich um.

Die spitzen Schreie der Frau hallen noch in seinen Ohren. Dieses verrückte, hohe Stimmchen, das um Zärtlichkeit bettelt, nur um sich dann, derbe gefickt, in eine kranke, überschlagende Rhythmik einzufinden.

Kevin muss kurz an Herrn A. denken, seinen ehemaligen Erdkundelehrer. Der hat sich immer in Ekstase geschrieben an der Tafel, bis ihm die Kreide abbrach und er dann für Sekunden mit seinem Fingernagel Geräusche auf der Tafel machte.

So ähnliche Geräusche hat diese Frau grad gemacht.

Schrilles Klingeln in ihrer Stimme. Kevin bekam immer Zahnfleischbluten von diesem Sound. Fingernagelschleifgeräusche von Lehrern sind nichts für sensible Seelen, wie Kevin eine war zu seiner Schulzeit.

Auch jetzt hat Kevin Blutgeschmack im Mund. Was wohl aus Herrn A. geworden ist und ob er immer noch alle Finger hat, die alte Pädagogenbestie? Ein Schaudern durchzieht den sensibilisierten Körper des jungen Mannes beim Gedanken an seine teilweise recht ekelerregende Schulzeit.

Der Sex war kurz und überfallartig wie auch seine Entstehung. Die Frau hatte Kevin in der S-Bahn angesprochen und ihn sofort mit in ihre Wohnung genommen. Kevin ist mitgegangen, weil er sein Leben langweilig findet. Und Sex ist doch eine feine Sache zum Lebenrumkriegen, hat sich der Kevin gedacht.

Dann haben sich beide gegenseitig ausgezogen und sich ihre Körper präsentiert. Beide nicht sehr schön, die Frau zu alt, der Kevin zu dünn. Ein Penis, eine Vagina. Nasser Matsch und Geräusche wie eine Horde Kinder, die in Pfützen tritt. Dazwischen die Schreie der alten Frau. Schrill und geil. Hätten diese Schreie eine Farbe gehabt, wären sie neongelb gewesen.

Seltsame Sorte Mensch diese Frau, denkt sich Kevin. Jetzt sieht er auch ihr Alter. An ihrem Körper saugt die Schwerkraft. Die kleinen Brüste nur noch Oberfläche, scheinbar ohne Füllung, fiese Fettklumpen.

Was ist eigentlich drin in der weiblichen Brust, dass Mann da so gern dran rumddaddelt? Auch an diesen hässlichen, handtaschenförmigen Brüsten muss irgendwie Magie drin oder dran gewesen sein, die Kevin verzaubert hat. Außerdem ist da ein dicklicher Bauch, stelzige, teilweise behaarte Beine, ein Gesicht, in dem mit Absicht nur Hässlichkeit steht.

Beschlafene Frauen sehen doch eigentlich immer schön aus, denkt sich Kevin, aber die hier macht da mal eine unrühmliche Ausnahme. Die menschenunwürdige Geilheit hat die beiden hier zusammengetrieben. Wie zwei Regentropfen ist man dann verschmolzen, nur um letztendlich eine Pfütze Menschenpisse zu ergeben, die sich nach dem Sekundenrausch wiederfindet als das, was man vorher war: äffische Lebewesen, die sich im Schritt kratzen. Eine seltsame Paarung. Ganz unten in der Evolution.

Kevin fühlt sich wie ein Evolutionskettenvordrängler. Warum steht er hier an der Spitze der Nahrungskette und nicht der Waschbär oder der Kopfsalat?

Kevin fragt sich, was er da wieder für einen Scheiß gemacht hat. Die Frau liegt da und windet sich immer noch in postorgastischer Erregung. Ihr Hirn scheint nicht mehr zu existieren. Weg der alte Denkapparat. Einmal gut gefickt im Leben und schon kann man losgehen und unvernünftig sein und zum Beispiel CDU wählen, wenn grad Wahl wäre.

Die Frau scheint wirklich behindert zu sein oder zugedröhnt. Kevin bekommt Angst. Das ist bestimmt nicht legal, eine zugeballerte Geistigbehinderte zu ficken. Ihr käsiger Schwabbelkörper zerfließt ins Laken wie aufgewärmte Margarine. Das ist ein Anblick, den Kevin sich gern erspart hätte.

Die Frau schaudert vor sich hin, streichelt sich selbst an ihren blöden Schultern, murmelt irgendwas Verstörtes von wegen »... noch nie so geil gefickt ...« und »... immer noch völlig breit ...«.

Kevin will gehen. Hier ist nicht, was er sucht. Er ist ein junger Mann, der nicht weiß, was er eigentlich vom Leben will, aber dieses hier will er definitiv nicht haben. Er bedauert seinen Spermaverlust und sieht sich nach seiner Hose um, aha, vor dem Bett, da sind ja auch seine Schuhe. Und sein T-Shirt.

Er integriert sich in seine Anziehsachen und blickt sich noch einmal um. Die total breite Behinderte, die er gefickt hat, wird nicht wirklich wach, bleibt im Dämmerland. Soll sie.

Kevin verschwindet. Jede dieser Türen könnte ein Ausgang sein. Aber nur eine ist es. Erste Tür, Kevin kommt ins Klo. Es stinkt. Versucht die Tür daneben. Aha, ein Flur. Die Rettung. Schnell weg von diesem Ort der peinlichen Berührung im Rausch der Triebe.

Was bleibt, ist ein roter Penis und eine Menge Matsch im Kopf. Er sprintet diverse Treppen hinunter. Immer gleich drei Stufen auf einmal. Sein dürrer Körper verdrängt die nach Urin stinkende Luft im Treppenhaus. Menschen- oder Tierpippi, das ist jetzt nicht unterscheidbar. Kevin durchbricht eine Tür und ist in der Draußenwelt. Da, aha, da. Die Unterführung zur S-Bahn. Vor der Verführung kam er da raus.

Jetzt geht er da rein. Immer noch Eile und die Angst im Leib, dass die Behinderte ihm draufkommt, ihm hinterhereilt, weil sie merkt, dass er nicht mehr da ist. Dann hässlich und nackt vor ihm stünde und Alimente und Liebe verlangt. Das geht nicht. Kevin ist grad 19 und gefickt hat er nur, weil den ganzen Tag die Sonne durch seine Mütze ins Gehirn gescheint hat und Spontanitäten nun mal der Jugend gehören.

Kevin in der Bahn. Langsam flieht auch die Eile aus seinem Handeln. Weicht der jugendlichen Gelassenheit eines Menschen mit langer Lebenserwartung.

Er fällt die unbewusste Entscheidung, seinen Kumpel Simon zu besuchen, der am anderen Stadtende in einer Mietwohnung haust und ähnliche Denkkriterien aufweist, wie Kevin sie hat. Freundschaft kann man das nicht nennen. *Brotherhood, yo,* denkt Kevin und hat das alte, leer gefickte Ding im Matratzenland vergessen.

Das Ding ist erwacht, so richtig. Versucht Weiblichkeit zu verströmen, allzu verstörend räkelt sich die Frau auf dem zerfickten Bettenlager. Suchend. Um sich fassend. Wie ein frisch geworfener Welpe, der die Augen nicht richtig öffnen kann und die Nähe seiner Mutter durch Nasestupsen sucht.

Sucht den Jungen in der Wohnung. Hat sich verliebt. Einfach so während des Verkehrs.

Der Junge ist nicht mehr in der Wohnung. Das Ferkel. Ich werde es bekommen. Mein, schreit es in ihr, der kleine Mann gehört mir. Dann Valium und Schlafversuche, die scheitern.

Der Frühdienst. Randor Namobi. Der junge Mann mit dem Knackarsch. Alles Illusion oder hat ihr die Geschwindigkeit des Lebens das Gehirn geklaut.

Vera fühlt sich ausradiert. Falsch im guten Leben. Ihre Vagina und ihr Schädel im Schmerzzustand. Dazwischen das Glück des Beschlafenwordenseins. Blitzt kurz durch den Kopf. Eckt an. Fällt durch den Hals. Eckt an. Wird ausgeatmet.

Vera riecht an der Bettwäsche. Der junge Mann soll wiederkommen. Oder zumindest irgendwer ...

»Gibt's ja gar nicht«, staunt Simon nach Kevins Sexerzählungen, »krasse Scheiße, Alter, ziehn?« Simon gibt Kevin den eben flambierten Joint in die kleinen Hände. Kevin im kaputtesten Sofa der Welt fühlt sich als Gast, fühlt sich wie ein Mann mit Hindernissen. Wegrauchen. THC kommt. In die Blutbahn.

Ein schöner Nachmittag bahnt sich an. Sonnenstrahlen draußen, drinnen fröhliches Breitsein im Schatten.

Dazu eine Musik, deren Schall von den Wänden abprallt und älter ist als die beiden Jungs zusammen. »*... she loves you, yeah, yeah, yeah, she loves you, yeah, yeah, yeah ...*«, spalten die Beatles die entspannte Stille, die nur von Ein- und Ausatemgeräuschen gefüllt ist.

»Stell dir mal vor, Mann, die Frau tät sich jetzt in dich verlieben, wacht auf und sucht dich die ganze Nacht in der Stadt.« Simon philosophiert mit dem Ernstfall.

Kevin mit roten kleinen Augen, ein wenig zugekiffter als zuvor und von dieser Vorstellung wenig amüsiert, spricht in die Beatlesmelodien: »Kann ich mir nicht vorstellen, die macht bestimmt öfter so was und hat bestimmt jetzt schon den nächsten Typen in sich.«

Kurz denkt Kevin über die Gefahren von Aids nach, die dann aber beim Zug am Joint zu lustigen Bildern werden. Da sind bettlägrige Clowns in seinen Gedanken, die im Angesicht des Todes aus Blumen Wasser spritzen. 19-Jährige dürfen nicht sterben, zumindest nicht ohne in einer Band gewesen zu sein oder eine politische Revolution angezettelt zu haben. Kevin hat beides noch nicht, er ist ein Junge ohne viele Interessen.

Breitsein. Das Konsumieren schlechter Hip-Hop-Platten. Außerdem alte, zeitlose Musik, die Kiffer halt so hören. Kranke Filme. So viel zu Kevins Interessen.

Simon teilt diese Art von Freizeitgestaltung gern. Die Jungs rauchen dann noch so einige Gramm Gras in Tabak gemischt und der Abend gestaltet sich mehr als lustig.

Bekiffte Philosophie.

Pseudophilosophisches Gebaren, aber kein gedankliches Wegkommen. Wo kommen wir her? Wo checken wir hin? Checken wir überhaupt was? Kiffen. Über müde Grenzen hinweg kreisen Joints und Gedanken. Das Pickelpack macht sich breit.

Die Beatles wurden von den Doors abgelöst und Jim Morrison ist tot. Er ist sogar irgendwie toter als Kurt Cobain und John Lennon zusammen. So was von total tot der Typ, schon zu Lebzeiten. Wie der ein Wort mit Klang verband, finden beide faszinierend.

Jim Morrison war eine Gestalt zum Sichreinversetzen. Ein Mann mit positivem Scheißegalflair und so was von künstlerischem Anspruch.

Die Poesie seines Willens. Ein warmer Sommerregen aus Wort und Geräusch. *Break on through to the other side* und was findet sich da? Die Melange. Jesus Morrison. Musikalischer Heiland. Das Übertriebene zur Norm gemacht. Wie schön.

»Musik von Toten hat so was Zeitloses«, sinniert Kevin und guckt seine Hände an, die sich nicht bewegen, irgendwie aber doch. Ein Flattern in seinem Blick, als wären seine Augenlider die Schwingen eines Kolibris. Kleiner Kopfvogel singt. Flattert die Wahrnehmung zur Verständigung mit der Welt.

Nach den Doors ist noch Johnny Cash zu hören und Kevin und Simon werden »melachkomisch«. Das ist der Zustand, in dem man dann von Lachflash zu Lachflash springt, nicht mehr imstande ist, irgendetwas unlustig zu finden und selbst in ernsthaften Gedanken immer den Witz findet.

Simon und Kevin also im Bauchschmerzkoma. Lachen sich Bauchmuskeln an. Kugeln sich übers Sperrmüllsofa, Kevin fällt sogar runter, der Joint wird aber gerettet.

Weiterrauchen.

And the beat goes on. Johnny Cash singt väterlich gestimmt mit verstimmter Gitarre von Weibern, Pferden, Waffen und einer Liebe, die es nicht gibt. Er reibt seine auf CD konservierte Stimme durchs Zimmer und Stimmstaub bleibt in den Ohren der Jungs liegen, die sich damit wohlfühlen. Warme Behaglichkeit. Die Sinnlichkeit des Herumsitzens.

Simon kommt die Idee, noch einen Film zu konsumieren. »Ich hab den neuen Fred-Fantasy-Film *Die dumme Hupe* oder so, ach ne, *Die stumme Ursel*. Ich mach mal rein wa, zum Chillen«, bereitet der zugedröhnte Simon auf die anstehenden kulturellen Ereignisse vor.

Kevin kann nur noch nicken, alles andere wäre grad zu aufwendig für den Kreislauf. Also nickt er und grinst mit leuchtender Debilität das aufflackernde TV-Gerät an, das ein Licht durch das abgedunkelte Zimmer macht, als sei dort gerade ein Raumschiff gelandet.

Simon fummelt am DVD-Player rum und schon läuft der Vorspann. *Die stumme Ursel.* Klingt schon mal interessant, aber wahrscheinlich klingt in den Ohren der Jungs alles interessant, was mehr als zwei Worte hat. Breitheitsausbreitung. Zwischendurch trinken die Jungs viel Wasser, damit vom Kiffen nicht die Mundhöhlen verkleben. Der Film kommt in die Gemüter.

DER FILM:

Da geht ein einsamer Typ in einen Sexshop und interessiert sich für Gummipuppen. Da gibt's ja ein Riesenangebot und der Verkäufer bietet an, in einem kleinen Nebenraum mal ein paar Testficks zu machen.

Der Puppenficker willigt ein und nimmt drei Puppen mit in diesen Raum. Die heißen *Saugsimone*, *Analexandra* und eben *Die stumme Ursel*. Es gibt auch noch eine XXL-Version mit dem Namen *Das fleischige Lieschen*. Der einsame Typ ist leicht pervers verstimmt und er nimmt die Puppen ziemlich übel ran. *Saugsimone* und *Analexandra* bestehen diese Tests nicht und müssen geplättet im Laden verweilen. Außerdem ist der Typ zu ungeduldig, um *Das fleischige Lieschen* komplett aufzublasen. *Die stumme Ursel* hingegen wird gekauft.

Der Typ verlässt den Laden und fährt mit der U-Bahn nach Hause. Dort will er *Die stumme Ursel* schnellstmöglich in Gebrauch nehmen. Appetit holt er sich beim Umgucken in der voll besetzten U-Bahn. Er stellt sich die Insassinnen alle nackt vor und sein krankes Gehirn projiziert all das auf die in einem Karton in einer Tüte verweilende Ursel.

Dann gibt es einen magischen Moment. Der Zug ruckelt besinnungslos über rostige Gleise, weil er einen Hund überfährt. Der Gummipuppenficker fällt zu Boden zusammen mit weiteren Fahrgästen.

Dabei knallt eine junge, gut aussehende Frau mit dem Kopf voll auf den Karton, in dem die Ursel drin ist, und schwupp, tauschen Ursel und die Frau die Seelen.

Die stumme Ursel ist nun eine Gummivoodoopuppe. Die junge Gutaussehende rennt an der nächsten Haltestelle aus der U-Bahn, weil sie meint, ihr Körper ist total platt in einen winzigen Karton gesperrt. Sie rennt am Bahnsteig herum und ruft laut um Hilfe. Leute gibt's, denken sich die anderen Fahrgäste und finden das Verhalten der Frau more than strange.

Der Typ kommt dann nach Hause und holt sich eine alte Fahrradluftpumpe, um Ursel mit sexueller Energie aufzuladen. Ein Ventil hat sie am Hinterkopf. In einer anderen Wohnung platzen der Frau plötzlich einige Adern in den

Augen auf, weil fremde Luft in sie fährt. Wenig später fährt etwas anderes in die Frau und sie weiß nicht, was und woher dieses Gefühl kommt, vergewaltigt zu werden.

Der Perverse lässt all seinen Trieben freien Lauf. Die Frau hingegen wird wahnsinnig, als plötzlich Schmerzen und Blut im Vaginalbereich auftreten, dann im Arsch. Dann ein Erstickungsanfall. Ein Gefühl wie ein Schwanz im Mund und sich nicht wehren können. Die Frau würgt. Nichts passiert. Dann wieder Vaginalschmerzen.

Der Perverse ist ein ausdauernder Ficker. Er nimmt zwei Viagra und macht weiter. Stundenlang gebraucht er die Puppe und die Frau in der anderen Wohnung erfährt dies am eigenen Leib. Zwischendurch hat sie einen Orgasmus, aber das ist ihr scheißegal, denn sie will wissen, wer oder was sie da fickt. Welches Grauen ihren Leib übernommen hat. Sie kann es aber nicht, weil den Ficker und die Gefickte einige Kilometer trennen.

Das Übel nimmt seinen Lauf. Die Frau windet sich in einer Pfütze aus Eigenblut. Sie kann nicht mehr. Immer wieder werden ihre Beine auseinandergedrängt und immer wieder wird sie aus der Ferne penetriert. Der Puppenficker gibt alles und macht dann eine kurze Pause. Die Kaputtgefickte am Boden will schnell zum Telefon und Hilfe holen. Aber so schnell wie der Perverse ist sie nicht. Als sie sich in eine Art aufrechte Haltung begibt, kommt plötzlich wieder Stechschmerz in der Analregion und ein monoton-durchdringender Rhythmus fährt durch die Frau.

Die Frau stirbt einen grausamen Tod am Boden ihres Apartments. Der Typ fickt weiter und der stummen Ursel reißen die Seitennähte auf. Scheißqualität, denkt der Perverse, zieht sich an und lässt die Luft aus der Ursel. Dann packt er die Plastikhaut zurück in den Karton und schmeißt das in den Restmüll.

Die Müllabfuhr kommt irgendwann und holt die Ursel aus der Tonne ab. Sie kommt auf die Deponie und es gibt Feuer unterm Plastikarsch. Kurz zuvor trifft sie noch eine wie sie namens Samen-Sammel-Sandra, der auch ein solches Schicksal widerfuhr. Die beiden durchgefickten Voodoogummipuppen verschmelzen im Feuer mit den zarten Worten auf den Lippen:

»WIR SIND PLASTIKFICKGENOSSINNEN,
ABER MAN ERKENNE EINE SEELE IN UNS,
EINE WAHRHEIT
ÜBER UNS
UND DIE,
DIE UNS KAUFEN.«

So flambieren sie mit Gesang und das Plastik schlägt Brandblasen.
ABSPANN.

Kevin und Simon sind von diesem Braintrash einigermaßen angetan. Fred-Fantasy-Filme sind so. Wie aus einer anderen Welt, die aber trotzdem die real existierende sein kann. Faszination Wirklichkeit.

Dieser sind Simon und Kevin immer noch überdrüssig, denn auch während des Films riss ihr Interesse für Naturdrogen nicht ab. Die Luft kann man mittlerweile zerschneiden. Man könnte die Atmosphäre in diesem Raum in kleine

Quadrate schneiden und in einem Schrank stapeln. Macht man aber nicht, weil man die Atmosphäre ja braucht, um sich in ihr einigermaßen gut zu fühlen.

Die kiffenden Kinder. Sie checken sich und die Lage. Draußen ist es bereits dunkel. Den Nachmittag zur Nacht geraucht. Etwas höher nur der Mond. Der lacht die Welt aus. Daneben Sterne. Unendliche Weiten. Galaxien.

Simon sieht Raumschiffe, Kevin kleine Käfer auf seiner Haut. Okay, doch etwas zu viel geraucht. »Komm, wir gehen noch 'ne Runde«, schlägt der eine Freund dem anderen vor und wer jetzt von beiden gesprochen hat, ist eigentlich egal, denn beide sind mittlerweile eigentlich ein Körper und ein kranker Geist.

Sie stolpern das Treppenhaus nach unten. Alles ist irgendwie witzig. Alle Geräusche, Gerüche, Stimmen, Emotionen. Alles, die ganze Welt nur ein großer Witz. Vollkommen lustig.

»Ob Gott wohl ein Kiffer ist?«, beginnt eine Philosophie. Zunächst bleibt diese ohne Resonanz in beiden Hirnen. Da rotiert anderes Zeug, eine herrlich fließende Langsamkeit jenseits menschenmöglicher Wahrnehmung.

Jenseits von allem. Jenseits von jedem. Nur schön, man selbst zu sein. Da kommt was zusammen, was einem am nächsten liegt. Innenansichten werden gefälliger.

Die beiden Jungs haben es zu nichts gebracht bislang. Weder Schulabschluss noch Berufsausbildung, nur diverse Highscores diverser Playstation-Spiele nennen sie ihr Eigen. Aber diese Nacht ist ihr Tag. Da liegt die Luft in Streifen auf der Straße und das Gehirn funktioniert, wie der Mensch es will. Nichts Böses wird gedacht, nur laut gelacht über alle, die sich viel zu ernst nehmen in ihrer Menschlichkeit.

Mensch sein, kann doch jeder.

Aber solche Nächte gehören der menschlichen Elite. Die kommt von unten, die Elite, und blüht wild ins Leben. Aus dem Gewächshaus des Ghettos flimmert das elitäre Denken durch Deutschlands Ballungszentren und wuchert in solchen Nächten über die ganze verrückte Stadt.

Die späte Nacht, es ist noch so warm und jeder der beiden Jungs findet es schön, dass da einer ist, der es ernst meint mit dem Breitsein und der darin gefundenen Freundschaft.

Dann setzt man sich in ein Auto und startet es. Immer noch vollkommen witzig alles. Beiden strahlt ein Grinsen aus dem Gesicht, das unvereinbar ist mit menschlicher Realität. Simon will jetzt Auto fahren. »Bullen fahren hier eh nicht lang um diese Zeit.«

Er fährt durch ein paar Straßen, alles läuft sehr routiniert und das Geräusch des Autos ist einfach nur total lustig. Alles viel zu komisch. Sie kommen an einen Kreisverkehr. Kein Auto, kein Mensch weit und breit und alles nur lustig. Simon fährt in den Kreisverkehr und als er drin ist, hält er an und legt den Rückwärtsgang ein. Dreht einige Runden rückwärts. Aus dem Autoradio ein entspannter Reggae-Beat. Zwei Jungs, die mitten in der Nacht völlig bekifft Reggae hörend rückwärts durch einen Kreisverkehr fahren. Mal schnell, mal langsam, so wie es das Leben gerade will. Dazu dieser Gentleman.

»... *after a storm*
there must be a calm
you shoulda never to resign
remember seh jah love already there before you born
his love is so pure and devine ...«

Genau, nach dem Sturm die Ruhe. Das ist jetzt. Rückwärts durch den Verkehr. Und Gott auf dem Beifahrersitz.

Plötzlich klirrt sich was in die Stille. Ein unangenehmes Geräusch zerreißt die gedankliche Entspannung, die in den Köpfen der beiden Jungs herrschte. Simon bremst schockiert, obwohl er eigentlich schon steht. Da ist ihnen jemand aufgefahren beziehungsweise sind die beiden Grasjunkies jemandem rückwärts aufgefahren. Die beiden drehen sich um und ihre rot gekifften Augen sehen einen ziemlich mies gelaunten Typen, der ein Handy betätigt.

»Fuck Alter, jetzt sind wir dran«, Kevins Angst manifestiert sich in diesen Worten, »der ruft schon die Bullen.«

Simon wagt auch keine Regung. Es vergehen Sekunden und Minuten, aber auch der Typ im angefahrenen Auto regt sich nicht. Der labert lediglich sein Handy voll. Simon erkennt ernsthaft verstimmte Augen im Rückspiegel. Für eine adäquate Flucht ist er viel zu angeturnt.

Die Polizei kommt. Die Kifferkinder in Angst.

Drogen im Straßenverkehr sind angeblich kein Witz mehr. Der Polizeiwagen hält mit Blaulicht am Rande des Kreisverkehrs. Sonst ist immer noch nichts los auf der Straße in dieser frühen Morgenstunde. Zwei angsteinflößende Polizisten entsteigen dem grünen Fahrzeug und gehen direkt auf den Wagen des anderen Unfallteilnehmers zu. Der hat die Scheibe heruntergedreht und kommuniziert da durch mit den Bullen. Das Gespräch wird endlos.

Wie lange? Zehn Minuten oder 15. Die beiden Kiffer schwitzen wie unter direkter Sonneneinstrahlung. Dann kommt ein uniformierter Beamter auch zu ihnen an den Wagen und klopft an der Fahrerseite an Simons Tür. Der kurbelt mit geschlossenen Augen die Scheibe runter, die zentimeterweises Elend verheißt.

Der Bulle fängt einen Text an und die Jungs hören nur noch Verhaftung und Staatsanwalt, Verhör, Knast und Bußgeld und Sozialstunden. Aber der Beamte sagt eigentlich: »Ach Jungs, macht euch keine Sorgen. Der Typ, der euch aufgefahren ist, behauptet doch allen Ernstes, ihr beiden wärt 'ne halbe Stunde rückwärts durch diesen Kreisverkehr gefahren. Der ist total besoffen. Also macht euch mal vom Acker und gute Fahrt noch. Das mit dem Typen dauert wohl noch 'ne Weile. Ach und mit der Versicherung, das kriegen wir hin. Meldet euch die Tage auf dem Revier. Den Schuldigen haben wir ja. Und fahrt vorsichtig, es sind 'ne Menge Verrückte unterwegs.« Spricht's und wendet sich dem anderen Fahrzeug zu. Darin befindet sich ein Justizopfer.

Kevin und Simon grinsen sich rund. Ihre Gesichter müssten explodieren, verbrächten sie weitere Sekunden am Ort dieses »Verbrechens«. Simon legt einen Gang ein und fährt vorsichtig aus dem Kreisverkehr.

Vorwärts.

Simon schafft es lediglich, drei Straßen zu befahren, dann muss er bremsen und sein Lachen schallt durch den Wagen. Auch Kevin ist humoristisch weggebeamt.

Gelächter aus beiden Gesichtern. Immer lauter, schriller die Luft zum Atmen. Ein verstimmtes Husten. Eskalierender Humor. Anderswelt.

Exzessiver Tränenfluss des Gelächters wegen. Nach fünfminütiger Humorausschüttung entspannen sich die beiden wieder. Was für eine kaputte Welt. Aber die Optionen sind vielfältig und ja, ja, ja, Gott ist ein Kiffer. Simon startet den Wagen und man fährt weiter durch die Nacht. Munter lachend.

Gott auf einer Wolke. Hat das veranlasst für die beiden Jungs, die doch nichts begreifen und keine Möglichkeit haben, sonst irgendwie an Spaß zu kommen. Er ist kein Kiffer und wird sauer, wenn er von der nicht betenden Jugend darauf reduziert wird.
Wer macht denn hier das Leben gut? Ihr Arschnasen. Gut dann halt die Schikane, ihr Nullen. Auslöschung.
Gott erfindet Theo, den Engel der Vernichtung. Setzt ihn hinter das Steuer eines mit Plutonium beladenen Sattelschleppers. Wenn Gott nicht gewollt hätte, dass Menschen Fehler machen, hätte er dann Bleistifte mit Radiergummis erfunden, denkt Gott noch selbst und schaltet seinen emotionalen Spamfilter ein. Genau der, der auch Sabine Christiansen, Guido Knopp, Hera Lind und Phil Collins möglich gemacht hat.
Revenge, denkt Gott und holt sich ein Bier. Er entspannt sich ein wenig beim Geräusch der Bierflaschenöffnung und denkt an die Strapazen, die Rache sonst schon mal gemacht hat. Ganze Heuschreckenvölker wurden eingesetzt oder sehr oft auch amerikanische Soldaten, um die Gottesfurcht auf der Erde zu regulieren. Gott chillt sich in den Sessel und verfolgt über einen Monitor die Erdengeschehnisse. Theo der Trucker gegen die kleinen Marihuana-Bengel. *Action.*

Theo ist ganz müde und fährt einen mächtig großen Lkw. Theos Gehirn ist leer genau wie sein Gesicht. Er ist nur eine

Waffe Gottes gegen falsche Behauptungen gegen ihn. Von vorn biegen Simon und Kevin mit ihrem alten Pkw in die Straße ein.

Das Duell Lkw gegen Pkw.

Theo beschleunigt den fucking Truck. Kevin und Simon immer noch im Lachuniversum. Ganz unbewusst wird nebenbei der Wagen gelenkt. Der Lkw mit dem Engel der Vernichtung am Steuer kommt angefahren.

Frontal. Beschleunigend.

Tonnenweise Stahl soll über die beiden Deppen rollen und sie zu Menschenklumpen deformieren.

Gottes Wille. Und genau so kommt es.

Mit einem Tempo von ungefähr 98 km/h überrollt der Lastwagen den kleinen Gebrauchtwagen und schleudert ihn wie ein Blatt im Wind durch die Atmosphäre.

Zwei lachende Kinder im Angesicht des Todes, Gott auf der Wolke schon beim zweiten Bier. Theo samt Truck verschwinden am Horizont und hinterlassen eine blutige, stählerne Spur der Verwüstung.

Stahl, Blut und Plastik.

Das zerstörte Puzzle auf dem Asphalt der Stadtstraße. Keine Zeugen. Keine Worte. Keine Gedanken. Das Massaker auf der Straße. Da liegt deutsche Wertarbeit vom Band zusammengefaltet am Straßenrand und Blut schickt sich an zu rinnen.

Simons körperliche Entstellung zu beschreiben, bedarf eines Medizinstudiums, denn aus ihm gucken Dinge raus, die definitiv nach innen gehören.

Da liegen also Fleischstücke von Kindern, zerteilt von Metallstreben und Glasscherben. Kevin lebt. Eine Metallstange im Kopf, aber er lebt. Er sieht nichts außer Blut, Teile des

Autos seines Freundes, Hackfleisch, Kotze, Teile seines Freundes, Teile von ihm.

Er ist mit Unverständnis gesegnet. Sein Gehirn hat sich behindert gestoßen. Er findet alles immer noch super. Den toten Simon. Keine Passanten, nichts passiert zunächst, die herannahenden Rettungskräfte (wer die wohl gerufen hat?), die Sommerluft in der blutgetränkten Atmosphäre. Alles ist so schön, denkt Kevin, zweifellos. Die Schönheit der Sekunden versinkt in Kevin und Feuerwehrmenschen schneiden seine Reste aus einem Metallklumpen.

Gott hat geschlampt.

Theo auch. Kevin lebt. Die Sonne kommt. Ex oriente lux. Aus dem Osten kommt das Licht.

Eine halbe ungeschälte Orange quält sich den Himmel hinauf.

Die Axt und der Stammbaum

*»Als die Axt in den Wald kam,
da sagten die Bäume:
Na, wenigstens der Stiel ist einer von uns ...«*
Sprichwort

Über Nacht ist ein Gewitter aufgezogen und hat den Himmel schwarz gemacht. Es hat ein wenig Lärm gemacht, das blöde Gewitter.

Die Nacht hindurch hat es nicht wirklich gewütet, nein, nur ein wenig undefinierbare Lautstärke gemacht wie ein Kind an der Supermarktkasse, das noch Kaugummis haben will, und die gestresste Mutter zeigt sofort enge pädagogische Grenzen auf und brüllt das im Einkaufswagen festgetackerte Kind mit den Worten nieder: »Nein, dafür haben wir jetzt keine Zeit.«

Dem Kind kommt dazu kein Gedanke, sondern nur, der Unlogik des Ganzen wegen, mehr Geschrei über die Lippen. Die Mutter lässt die flache Hand auf die Schiebevorrichtung des Einkaufswagens sausen und diese Geste als wortloses Statement stehen.

Augenblicklich ist Ruhe in der Shoppingkarre. Das Blag spürt die Mutterwut und auch die pädagogische Unfähigkeit und ist dann lieber erst mal still, denn die letzte Konsequenz, so weiß das Kind, ist ein unberechenbarer Schmerz, der von der Mutter ausgeht.

Also, genau so ein Gewitter kam über Nacht. Ein Gewitter, das Angst vor sich selbst hat. Eigentlich eine lächerliche Wettergestalt, aber auch so was muss es geben. Das Gewitter hat nichts gereinigt, wie es normalerweise bei Gewittern so üblich ist.

Es war nur da, war kurz laut und auch ein wenig hell und verschwand aus dem Denken wie ein Junge, den man im Vorbeifahren beim Pinkeln in den Straßengraben sieht.

Das dumme, kleine, bedeutungslose Gewitter war nur zu Besuch. Jetzt ist es wieder weg und die Luft ist gut zu atmen. Lungenzüge durch die Atmosphäre führen zu Sauerstoffüberfällen im Gehirn. Dort ballt sich der Ballast des Menschseins. Den ganzen kaputten Menschenrest in einen Karton und auf die Reise geschickt.

Seelenasyl.

Roland zweifelt. Zwangsfamilienzusammenführung.

Der Tod will es so.

Er kommt zwar auch ohne diese Hürde, aber vielleicht ist er dann gnädiger und schmerzfreier, denkt Roland. Er wird seinen krebskranken Körper zu seinem Elternhaus reisen lassen. Das böse Wort »Familie« zirkuliert in Roland, doch er ist auf einem ziemlich hohen Scheiß-der-Hund-drauf-Level.

Seit er den Tod und auch Gott unter einem Baum im Park traf, und das war ja der Tag der lebensbeendenden medizinischen Diagnose, lebt Roland wie ein Tier.

Die Arbeit ist ihm scheißegal, sein Handy hat er weggeschmissen, alle Sparverträge aufgelöst, alle Aktien verkauft, sich wohlhabend gefühlt und sich dann wieder aus Gewohnheit in die Innereien von Nutten vertieft.

Seine Eltern in seinem Kopf. Hubert und Karla. Simple Gedanken voller Hass. Lediglich Hass.

Roland denkt auch an seinen Bruder, hat aber keine Ahnung, wo der steckt. Peter heißt der Bruder. Ein wenig älter, ein wenig betroffener von der *fucking family*, ein wenig früher aus dem Haus und wahrscheinlich ein wenig glücklicher als der zerfressene Roland.

Petersehnsucht keimt auf, manifestiert sich in zwei, drei brüchigen Silbertränen und dann kommt sie wieder die Abgefucktheit Rolands. Scheiß auf alles. Speziell auf sich selbst. Er scheißt auf sein spezielles Gefühlsgefüge. Roland ist absolut kein Familienmensch, hat sich über Jahre familiär entwöhnt und asozialisiert. Das hat er geschafft und damit auch sich selbst gerichtet. Undefinierbare Verzweiflung. Roland liegt auf seinem Designersofa und denkt was Krummes und Dreckiges.

Autowerkstätten und Familienleben.

Noch mal kurz die Eltern sehen?

Warum sollte man sich das antun, wenn man gleichzeitig von zwei Thaifotzen im Bordell der unerfüllten Schandtaten massiert werden kann? Wenn gierige Zungen für ein paar Euro Zuneigung heucheln? Wenn kleine Kinderhände Lust aus den Genitalien kitzeln? Wenn dann schließlich vaginales Zucken einen umschließt wie früher ein gutes Kinderzimmer? Dazu braucht man doch seine Eltern nicht.

Wie gesagt, Roland zweifelt. Aber er hört auch noch die Worte des personifizierten Todes, als der in Baumästen verschlungen verzerrt sprach: »Klar und entspann dich noch'n paar Tage und vielleicht solltest du mal deine Eltern besuchen, bevor ich das tue. Die vermissen dich.« Da Roland den Tod akzeptiert und insgeheim hofft, das Sterben noch hinauszögern zu können, entscheidet sich Roland für die Reise zu seinen Eltern.

Roland packt eine Tasche mit einigen Sachen. Die Grube Frankfurt verlassen. Erst mal. Die Sicherheit der Fickbarkeit von Nutten im Rücken. Ficken im Angesicht des Todes ist ein emotionaler Weltkrieg. Der Kopf läuft Amok und lässt den Körper folgen. Welthirnkrieg. Im vergänglichen Verwesen noch meinen, man pflanze sich fort, ist was Wunderbares.

Alle Nutten verhüten Schwangerschaften, aber kaum eine Krankheiten. Na ja, scheiß der Hund drauf und zwar einen massiv miefigen Klumpen Frühstückscerealienschlamm.

Den scheißt auch Roland täglich.

Mehr Blut entkommt seinem Körper durch den After. Dann kommt immer die Schwäche, aber gut, dass es dagegen wieder Medikamente und Drogen gibt. Die helfen Roland laufen, atmen und ficken. Alles geht auf diesem Zeug. Alles funktioniert mit chemischen Zusätzen.

Mit chemischen Reaktionen im Leib packt Roland eine Tasche mit wenigen Sachen. Ob er zurückkommt, weiß er nicht, aber wer weiß schon Sachen im Angesicht der nahenden menschlichen Apokalypse.

Rolands Körper ist es mittlerweile im Übrigen schon scheißegal, wohin Rolands Geist ihn steuert. Er reagiert nur noch auf das Unheil, das sowieso passiert.

In Erwartung farbenfrohen Wahnsinns, unterstützt von Schmerzmitteln und anderen Geistesabwesenheitsdrogen. Roland entwöhnt sich langsam, aber sicher, bedingt durch Krankheit und allgemeinen Drogenwahn, der Realität. Dem Realismus einen Riss. An seiner Hirnrindenpforte schon ein großes Schild mit bunt beleuchteten Buchstaben: Willkommen in Fantasia.

Parallelweltvisum längst verlängert. Lass Fantasia in deinem Kopf den Raum ergreifen. Lass Fantasia in deinem Raum den Kopf ergreifen. Und der Wahn aus Fantasia greift sich den Roland. Kackt ihm den Schädel voller Verwirrung. Ein 30-jähriger Mann mit der Potenz eines Zuchthengstes vor einem Kalender, wovon jeder Abrisstag der letzte sein kann.

Und dann die Elternidee als Universumserweiterung. Was soll's? Wenn Roland vor ihnen stirbt, merken sie es sowieso. Dann kann man auch kranke Präsenz zeigen und seinen Erzeugern für die mitverantwortete eigene Vergänglichkeit danken.

Und vielleicht ihr Haus anzünden ...

Rolands zerfressenes Gehirn lässt seine Stimme ein Taxi rufen. Zum Bahnhof. Die Fahrt noch entspannt gestalten. Der Fahrer hat ein dummes Gesicht. Blödheit und Passivität sind seine Augenfarben.

Zwei Zigaretten im Nichtrauchertaxi. Unterstützung für das Passivraucherbein des stillen und finster blickenden Fahrers. Ausgedrückt im Nichtraucheraschenbecher.

29 Euro 80. Roland gibt dem Fahrer 20 Euro und brüllt in einer aggressiven Intensität, die ihn selbst vor sich erzittern lässt: »Stimmt so!!!« Er will nur sein dummes Gesicht noch dümmer gestalten. Geschafft, denn der Gesichtsausdruck des Taxilenkers wendet sich von *dumm* auf *ziemlich durch*.

Der Fahrer will grad anheben und sich stressbetont artikulieren, da reagiert Roland wie die Sau, die er eigentlich ist. Roland zieht noch einen Fünfziger aus seiner Jacke und lässt die Kapitalsau raushängen und den dummen Fahrer erleichtert grinsen. Dann entsteigt er dem Taxi und blickt auf die Pforte des Bahnhofs.

Die Bahn kommt.

Roland geht in den Bahnhof.

Dort entgleist seine Wahrnehmung wegen all dem Zeug in ihm. Zu viele Menschen, der Gegenwartslärm. Lieber hätte er jetzt das Gestöhne einer minderjährigen Asiatin im Ohr. Eine, die für 100 Euro ihre Seele verkauft. Deren Schamlippen applaudieren, wenn man zwischen sie fährt. Deren Körper man einfach einkaufen und konsumieren kann. Auf dem Trödelmarkt der Schimmelseelen.

Der prostitutionsbedingte Menschenhandel, an dem er beteiligt ist, geht manchmal ab wie eine drittklassige Pommesbude. Nutte mitnehmen oder gleich hier essen? Als Beilage vielleicht 'ne Zweite? Die ist nicht mehr so frisch, aber warmgemacht geht die.

Roland isst da gerne diese ganze vergiftete Menschenszene leer. Sekundenorgasmen machen weniger Schmerz. Während er fickt, denkt er nicht, sondern ist eine Göttergestalt, die niemand aufhalten kann.

Er, der Roland, hätte gern mit ein bisschen mehr Selbstreflexion die Grenzen seines Sexuallebens enger gesetzt. Dass er nicht beziehungsfähig ist, weiß er, aber auf Sex verzichten kann er nicht, denn er fühlt sich in diesen Augenblicken mächtiger als ein Panzer vor einem Gartenhäuschen. Und dieses Gefühl ist doch wohl kaum zu toppen im Kapitalismus der Neuzeit: Macht. Macht ist geil.

Menschen für Geld Dinge tun lassen, die sie eigentlich anekeln, ist sogar noch eine Spur geiler. Das sind Rolands letzte Genusszüge auf dem Weg aus dem Leben. Es war einmal ein Vollzeitleben, das kleiner und leerer wird, und die Erkenntnis, dass durch dieses Kapitalhin- und -hergeschiebe nichts besser wird, bleibt zunächst mal aus.

Und die Menschen auf der Luststrecke zum Tod sehen nicht sein Leben, seine Lust, sein Leid, sein Menschsein, sondern nur die paar Scheine, die ihm aus den großen Taschen fallen. So haben doch alle was davon, denkt die Ironiepolizei.

Metallische Schleifgeräusche kündigen ICE-Züge an. Der Bahnhof lebt wie bekloppt.

Kaffee, Kotze, Doppelkorn entern gleichzeitig über die Nase Rolands Kopf. Das Leben hier ist total verrückt. Entrückt der eigentlichen Menschbestimmung. Leider ist all das Roland egal. Eine Pille (irgendein Valiumpräparat) gegen eine herannahende Schmerzattacke mit einem Schluck Wasser in die Magenklärgrube. Die löst sich da magensaftunresistent auf und kurz darauf auch die kritischen Gedanken.

Situativ erinnert Roland all dies hier an seine an den Nagel gehängte Arbeit an der bösen Börse. Handygeräusche flackern durch die Luft. Menschen schreien in dreizehn Sprachen gleichzeitig und alles hört sich gleich belanglos an.

Das alles dringt ungefiltert in Rolands Kopf. Bewusstsein versus Wahrnehmung. Ein steiler Punkt fixiert, lässt keine Orientierung zu. Ein Punkt wird zum Strich. Im Kopf ein Tumult. Gehirnzellen, die sich nicht gerade auflösen, streiten sich mit anderen um ihre Funktion.

Roland ist, als könne er mit den Augen hören und mit der Haut sehen. Langsam werden die schrägen Linien wieder gerade. Ein Fixpunkt: der Ticketschalter. Da geht er hin und als er davorsteht, ist das Sprechen so schwer wie selten.

Nur den Ort will er sagen, wo er herkommt, da will er hin. Dann geht es doch noch. Einfach das kaputte Gehirn einen Moment zur Seite und einfach sprechen. Er ordert dort bei der freundlichen Aushilfsbahntussi ein Ticket mit dem Namen des Dorfs, aus dem er eigentlich kommt. Da bin ich geboren, tönt in ihm die Gegenwartstrompete und eine Vergangenheitsgeige stimmt mit ein, die melancholischer macht, als Roland es erwartet hätte.

Nach Hause.

Im Zug. Roland sitzt komfortabel. Nutten kreisen durch seinen Kopf und machen Unruhe. Die Nutten, so billig, so frisch.

Vaginalfluchten.

Pfirsichblut an Schenkeln. Der Geruch einer viel beschlafenen, weil hochfrequentierten Frau erregt Roland. Das und jeder Atemzug, der noch relativ schmerzfrei abgeht.

Im Abteil ist noch ein hochgradig unattraktiv parfümiertes Wesen zugegen mit überschminktem Damenbart. Erst sehr spät erkennt Roland, dass es einfach nur ein schlecht rasierter Mann ist. Der sitzt vor ihm und blickt trübe ins Leere. Neben Roland sitzt eine Businessfrau im Kostüm. Die Beine übereinandergeschlagen, das Gesicht fein, der Blick konzentriert. Eifrig klappert das Laptop. Monoton.

Roland stellt sich die Frau um seinen Schwanz vor. Unterdessen verlässt dieser geschminkte Typ das Abteil. Wahrscheinlich ein Transvestit oder dergleichen showkrankes

Ding. Es stellt sich keine Erektion ein. Roland kratzt sich am Genital und weiterhin passiert rein gar nichts. Das frustriert ihn.

Er beginnt ein Gespräch, weil er die Stille in sich und um ihn nicht erträgt. Will sie unter Wasser drücken die Stille mit der Gewalt bedeutungsschwangerer Worte. Die Stille ausmachen.

Jetzt.

Roland versucht ein »Hallo«, worauf die Frau, nicht aufblickend weiterklappernd, ein schlichtes, schlechtes, schleichendes »Nein« ihrem starren Gesicht entlockt, um dann endlich aufzublicken nach endlosen Sekunden der Ungewissheit.

»Ach, Roland, alter Kunde. Sag mal, erkennst du mich nicht? Ich bin's. Das Ding aus dem Geäst. Die Tod. Du erinnerst dich doch, oder?«

Roland erschrickt heftigst, schaut der Frau in die Augen und sie sieht aus wie eine Flüssigkeit aus Erotik und Dominanz, wie sie da so im Bahnsitz hängt und gafft. Roland fühlt sich bedroht von Frau Tod und beschwichtigt. Schaltet verbal einige Gänge runter.

»Ja, äh, klar. Danke für die Zunge. Sie fahren Bahn, Frau Tod?« Smalltalk mit dem Tod. Scheiße, was tut er da???

Darauf lässt sie sich doch bestimmt nicht ein, die mächtige Weltentmenscherin. Tut sie wider Erwarten aber doch und antwortet ruhig und in smalltalkwilligem Slang:

»Nun ja, Freizeit. Hab mir zwei Wochen Urlaub genommen. In der Zeit wird nicht gestorben. So ist das, auch der Tod muss mal pausieren ...«

Roland ist erstaunt. Über die Äußerungen von so was Krassem wie dem Tod. Lieblichkeit in ihrer Struktur verwirrt seine Innerlichkeit ...

Roland guckt nachdenklich auf die Frau. Er sollte die Urlaubsstimmung von Frau Tod ausnutzen und auf Korruption spekulieren. Eventuell geht ja was, vielleicht kann sich die Tod ja von was anderem als einem viel zu jungen und viel zu gedankenkranken Ex-Börsenmakler ernähren. Vielleicht geht ja doch noch was.

Aufschub. Urlaubsverlängerung. Irgendwas, was Krebs wegmacht.

Irgendwas, was seinen Kopf beruhigt. Ein Wind aus Valium oder dergleichen. Etwas ohne Schmerz und ohne Angst. Wenn ein junger Mann seiner Vergänglichkeit gegenübertreten muss, ist es schlimm, wirklich schlimm. Aber wie schon der tiefstimmige, fellbemützte und faserbärtige Schlagersänger Ivan Rebroff unlängst in einem Interview verlautbarte: »Wo man hinspuckt, muss man auch auflecken.« Recht so, alter Halbrusse.

Roland in Panik. Panik in Roland.

Die Frau, die gar nicht der Tod ist, aber von Roland angeschaut wird, als wäre sie es, beginnt hektisch zu werden, ihr Gesicht nimmt wütendes Rot mit in die Pigmente auf und sie schreit unruhig: »Was starren Sie mich denn so an? Junger Mann, lassen Sie das bitte.«

Roland ist noch nicht Herr seiner Sinne, war er ja auch lange nicht mehr. Verzweifelte Panik mischt sich in seine halb verweint ausgesprochenen Worte. »Weil Sie der Tod sind. Bitte, tun Sie mir nichts. Nehmen Sie sich doch stattdessen meine Eltern. Die haben es verdient. Bitte. Oder verlängern Sie Ihren Urlaub, fliegen Sie weg. Nach Afghanistan, da werden Sie erwartet. Ebenso im Iran. Bitte verschonen Sie mich. Bitte. Bitte. Ich bin doch noch so jung ...«

Sein Wimmern. Seine Verzweiflung. All das macht der Frau, die nicht der Tod ist, Angst. Roland bemerkt das nicht. Er fasst die Frau an. Er ergreift ihren Arm. »Bitte, verschonen Sie mich, ich bin jung, erfolgreich, ich kann die Welt verändern, schlecht oder gut kann ich sie machen diese Welt, je nachdem, wie sie die Welt haben wollen ...«

Roland rüttelt der völlig verwirrten Frau am Arm rum. Schreit sie öffentlich an. Die Frau kann sich aber losreißen, wobei ihr Laptop unsanft zu Boden stürzt und sich in uncharmante technische Einzelteile zerlegt. Sie flüchtet schnellen Schrittes aus dem Abteil. Rennt den Gang entlang. Rolands Wahrnehmung verarscht ihn jetzt öfters, seit er Überdosen Valium mit Speed und Crack mischt. Dass das nicht zusammenpasst, ist ja irgendwie klar, denn wer kann schon zugleich Schmerzen unterdrücken und dabei ein voll funktionsfähiges und sogar temporeiches Wahrnehmungssystem sein Eigen nennen? Schnelle Langsamkeit funktioniert nicht im menschlichen Kontext. Und langsame Schnelligkeit schon dreimal nicht.

Da kommt Bahnpersonal angehetzt und sieht nicht sehr freundlich aus. Hinten dran die Frau, die Roland für den Tod hielt, eigentlich immer noch hält.

Alle gucken Vorwürfe durchs Abteil.

Roland will gern ankommen irgendwo und da ist ein Stein, wo mal sein Sprachzentrum war. Der Bahnbeamte drängt Roland in eine Ecke des Abteils, baut sich vor ihm in seiner ganzen männlichen Uniformiertheit auf und deutet auf die verstörte, leicht verheulte Frau hinter ihm. »Sie haben diese Frau belästigt?«

»Nein, nicht wirklich.« Ein fehlgeschlagener Beschwichtigungsversuch, der Bahnmann bleibt ein ernst schauender Freak in einer schlecht sitzenden Uniform.

Die Frau mischt sich aus der Sicherheit des Hintergrundstehens ein. »Der Typ ist total irre, behauptet, ich sei der Tod und so. Außerdem hat er mein Laptop runtergeschmissen. Der ist total daneben. Drogen wahrscheinlich. Heroinrauchen und so, davon kommt doch so was, Wahrnehmungsstörungen ...«

Roland immer noch in einer verstörten Sichtweise haspelt nur hastig und wiederholt die Worte: »Nein, nicht wirklich.«

Der Bahnbeamte droht erneut: »Hören Sie bitte auf, diese Frau zu belästigen. Oder ich muss die Polizei einschalten.«

»Nein, nicht wirklich.«

Die Frau brüstet sich erneut, meckert, gestikuliert im Rücken des Beamten, schreit, präsentiert ihr hysterisches Wesen ausufernd. »Bitte entfernen Sie ihn, der ist doch total drauf. Mein schöner Computer, scheiße.« Die Frau klaubt mit ihren lackierten Fingerspitzen einige Tastaturbuchstaben zusammen, erst ein *T*, dann ein *O* und sogar noch passenderweise ein *D*, womit die Sache für Roland immer schwieriger zu verstehen wird. Sein drogeninfiziertes Gehirn kann derzeit nur passive Schwäche demonstrieren und tut das auch, als hätte es niemals über ein erfülltes Leben nachgedacht.

Roland wird hochgezerrt vom Bahnmann und aus dem Abteil geschleift. Neben den besetzten Zugtoiletten drückt ihn der Bahnbeamte gegen die Wand. Dort spricht er ernst gemeinte Drohungen aus. Roland soll sich mal entspannen und so'n Zeug.

Roland ist aber maximal gechillt, kommt grad, jetzt grad runter vom Trip der irrsinnigen Drogenmixtur und findet sich in der Realität und vor der stinkenden, schlecht rasierten Fresse eines Zugbegleiters wieder. Dieser bietet ihm schreiend und mit der hierzulande typischen Willkür eines Uniformträgers einen Platz in einem anderen Abteil an, das Roland dann während der ganzen Fahrt bis zum Zielbahnhof nicht mehr verlassen dürfe.

Roland ist einverstanden und einfach nur zu schwach, um Widerspruch einzulegen. Wozu auch? Wogegen denn? Der Krieg, den es nie gegeben hat, ist verloren.

Dann sitzt Roland in einem Abteil, ganz allein. Der Zug gibt alles und metallisches Schleifen begleitet die Fahrt.

Roland denkt. Denkt ganz unabgelenkt über das nach, was ihn erwartet, wenn er seine Eltern sieht. Es ist jetzt mindestens fünf Jahre her und er weiß noch, dass es Weihnachten war. Es war kalt, aber eher emotional als wetterbedingt.

Die Mutter hatte alles gegeben, was in den Küchenschränken war. Essen gleich Liebe, die mütterliche Berechnung ging bei Roland nicht auf. Er mochte sie selten, die fettangereicherte »Kochkunst« der Mutter.

Diese wollte ihn doch einfach nur körperlich aufbauen, den kleinen ach so schwächlichen Sohn. Die Mutter versuchte es mit gut gemeinten Worten, denen aber schon in Rolands Kindheit eine Sinnlosigkeit anhaftete.

In Karla ist es dunkel.

Die Frau ist zweifache Mutter, aber sie hat die soziale Kompetenz eines Einkaufswagens. Ihr Herz ist weit, aber sie ist unfähig, es wirklich aus reiner Liebe heraus zu entfalten.

Der Vater eine lebende Leiche. Der Inbegriff der Bankrotterklärung der sozialen Fähigkeiten. Ein Bauarbeiter, der an allem außer an sich arbeitet. Ein Mann, gemacht aus Inkompetenz, Intoleranz und einer ausgeprägten Selbstmitleidigkeit. Ein Arbeiter mit tiefen Leiden resultierend aus der Unfähigkeit, die ihn umgebende Scheiße zu artikulieren oder wegzuräumen.

In Hubert ist es dunkel.

Der Mann ist zweifacher Vater, aber er hat die menschliche Kompetenz einer Kettensäge.

Das Abteil. Darin der Roland. Denkt altbekannte Gedanken.

Allein.

Es dreht sich alles. Viele Räder drehen sich ständig. Fortwährendes Gedrehe, während neben dem ganzen Gedrehe sanft gestorben wird. Nur das Schleifen von Metall auf Metall.

Es vergehen Stunden und die Fülle der Gedanken sinkt ein wenig und nächster Halt: Haltestelle.

Da muss Roland raus, aber so was von raus. Er blickt aus dem Fenster, sieht niemanden am Bahnsteig. Niemand steigt hier aus außer Roland, in der Hand seine blöde Tasche mit nutzlosen Dingen darin wie Geld, Cola und Unterwäsche.

Das Dorf ist alt und kaputt, am Bahnrand Pflanzen und Pfützen, die keiner beachtet und schätzt. Ein einsamer Bahnangestellter in einem Tickethäuschen. Auf seinem Schreibtisch eine halbleere Flasche russischer Billigwodka und ein margarinegetränktes Schinkenbutterbrot. Er kaut nicht, schluckt nur, schluckt sie runter die Leidenschaft des Menschseins. Hier ist ein gottverlassenes Nest.

O-Ton Gott: *Stimmt, dieses blöde Dorf interessiert mich so wenig wie die Menschen, die darin wohnen und teilweise sogar an mich glauben. Ihre Gebete drehen sich hier zumeist um ihr verkommenes Menschsein.*

Hauptsache ist, meine Untreue wird nicht entdeckt, und hoffentlich kalbt die Kuh nicht vor dem 12. Juli. Hahaha!!!

Die Bauern wissen es eben nicht besser. Sie wissen nicht, dass sie mir egal sind. Für ihre Gesten, Geräusche, Gedanken und Gebete habe ich einen Spamfilter. Der ganze Müll, der sonst in mein Bewusstsein käme, würde doch nur meine Göttlichkeit schmälern.

Ne, ne, ne, die kleinen Dorfpeople. Da sitzen sie und schälen Kartoffeln und ficken ihre Schafe, wenn ihnen langweilig ist und ihre Frau schon schläft.

Sie haben eine Kirche errichtet diese Würmer, um mich zu ehren, eine blöde Kirche. Da gehen sie rein, weil sie sonst nicht wissen, wo sie hinsollen. Und alle hier schlagen ihre Kinder. Da macht's doch keinen Spaß, für so ein verkommenes Volk Gott zu sein ...

Jetzt reicht's aber Gott, so viel wollten wir gar nicht wissen.

Roland am Bahnsteig. Die alten Wege sind bekannt. Sein Dorf. Das Kaff der guten Hoffnung. Hier war er Kind. Jedes Mal, wenn er zurückkommt, ist er neun Jahre alt und selbstmordgefährdet.

Seine Kindheit blitzt in ihm auf wie die Klinge eines Schnappmessers und genau so fährt sie in ihn und richtet Schaden in den Organen Magen und Gehirn an. Nun ja, das macht ja jetzt auch nichts mehr. Der Krebs begrüßt die negativen Gedanken wie alte Freunde. Zusammen lassen sie Roland sterben. Demnächst. In diesem Körper.

Roland entfernt sich von den Gleisen. Ganz leise ist es hier. Die Autos, die ihm entgegenkommen, sind auch leise. Ein leises Dorf. Die Nebengeräusche hat Roland hier immer geschätzt.

Der leise Wind hat in ihn immer den bereits in der Kindheit entwickelten Slogan »DORF STATT STADT« gefestigt. Hier wollte er eigentlich ewig bleiben. Egal was seine Eltern aus ihm gemacht haben. Egal was er selbst für kindliche Vorstellungen bezüglich der eigenen Existenz zu entwickeln begann.

Das Dorf war ein Universum und darin gab es viele beachtliche Verstecke, um sich vor allem umherstreunenden Bösen wie Schlägerkindern oder Schützenvereinsmitgliedern in Sicherheit zu bringen. Die Grenzen des Dorfes waren die Grenzen seiner Welt.

Tja, dann hat irgendjemand aus unbekannten Weltoffenheitsgründen Drogen in das Dorf gebracht und die *FAZ* und Schluss war mit lustig und leise. Roland verließ sein Dorf mit 19 Jahren, ließ sein Elternhaus hinter sich und es zog ihn beruflich nach Frankfurt. Dort wartete eine sogenannte Karriere auf ihn, um ihm den rechten Weg in die Hölle zu weisen. Der Weg in die Hölle ist manchmal das Beste an einem Menschenleben.

Kleine Augenblicke mit Feuer, die Roland deswegen zu würdigen weiß, weil er in dieser gottverlassenen Idylle erwachsen geworden ist. Die Wurzeln hat er selbst entfernt, aber die Triebe, die seine Gedanken und Erinnerungen in ihm erzeugen können, sind schon von einer brisanten Heftigkeit.

Noch zweimal abbiegen, dann steht Roland vor seinem Elternhaus.

Er zittert. Knie, Hände, Magen, Herz, Gehirn, alles zittert. Nicht weil es kalt ist, sondern weil es lange her ist und alles so niederträchtig war.

Das Gesamtbild Kindheit.

Erst mit dem Auszug aus diesem Haus wurde Roland bewusst, was es heißt, blutige Wurzeln zu haben. Die letzte Abbiegung ...

... der Blick wird frei auf das Haus des Tumults. Das Elternhaus, verbunden mit so viel Gedankenschrott, für den es eine ganz eigene Sondermülldeponie bräuchte.

Roland erkennt die gut gepflegte Einfahrt, auf der er mit seinem Dreirad runtergefahren ist ins Freie. Sein Vater hat scheinbar ein neues Auto – recht weit über seinen eigentlichen Verhältnissen.

Was soll der alte Mann nur mit diesem Automobil, was nur, außer sich als jemand zu präsentieren, der er nicht ist, nie sein kann, deswegen nie sein wird und in diesem viel zu großen metallernen Ding pure Lächerlichkeit ausstrahlt? Roland erkennt seine Mutter hinter der großen Scheibe der Haustür.

Sie winkt. Roland winkt zurück.

Sie hat ihren Sohn aus 100 m Entfernung gewittert. Ja, das gibt es nur im Tierreich und in Rolands Familie. Nein, erkennt Roland dann, sie winkt nicht, sie putzt nur mit einem großen braunen Lappen, den Roland für ihre Hand hielt, die Scheibe sauber.

Roland kommt trotzdem näher mit der Gewissheit, dass sich hier nicht viel geändert hat.

Die Verzückung der Mutter ist echt. Der Sohn ist zurück. »Hubert, komm mal schnell, Roland ist da!« Hubert sitzt oben, da hat er ein kleines Freizeitzimmer, und guckt Pornos. Rasierte Pissfotzen Teil 5.

Karla weiß von diesen Filmen. Hubert ist hier ganz Mann. Seine Hose bis zu den Knöcheln herunter und die Pissfotzen, ja die guten Pissfotzen machen ein erhebendes Gefühl.

Huberts Hände sind ganz zärtlich. Die Fingerspitzen tanzen förmlich auf seinem Genital. Gleich, gleich, ja gleich wird es pulsieren. Die Pissfotzen sind kleine sexsüchtige Göttinnen, denen Hubert große Teile seines alltäglichen Kopfkinos zu verdanken hat. Immer und immer wieder tanzen seine wurstigen Finger.

»Hubert, komm runter, unser Sohn ist zu Besuch.« Erneut schallt Karlas Stimme mütterlich fürsorglich an seinen Gehörgang. Hubert ist fast fertig. Die Pissfotzen, die guten rasierten Pissfotzen. Sie suhlen sich im Schlamm auf einem Bauernhof und werden in alle zur Verfügung stehenden Körperöffnungen gepimpert. Zwischendurch pinkeln sie sich gegenseitig in den Mund oder lecken Ejakulat auf von Häuten, Betonmauern oder Holzfußböden.

Die guten Pissfotzen, die so viel Sinn und Entspannung in Huberts Leben bringen.

Jetzt!!! Sein Sperma wird sichtbar, der alte Schwanz zuckt taktlos. Er kommt schnell und fragt sich dann, warum er denn so schnell kommen soll, der Sohn hat doch bestimmt ein bisschen Zeit mitgebracht. Langsam zieht er seine Hose hoch und verstaut seinen Schwanz darin, der noch immer postorgastisch kribbelt. Hose zu und Treppe runter. Die blöde Welt ist wieder realistisch. Hubert schleicht leise und passiv gelenkt das Treppenhaus hinunter, an dessen Absatz Roland und Karla voreinander stehen und an sich vorbeigucken.

Jetzt kommt der Hubert dazu, der gute Vater. Für Sekundenbruchteile sehen sich Vater und Sohn in die Tiefe ihrer erloschenen Augen. Blicke von Männern in diesen Gefühlsgefängnissen haben eine ganz eigene Sprache.

Da steht dann die kleine Familie und einer fehlt: Peter, der andere Sohn. Wo der ist, weiß keiner. Vielleicht tot, vielleicht weise, vielleicht im Weltall. Keiner hat eine Ahnung.

Mutter Karla beginnt eine wilde Rotation. Kaffee und Kuchen. Die Küche ist nun verbotene Zone. Das wissen die beiden Männer nur zu gut, gehen ins Wohnzimmer und versuchen ein Gespräch.

Es ist lediglich der Austausch von Belanglosigkeiten und handelt von Arbeit, Rente, Nahrung, Fußball. Die Männer haben eine emotionale Grenze zwischen sich errichtet, die auch Millionen von Soldaten jetzt nicht brechen könnten.

Der Israel-Palästina-Konflikt der modernen, modernden, mordenden Familie. Es geht nicht zu Ende und es ist immer schlimm. Wie kaputt dies alles ist.

Bombeneinschläge im Wohnzimmer.

Wie hinterhältig zerstörerisch. Mit jedem dummen Wort, das sie sagen, festigen sie die Mauer zwischen sich.

Zwischendurch Stille, die keiner der beiden gut aushalten kann, und dann wird einfach irgendein Mist dahergesprochen wie zum Beispiel: »Schöner Wagen, seit wann?« oder »Immer noch FC-Fan?«. Worte wie Toilettenspülungen. Sie überfluten nur die Scheiße, die ohnehin da ist.

Die beiden Männer lachen äußerlich, sie wissen nichts mit sich anzufangen, weil sie verwandt sind. Wenn der

Vater mit dem Sohne oder aber besser ohne. Ein leidiges Dahinscheiden von Sekunden, die mit Inhalt hätten gefüllt werden können, mit Emotionen, die überdeutlich über den Köpfen der beiden Männer tanzen.

Aus der Küche hören sie die Mutter bei der Arbeit, die da irgendwas auftaut und backt. Klingende Schüsseln und Besteck an Porzellan. Eine Mikrowelle beginnt das Erhitzen von irgendetwas.
Zwischendurch hören sie Karla summen, ein vollständig fremdes, selbst erdachtes Lied. Es ist die Fröhlichkeit eines Menschen, der am Abgrund steht und sich auf den Sturz in die Tiefe freut.
Zwei Sekunden fallen und den Luftwiderstand brechen, sind doch schöner als der Aufprall, die Landung, die sowieso irgendwann kommt. Der Boden der Tatsachen ist hart asphaltiert und es sind schon viele Körper aufgeschlagen und zerbrochen, aber einige haben wirklich während des Fallens ein erstes eigenes Lied gesummt.
Der Fall, die Luft im Gesicht, das ist für Karla der Besuch ihres Sohnes, da wird erst mal aufgetischt und gezeigt, dass er es hier immer gut haben kann in seinem viel zu schönen Elternhaus. Die Kaffeemaschine hört sich an wie Kotzen mit leerem Magen. Die Tür ist verschlossen und man kann die gewissenhafte Hausfrauenarbeit förmlich riechen. Der Schweiß, den die Arbeit auf Karla macht. Ein Kaffee, der durch verkalkte Rohre fließt. Ein Aufbackkuchen, der im Ofen von Ober- und Unterhitze verbrannt wird.

Schließlich hat die Mutter einen Tisch gedeckt, den Kaffee und Gebäckdinge schmücken. »Kommt ihr?«, will sie wissen und eigentlich will keiner irgendwo hin. Keiner will denken. Keiner hier will Familie sein.

Aber Vater und Sohn erheben sich pflichtbewusst und gehen Kaffeetrinken und Gebäckdinge essen. Die Macht der Frau hat sie in der Gewalt. Mutter, Ehefrau, Diktatorin. Karla schenkt ihnen Kaffee ein, dazu die Spur eines Lächelns, und festigt damit ihr Terrorregime.

Freundlichkeit in den Augen und auf den Lippen, aber vollständiger Hass im Kopf. Das merken natürlich die beiden, aber gerade jetzt will keiner Eskalation. Roland hebt sich die Bombe für später auf.

Zunächst einmal Gebäck und koffeinhaltiges Heißgetränk für Erwachsene.

Fünf Minuten später kann Roland nicht mehr und es, also das gesammelte, unterdrückte Leiden, bricht aus seinem Gesicht: »Ich ... ich ... bin ... bin todkrank. Krebs. Ich habe überall Krebs ... Gehirn und andere Organe. Überall ... Ich werde, ich werde, wisst ihr, ich werde ... vor ... euch ... Eltern ... vor euch sterben.« Stammeln, Stottern, Heulen. Gestammelte Werke.

Worte, die versuchen seine Befindlichkeit zu artikulieren, gibt es nicht, also benutzt er diese und versucht, ein wenig Verständnis in die Welt der Verwandtschaft zu streuen. Salziges Verständnis, salzig, nass und klar regnet es aus seinen Augen. Er hält sich seine Hände vors Gesicht, um diese vor Ahnungslosigkeit triefenden Blicke seiner stumpfen Erzeuger abzuwehren, und zelebriert ein Weinen, das Hubert und Karla nur aus Kindertagen von ihm kennen.

Beide Eltern sind wieder mal völlig überfordert. Sie können nichts machen, nicht helfen, nicht trösten, nicht mitweinen, alles ist zu weit weg, hinter einer Mauer verborgen die Echtzeitemotionen ihres Sohnes, der hier einen Zusammenbruch inszeniert.

Roland ist aber echt. Er will informieren, wie es um ihn steht, er will es diese Menschen wissen lassen, dass er im Direktkontakt zum Tod steht. Dass dieser eine Frau ist, weiß Hubert aus erster Hand, schließlich lebt er mit Karla zusammen. Roland verschweigt aber seine Vergangenheit, will jetzt nur loswerden, was gerade akut blutet in seinem Herz, in seinem Hirn, in seiner Leber, Lunge, Niere und in seinem Magendarmtrakt. Die wimmernde Hilflosigkeit Rolands lässt die Verbindungen noch mehr erkalten. Lässt frieren. Schaudern. Zögern sowieso.

Alle zögern jetzt.

Auch der Kaffee erkaltet. Der Kuchen stinkt. Nach süßem Wahnsinn. Hubert beginnt, massiv unter den Achseln zu schwitzen. Karlas Augen werden wutrot. Niemand sagt was.

Die Stille tanzt über der gedeckten Kaffeetafel. Überforderung. So wie damals, als die Kinder einfach nur Kinder waren, und wer weiß denn schon, was Kinder brauchen.

Schläge, klar, Schläge waren gut. Schläge kündigen Richtungen an. Hubert will Roland schlagen. So richtig noch mal mit der flachen Hand auf die zarten Wangen, vielleicht hört dann dieses jämmerliche Weinen mal auf.

Karla fragt sich im Übrigen, für wen sie eigentlich jetzt über eine halbe Stunde in der Küche rotiert hat. Wer soll hier jetzt noch gemütlich Kaffee trinken und sich vom guten Kuchen nähren? Wie vieles in ihrem Leben war dieser Aufwand nahezu umsonst.

Rolands Tränenflut weicht einer Schluchzsprache. Keiner versteht ihn, er sich selbst auch nicht. Was macht er eigentlich hier? Er kennt doch seine Eltern und deren emotionale Hürden und obendrein deren soziale Unsportlichkeit, diese Gefühlshürden zu überspringen.

Nicht mal im Angesicht des sterbenden Sohnes werden sie weich und reichen ihm Hände des Trostes oder Taschentücher gegen die Tränenflut. Nein, nicht Hubert und Karla, die reichen Kaffee und Kuchen.

Das Thema wird vom Tisch gegessen. Stumm. Der Sohn hat sich äußerlich beruhigt und sieht, dass es nicht anders geht, und nimmt zwei Süßstofftabletten für den Kaffee.

Nach zehnminütigem Schweigen beginnt die altbekannte familiäre Prozedur des Kauens, Schlürfens und Schmatzens. Einfach so.

Karla gibt jedem ein Stück Kuchen und sich selbst auf. Sie hat Rolands Worte gespeichert, irgendwo in ihrem irren Fleischgehirn, aber sie dringen nicht vor.

Sie ist doch eine gute Mutter und Kinder von guten Müttern sterben nicht einfach so mit 30. Das geht doch nicht.

Hubert denkt sich auch, er sei ein guter Vater und will später mit Roland reden. Er verschiebt diese Idee auf den Zeitpunkt, wenn Roland durch die Tür verschwindet. Dann ist es zwar zu spät, aber die Idee war ja da.

Hubert ist ein guter Vater, denkt Hubert, schaut an Roland vorbei, an seiner Frau sowieso, und genießt ein viertes Stück Apfelkuchen mit Sahne.

Roland sieht nicht mehr den Sinn seines Hierseins. Im Kopf ist wieder Ruhe. Das kennt er doch: dieses Problemetotschweigen.

Das ist seine Familie. Stinkende Tiere, die ihre Köpfe in Essen und Dummheit versenken. Die an der Oberfläche leben, weil unter ihnen Unbekanntes lauert, Unbekanntes und Beängstigendes.

Also, nicht die Oberfläche zerkratzen, auf der man geht. Zur Sicherheit aller Beteiligten. Das Fremde unterdrücken, Mitgefühl ist Schwäche.

Aber wir sind doch gute Eltern, werden sie sagen. Das werden sie auch auf seiner Beerdigung sagen, wenn Karla dann ihren Verwandten Kaffee einschenkt. Wir waren immer gute Eltern, wird sie sagen.

Roland muss sich verabschieden. Er kann einfach nicht mehr hier sein. Hier in diesem deutschen Irrenelternhaus. Er schaut auf ein Foto von sich und seinem Bruder, ein Foto aus pseudoglücklichen Kindertagen. Ein Kettcar, ein Dreirad, zwei Brüder. Das hängt alles an der Wand und wird da auch noch ewig hängen so wie die ahnungslosen Schuldschultern seines geliebten Vaters.

Roland ist in so was von Abschiedslaune trotz melancholischer Elternliebe. Bleibt noch für Minuten mit seinem Blick an diesem Bild hängen.

Steht dann auf und muss mal. Das, was er aber muss, ist verschwinden. Durch die Haustür. Hubert und Karla hören, wie der eigentlich zur Toilette ausgetretene Sohn aus dem Haus geht. Wieder mal.

Sie bleiben sitzen und geben einander gedanklich die Schuld dafür. Dann trinken sie weiter Kaffee und essen den wunderbar verdorbenen Apfelkuchen. Festgefahrenheit ist dafür kein Ausdruck.

Dafür gibt es kein Wort.

Dafür gibt es kein Wort, denkt auch Roland am stillen Bahnhof, dagegen gibt es lediglich Maschinengewehre, die die gute Stube blutig spülen.

Oder Liebe, die auf Bäumen wächst, die aber nicht hier in dieser Gegend wachsen. Seine Familie ist immun gegen diese Art von Liebe, die Roland sich ausdenkt.

Er hat wieder einmal bewiesen, dass Emotionslosigkeit nicht vererbbar ist. Er hält sich mit diesem Gedanken etwas zu lange auf. Aber dafür hat er keine Zeit.

Emotionslos und trotzdem voller Wut und Verzweiflung wartet er auf den letzten Zug. Er fährt nach Frankfurt. Sterben.

Wie oft geht in diesem Leben noch die Sonne auf?

Wie viel Kaffee kann Roland noch trinken?

Wie viele Worte noch sprechen?

Gehen noch gute Gedanken zum Denken?

Geht noch Liebe zu sich selbst?

Geht noch ein Zug in die Vergangenheit?

Oder zumindest einer in die Stille seiner Wohnung? Seine Eltern im Rücken. Da sitzen sie an der Tafel der Unerkenntnis und erkennen nicht einmal sich selbst.

Vater, Mutter, Anstalt

Die Nacht über dem Haus. Die Nacht in Bereitschaft.
Dunkler wird's nicht.
Der Himmel voller Sternakne. Leuchtende Pustel und Pickel erfreuen die Durchs-Teleskop-Gucker, eine der langweiligsten Menschensorten auf der Welt. Die sähen auch Gottes linke Hand, die aus dem Himmel ragt, wenn es sie interessieren würde. Gottes linke Hand kratzt Gottes schlecht rasiertes Gesicht. Niemanden interessiert das. Die Forscher und Hobbyzeittotschläger gucken nur die kleinen Punkte an und meinen, darauf gibt es Wasser und Leben und Aliens und Raumstationen und diesen ganzen Mist.

Gott im Himmel interessiert sie nicht, auch wenn sie ihn sehen, gucken sie vorbei, um die Marswarze näher ins Visier zu nehmen. Der Himmel ist aus Haut, schlecht gepflegter Haut.

Gott denkt über seine Schöpfung nach. Sie ist ihm gut gelungen, dennoch in den letzten Jahren massiv verlorengegangen. Nun ja, da die Menschen mehrheitlich der Religion des Kapitalismus frönen, ist er in seiner Funktion als Gott ein wenig out.

Leute hängen lieber in Konsumtempeln ab, anstatt sich ernsthaft mit ihm zu beschäftigen. Gottes Name hält nur noch her, wenn es darum geht, einen neuen Krieg zu rechtfertigen oder Menschen in traditionelle Korsetts zu pressen. Nicht mehr trendy, der gute Gott. Und seine Vertreter auf Erden verleugnen oder verharmlosen den Ernst der Lage. Veränderung bringt Linderung.

Katholische Häuser. Die Nacht über katholischen Häuserdächern. Darunter, unter diesen Dächern, die Denker und Nichtdenker. Alle.
   Gottes Hierarchie greift auch hier. Greift an.
   Es ist eine sogenannte gute Wohngegend. Besser wäre sie, wenn nicht diese blöde Anstalt mit diesen lauten Menschen darin wäre.

Gott hat lange keine guten Menschen mehr produziert. Deswegen wundert er sich nicht über humanistische Abgründe, wenn er alle paar Tage mal die Menschen checkt. Oha, ein neuer Krieg. Wieder vergewaltigt einer sein Kind. Da frisst einer seinen Tieren das Futter weg. Und nochmals stirbt ein guter Mensch ...

... in Gedenken an Ingo Büger,
gestorben am 2. März 2006 ...
Ich hätte dich gerne noch mal
gesehen und gesprochen ...

Gott kann längst nicht mehr steuern, was er da konstruiert hat. Es ist ihm entglitten. Und doch wird geglaubt und Gott wundert sich, dass die Bibel weiterhin ein Bestseller überall auf der Welt ist.

Gott hängt rum und macht sich ein Bier auf, guckt runter und sieht dieses Haus. Ein Behindertenwohnheim in der Nacht. Eine kleine Einrichtung der Hilfeleistung für Schräggeborene. Größtenteils wird geschlafen, sediert, bewacht, gepinkelt, geträumt.

Geräusche der Nacht sind unbewusstes Bettdeckenwegziehen, nasales Auf-dem-Rücken-Schlafgeschnarche, das Stricknadelgeklimper der Nachtwache, eine Herz-Lungen-Maschine, leise Musik, ohne die mensch nicht schlafen kann (tatsächlich Phil Collins, naja, Behinderte halt ...), und weitere Geräusche, die mensch beim Geschlafe und Nachtgeruhe so von sich gibt. Knirschende Zähne. Das Flüstern einer fremden Sprache. Ein Chor von Kleinigkeiten, augen- und ohrenscheinlich ist alles in Ordnung.

Das wird die Nachtwachefrau auch in ihr Buch schreiben, wenn die Nacht vorüber ist. Sie wird ungefähr das hier schreiben:

HELMUT: 0.30 Uhr noch wach, nach Medikamentengabe Tiefschlaf.
BERND: Durchgeschlafen.
KEVIN: Um 23.30 Uhr, 1.30 Uhr und 4.20 Uhr eingekotet, Bettwäsche komplett gewechselt.
FRAUKE: Ihre Musik leiser gemacht, sie ist davon wach geworden und ich habe ihr dann »In the air tonight« vorgesungen, dann ging's wieder.
HARRY: Ab 5.45 Uhr wach.

Lisa: Eingenässt, Vorlagen gewechselt.
Wünsche einen angenehmen Frühdienst.

Strickt dann noch ein paar Reihen, zwei links, zwei rechts oder links zwo, drei, vier bis der Frühdienst kommt. Heute hat Peter Frühdienst. Sein alter Opel mit ihm drin kommt vor dem Parkplatz des Wohnheims zum Stehen.

Peter denkt 125.

Das ist die Summe der IQs aller seiner zehn Betreuten, für die Peter heute und auch sonst zuständig ist. Seine kleine Gruppe. Für den emotional verwahrlosten Peter ein Familienersatz, deswegen ist er auch so gut in seinem Beruf. Peter kommt ins Nachtwachezimmer und die nicht mehr ganz so frische Frau strickt sich was zusammen.

Es riecht nach Desinfektionsmittel und das ist wie der Frühling des Pflegealltags. Peter bespricht kurz und faktengebunden die Nacht. Danach packt die Strickfrau ihre Teekanne ein, wirft ihr Strickzeug in ihre Handtasche und geht schief grinsend ihrer Wege.

Peter beginnt seinen Dienst. Weckt Menschen. Wäscht sie. Macht für sie Frühstück, gibt ihnen Aufträge und kleine pädagogische Hinweise für die Situation, in der sie gerade stecken, oder ihr Leben.

Dann gibt er ihnen Medikamente, damit sie nicht wie der Mensch handeln, der sie eigentlich sind. Die gesellschaftlich unangepassten Ideen in den Köpfen werden wegradiert, um sie zu *normalisieren*.

Dabei entstehen hier doch die besten Ideen, hier im Wohnheim. In den Köpfen sogenannter geistig Behinderter.

Das Wohnzimmer der Wohngruppe. Es riecht nach Urin, Speichel und Liebe. Es ist alles so einfach. Könnte es sein. Einfach.

Die Welt sehen, wie sie ist, mit wahrnehmungsgefilterten Augen nur Kuchen und Mädchenaugen sehen. Das geht und es ist gut und lustig.

Das Frühstück ist eigentlich beendet und die Gruppe ist noch um den Tisch platziert. Einige lautieren, machen Ruf- oder Fragezeichengesichter und klingen auch so.

Eine dicke Frau mit Trisomie 21 schielt durch eine dickglasige Brille in Peters Gesichtsmitte. Äußert einen Wunsch. Will noch Kaffee haben. Peter sagt Nein und sie will immer noch Kaffee haben.

Peter sagt Nein und sie will immer noch Kaffee haben. Peter sagt Nein und sie will immer noch Kaffee haben.

Peter sagt: »Schluss jetzt!!!«, und sie beginnt ein blubberndes Heulen. Die dicke Frau mit Trisomie 21. Sitzt da und heult, weil ihr größter Wunsch unbeachtet blieb: eine weitere Tasse Kaffee. Keine Chance beim konsequenten Peter. Keine Viertelminute später hat die dicke Frau den Konflikt vergessen, Peter auch, und sie macht sich freudestrahlend auf den Weg zu ihrem Arbeitsplatz.

Das nennt man politisch korrekt *WfbM* und bedeutet *Werkstatt für behinderte Menschen*. Sie schiebt einen Rollstuhl vor sich her, in dem ein dünner Mann sitzt. Er röchelt. Es geht ihm gut. Das Röcheln ist sein Lachen und sein Kommentar auf gerade Geschehenes.

Alles so süß, mag man meinen. So nett wie fett. So liebevoll der Umgang mit den Menschen. Oha, da hilft aber einer gut mit. Sozial. Wie gut.

Hier gibt es zwar mehr Speichel- als Informationsfluss, aber gut, dass da einer ist, der hilft. Der gelernt hat, das zu verstehen. Das ganze Elend. Hach und ach. Wie schön, wie nett, dass es Menschen wie Peter gibt, die diese sabbernden, nervigen Menschen in kleinen, niedlichen Anstalten verwahren, damit sie nicht die Plätze in der S-Bahn blockieren oder sogar Arbeitsplätze.

An den Wänden selbst gemalte Bilder. Behinderte Hände und Wachsmalkreide oder primitiver: Die Hand in den Farbtopf und den Mist auf ein weißes Blatt Papier.
Daneben ein Gruppenbild.
So schön kann das Leben sein. Die Bewegungen haben hier eine ganz eigene Ästhetik. Vielleicht ist der Mensch ja auch so gemeint? Genau so wie er hier unter fachgerechter Betreuung lebt. Langsam, wahrnehmungsgestört und reizüberflutet.

»Das könnt ich aber nicht« oder »Ist das nicht frustrierend?« sind Sätze, die Peter von seinen Bekannten hört, wenn er sich über seine tägliche Arbeit unterhält. Aber denkt man das auch über einen Metzger, wenn er eine Wurst macht?
Oder über einen Fahrlehrer, wenn er fahrschult?
Oder über Staatschefs, die rumregieren, als könnten sie's?
Oder über Mütter, die ihre Kinder schlagen, verbal und mit der flachen Hand?

Die Masse der geistig behinderten Menschen tendiert zum Arbeitsplatz, um sich, wie auch jeder Mensch in der sogenannten freien Wirtschaft, ausbeuten zu lassen.

Sie nähern sich ihren Betätigungs- und Bestätigungsfeldern. Dort tun sie dann Schrauben in kleine Tüten (und andere Leute regen sich auf, wenn beim Kauf des nächsten Ikea-Regals *Smörgbjörn* irgendwelche Schrauben fehlen, genau hier werden sie vergessen), bohren Löcher und/oder Nase, pflegen Sozialkontakte, montieren, kleben, leben. Nebenher ärgert man sich übers Mittagessen, über Betreuer Friedhelm Janksal, der wieder einmal nicht pädagogisch, sondern nur blöd reagiert, oder über andere Beschäftigte der Werkstatt.

Oder die ganz Schwachen, die in halb schlauen, pädagogischen Fachkonferenzen Schwerstmehrfachbehinderte genannt werden.

Sie machen, was sie können. Sabbern, lautieren, manchmal essen. Die meisten ihrer Fähigkeiten werden ihnen vom Perversonal fremd eingeschätzt.

Nussschalendoofe Praktikantinnen werfen ihnen im Bällchenbad Bällchen vor den Kopf. Das heißt dann *Wahrnehmungsexkurs* oder *Eröffnung neuer Wahrnehmungsfelder* und fühlt sich für die Praktikantinnen wie die harte Arbeitsrealität an. Für den Bällchenbad-Drinsitzer ist es lediglich ein undefinierbarer Schmerz am Kopf.

So weit, so arbeitsreich, so gut.

In Peters Wohngruppe ist seit zwei Wochen ein neuer Bewohner stationär aufgenommen. Ein Unfallkind namens Kevin. Ein Lkw hat ihn schwerstmehrfachbehindert und seinen Freund tot gemacht und ist dann weitergefahren. Dann war dieser Kevin lange im Krankenhaus, wohl gar ein komatöses Menschenrestlein und jetzt, da wieder Fleisch an Fleisch gewachsen ist und sich seine Wunden geschlossen haben, ist er hier in der Behinderteneinrichtung zum Probewohnen für einen regulären Wohnplatz. Aber eine Menge Hirnrisse sind da, die vorher nicht da waren. Die Sprache weg. Das Sehen und Empfinden ganz anders. Nahezu alle Filter, die zwischen wichtigen und unwichtigen Gehirnereignissen entscheiden könnten, sind weggebrochen.

Ja, ja, diese seine Schädeldecke war offen und raus floss der Schwall der Gedanken. Ab in den Rinnstein floss die ganze Menschlichkeit und wurde durch eine neue ersetzt.

Speichelfäden, Spasmen, alles da. Kevin weiß weder, was vorher war, noch, was heute ist. Und ist glücklich. In Kevins Gehirn weht ein gerechter Wind. Der Wind im Kind klingelt leise an die Ohren von innen und macht ein Lächeln, das ein altes Jungengesicht entstellt.

»Moin, Kevin«, nähert sich Peter Kevins Bett und riecht auch sofort dessen Vollgeschissenheit. Peter kumpelt trotzdem rum, so wie es bei neuen Bewohnern seine Art ist. Schnell akklimatisieren und wohlfühlen ist angesagt. Und die Artikulation so normal wie möglich, obwohl es in diesem Bereich keine Normen geben sollte, meint Peter und Kevin auch, wenn er denn noch Meinungen bilden kann.

Kevin speichelt, lächelt, quiekt. Seine Verdauung ist warm, ist flauschig, ist nass und gut. Der ganze Kevin zu einem menschlichen Spasmus ohne Sehnsucht geformt.

VERformt sagt, wer Böses denkt. Kevin hat seine Form geändert und die meisten seiner menschlichen Erfahrungen durch den Unfall eingebüßt. Ein Weiterleben ist akzeptiert, weil Kevins verbogenes Gehirn kein Anderssein mehr kennt und sich an nichts vor dem Aufwachen aus dem

Koma erinnern kann. Nein, Erinnerungen, die älter sind als zwei Minuten, gibt es eigentlich auch nicht mehr.

Ein Güte umweht Kevin, als er Peters Nähe wahrnimmt.

Peter muss Kevin waschen. Kevin hat einen Ständer und quiekt. Peter trägt ihn in eine Badewanne, um die ganze Scheiße runterzuspülen. Das Wasser ist lauwarm und der Ständer klingt langsam ab. Peter wäscht Kevin. Er hat einen Waschlappen über seine Hand gespannt und fährt über die junge Haut des Unfall-Kevins. Fährt ihm damit vorbei am Poloch und da ist noch 'ne Menge. Kevins Blick ist nicht zielgerichtet. Flackert durch den Raum, der wirre Blick. Kann nicht haften bleiben an bestimmten Sub- oder Objekten. Kann nicht viel der Blick. Kann nicht die Information des Gesehenen ans Gehirn vermitteln. Wozu auch?

Die Welt scheint gut zu sein. Kot riecht geil, findet Kevin. Gewaschenwerden ist ein zufriedenstellender Mechanismus. Wenn einem keiner draufkommt und einen keiner stört, ist dieses Behindertsein doch perfekt. Glücklich.

Aber: Die gesammelte Wahrnehmung ist ja kaputt: Zu viel bricht in sein Gehirn ein. Powert durch die Hirnrinde in sein unfilterbares Bewusstsein. Licht, Geruch, Stimme, alles in einem verwirrenden Wohlklang.

Dennoch: Wohlklang. Peter arbeitet gut.

Mit einer distanzierten Zärtlichkeit taucht er Kevin unter Wasser und wäscht seine Haare über den Schädelnarben. Dann legt Peter Kevin auf einen großen Wickeltisch und trocknet ihn ab. Dann runter da, vorher packe um, bequeme Klamotten an und ab in ein wie Kevin geformtes Rollstuhlding. Das hat ein Sanitätsfachmann gefertigt und es ist gut, modern und an die zerbrochene Wirbelsäule Kevins angepasst. Da sitzt Kevin erst mal rum in diesem Ding mitten im Raum und denkt sich was, was nicht wiedergebbar ist, denkt aber ungemein viel, der Kevin und Peter geht eine rauchen.

Quatschfamilie, sagt Peter zu sich. Er denkt ebenfalls. Nicht an Kevin. Das ist ein Routinemensch, dessen Pflege bloßes Handwerk ist. Dessen Beziehungsfähigkeit eingeschränkt ist und der bei lauten Geräuschen weint oder lacht, scheiß der Hund drauf.
 Ob Kevin weint oder lacht, ist weitestgehend zufallsgesteuert. Die Behinderung. Die Wahrnehmungsstörung. Der krass zermalmte Denkapparat in seinem Kopf. Die gut klingenden Freundlichkeitsworte des Pflegepersonals.
 All diese Faktoren machen dieses Leben dieses Kevins schön.

Peter denkt an SEINE FAMILIE. Aber nur einen Gedankensplitter später sind ihm Mutter Karla, Vater Hubert und Bruder Roland egal. Denn sie sind alle so weit weg und eine Rückkehr ist ausgeschlossen. Peter, du hast alles richtig gemacht, denkt sich Peter, der wirklich ALLES richtig gemacht hat. Nur weil als Kind seine Emotionen ein wenig gestört wurden, kann er keine Normen empfinden. Deswegen ist er so perfekt für diesen Beruf, weil ihm emotionale Distanz schon von seinen Eltern anerzogen wurde.
 Was sein Bruder wohl macht? Scheiß doch drauf, denkt Peter dann und guckt abaschend zu Kevin, der mit seinem Blick auf einer weißen Wand umherwandert. Scheiß auf alles, weiß Peter und macht einen Gedankenordner zu, den er erst wieder in 15 Jahren öffnen wird. Dann werden alle

tot sein, die zu seiner Familie gehören, und Peter hat alles richtig gemacht.

Kevin bekommt ein breiartiges Frühstück. Cerealienschlamm mit gequetschtem Obst. Dickes geht nicht mehr durch seinen dünnen Hals. Schnabeltassentee schon und seine Geschmacksnerven feiern Kirmes und sitzen im Körperzirkus in der ersten Reihe. Die Überraschung eines Essens.

Kevin ist erstaunt und nach dem Essen wegen des Erstauntseins so fertig, dass er nach fünf Minuten einschläft. Der passt gut in diese Wohngruppe, denkt sich Peter. *This freak fits.*

Niemand ist hier wirklich therapierbar, weiß Peter. Niemand ist hier normalisierbar im Sinne des deutschen Volkes. Aber Utopien sind auch was Schönes. Kann man sich reinlegen in so eine Utopie und den Kevin Richtung Bankkaufmann fördern.

Aber Kevins Gehirn dreht sich rückwärts gegen sich selbst. Soll heißen, es wird nur weniger Fähigkeiten geben, nicht mehr. Nie mehr mehr.

Die Wahrnehmung wird bleiben, wie sie ist und sich verschlechtern. Es geht nur um Kevins Spaß. So wie in seinem Rückspiegelleben. Da war auch nur Fun, nur er konnte sprechen und laufen und musste sich selbst um seinen Hygienezustand kümmern, was ihm ja eigentlich auch nur teilweise gelang.

Später am Vormittag, bevor die anderen Bewohner der Gruppe aus der Werkstatt zum Mittagessen kommen, geht Peter noch mit Kevin spazieren. Schiebt ihn durch die Stadt der Gaffer. Findet sich dabei ein wenig radikal.

Liebe sogenannte gesunde Menschen mit relativ gesundem Menschenverstand, ich präsentiere euch die Essenz des Menschseins. So sind wir eigentlich gemeint.

Die Leute gucken. Peter guckt auch. Kevin kackt, guckt, grinst, sabbert, alles geht an solchen Tagen. Der Körper funktioniert einwandfrei, nur kann das Gehirn seine Funktionen nicht mehr steuern.

Die Leute denken Missgeburt, Sozialkosten, vergasen, süß, Freak, Ekel, Picasso und Mensch.

Peter denkt Präsentation von Gerechtigkeit. Die Behinderung im Stadtbild. Die Verlangsamung des Alltags. Als eine alte Frau beim Anblick Kevins in ihr Taschentuch kötzelt, sieht Peter seine Mission als erfolgreich an.

Passanten wollen Kevin umbringen (»Ist das nicht besser, als SO zu leben«), ihn streicheln (»Geht DAS? Merkt ER DAS?«), ihm helfen (das arme Pfund Mensch, einige Euro in die spastisch-verkümmerte Krummhand, dann geht auch das eigene Leben besser).

Die Leute, die vorübergehen, interessieren Peter. Ihre Gedanken. Ein Großteil wendet sich mit Grauen ab und Peter schiebt Kevin wieder raus aus der vormittäglichen Einkaufspassage. Richtung Wohnheim. Wohnen. Heim.

Wo ist zu Hause?

Am Ende des Arbeitsvormittages zur sogenannten Übergabe spricht der Peter mit dem Spätdienstkollegen über Kevin. Tasse Kaffee, Zigaretten, obligatorisches Pädagogengelaber.

Eine Stimmung, die mehr Müdigkeit als Wahrheit in sich trägt. Man bespricht die Befindlichkeit der Bewohner. Bernd hätte zwei Anfälle gehabt, Hugo hat in der WfbM jemandem in den Kakao gespuckt, Fraukes Phil-Collins-CD

Both sides of the story ist kaputt und müsste schleunigst ersetzt werden.

Kevin hatte wohl einen guten Vormittag, maßt sich Peter an zu urteilen, während Kevin im Nebenraum an weißen Wänden vorbeischaut. Peters Kollege raucht selbst gedrehte Zigaretten, die ziemlich laut stinken, findet Kevin. Aber in seiner Gesamtsituation reflektiert sich eine verhängnisvolle Zufriedenheit.

Gehirnsucher und Saftgehirne

Die Frau sucht. Es ist etwas durch sie gefahren, was sie völlig durch hinterlassen hat.

Vera heißt die Frau und sie stürzt sich ins nackte Nachtleben. Sie sucht den kleinen Jungen, mit dem sie mal gebumst hat und der sie mit seiner naiven Zärtlichkeit und Zartheit ganz weich im Kopf gemacht hat. Aber Vera hasst sich und alles, was mit ihr zu tun hat. Sie will nur noch einmal diesen Jungen an sich und in sich.

Die andere Frau sucht auch. Es ist etwas durch sie gefahren, was sie völlig durch hinterlassen hat.

Alle suchen doch immer irgendwas. Besonders in der Nacht. Die andere Frau heißt Britta. Sie hasst sich und alles, was mit ihr zu tun hat. Sie streift durch die Nacht, weil sie sich aufgegeben hat und einfach nur eine lose Inspiration zum Weiterleben braucht.

Sie kommt aus ihrem Dreckloch in die Scheinwelt. Sie will Menschen tanzen sehen, sich selbst bewegen, Bewegung sein, bewegt werden, sich bewegt fühlen.

Ganz passiv und dennoch rasant fällt sie in die Nacht wie eine gerade losgeschossene Flipperkugel, die überall aneckt und punktet. *Pinball-Action for a Pin-up-Girl.*

Die beiden Frauen wissen nichts voneinander. Sind im selben Lokal gelandet, weil die Nacht es so wollte. Vera, weil sie hier kleine Fick-Kevins vermutet, und Britta, weil sie ungestört Bier in sich gießen mag.

Die Musik hier finden beide scheiße. Grad läuft was von Oasis, einer englischen Saufbrüder-Kapelle mit genereller Beatles-Überschätzung. John Lennons Songwriting ist unkopierbar, taumelt es in Brittas Kopf und Vera ist die Musik ohnehin egal.

»... and after all, you're my wonderwall ...«, rempelt es durch die verrauchte Discostube. Bei dem Wort »Wonderwall« denkt Britta immer an die deutsch-deutsche Lichterkettenrevolution von 1989. Plötzlich war sie da, die Freiheit.

Vieles am Scheitern der Menschheit hat mit Freiheit zu tun, weiß Britta. Zu viel Freiheit ist nicht gut für Menschen, verwirrt sie nur.

Der DJ ist kein Gott, sondern eine irrationale, befremdliche Medienmaschine. Eurythmics folgt. Annie Lennox trällert zur Musik von Dave Stewart einen unsäglichen Song. Niemand hier will das.

»... Monday finds you like a bomb
that's been left ticking there too long
you're bleeding
some days there's nothing left to learn
from the point of no return
you're leaving
hey hey I saved the world today
everybody's happy now
the bad thing's gone away
everybody's happy now
the good thing's here to stay/please let it stay ...«

Oh weh, oh weltschmerzlerische Ausgeburt in dieser dahingehauchten Popsauerei. Frau Lennox kann doch viel mehr. Da müsste noch einiges gehen. Der Song wird aber zu Ende gespielt. Wenn jetzt noch Pur oder Genesis kommt, ist der Abend aber noch mehr im Arsch als ohnehin schon.

Der DJ ist dabei, einen Abend enden zu lassen. Man muss diesen Abend beziehungsweise das Lokal nicht mal verlassen, damit er zu Ende geht, das erledigt der Abendversauungsangestellte am CD-Schubfach. Emotionsspastiker, denkt Britta. Vera denkt wenig, ihr ist die Musik egal. Sie konzentriert sich aufs Trinken. Da kommt aber keinerlei Genuss auf bei der Trinksituation. Vornehmlich wird durch das Zuführen von alkoholisierter Flüssigkeit Rausch gesucht.

Urlaub in Alkoholien.

Aber dann kommt der Plattenmann doch noch zu allgemeiner und auch zu spezieller Anerkennung:

Chemical Brothers	*Hey Boy Hey Girl*
David Bowie	*Heroes*
Air	*Kelly watch the stars*
Die Ärzte	*Zu spät*

Wie schnell doch so was geht und wie schnell sich eine Träne im Auge beim Zuhören eines Liedes verlieren kann, bei dessen Erscheinen man noch Kind war.

Der Abend läuft, Zeit vergeht und verkommt, dumpfes Licht regiert den Raum, ohne Helligkeit zu versprühen, der DJ fühlt sich maßlos erfolgreich, weil die dummen Menschen tanzen, weil sie nicht wissen, was sie sonst in einem blöden Club tun sollen.

Immer nur rumstehen, geht ja auch nicht.
Britta guckt.
Vera trinkt.
Verzweiflung und Niedertracht.
Aber die Musik bleibt weiter beständig independent klassisch. Besoffene Freude macht sich breit.

Beastie Boys	*Fight for your right (to party)*
Sex Pistols	*God save the Queen*
Mötorhead	*The Ace of Spades*
Prodigy	*Smack my bitch up*

Der DJ in Anstrengung, was kann man noch bringen? Eine solche Nacht verlangt nach:

Horque	*Dancelegs and Musclecat (Frühstücks-Remix)*
Johnny Cash	*Walk the line*
Sisters of Mercy	*Temple of Love (die Tanzversion von 1992)*
U2	*Sunday bloody Sunday*

Vera.
Britta.
Die alleingelassene Verzweiflung.
Hormoneller Aufstand. Was zu tun?
Wohin der Blick, wo er nicht nur wehtut?

Die beiden Frauen auf der Suche. Nichts hat Bestand. Beide mussten etwas aus der Hand geben. Beide ein Stück Leben entbehren. Beide schmeißen jetzt und hier ihre Zeit weg. Das tut gut. Beiden.

In der Musik fühlt sich Vera wie 14, Britta hingegen wie ungeboren beziehungsweise nicht existent.

So sehen sie Tanzenden zu und trinken, was zu trinken geht. Da steht ein junger Mann und tanzt mit seiner Bierflasche. Die Zärtlichkeit, mit der er sie umklammert hält, würde er wahrscheinlich niemals einer Frau zuteilwerden lassen.

Der junge Mann tanzt im Takt der Verzweiflung und jeder hier weiß: Die Liebe ist ein Massengrab.

Vera an der Bar. Sieht jungen Menschen beim Tanzen zu. Sieht, wie sich ihre perfekten Leiber so jung und so schön im Tanz bezwingen.

Ficktanzparade überall und Vera steht nur daneben und bestellt sich Schnaps, damit die Zeit schneller vorbeigeht, alle Uhren schneller ticken. Vera will nicht spüren, dass sie alt ist. Sie ist noch nicht mal 40.

Die Jugend tanzt. Vera guckt. Keiner guckt Vera an. In Vera macht der Schnaps Gedanken, die sagen: GAR NICHT GUT. Trotzdem Schnaps.

Britta ist losgegangen, um zu vergessen. Um etwas mental zu begraben. Schauspielern will sie nicht mehr. Zu oft ist sie damit frontal auf den Kopf gefallen. Sie war drei Wochen im Krankenhaus wegen Dreharbeiten zu einem Independentfilm, der auch noch gefloppt hat. So eine Snuff-Scheiße, in die sie reingeraten ist auf einer Party.

Ihr besoffenes Vertrauen wurde ausgenutzt und sie und ihr Körper wurden für einen Standardvergewaltigungskackfilm, der sich auch noch damit rühmt, »so nah am Leben wie möglich zu sein«, regelrecht kaputt geschlagen.

Überall, auf allen Ebenen, bis runter in die Tiefen der Seele ging dieser perverse Scheißfilm. Wer schaut sich denn so was an? Verzweifelte junge Menschen etwa? Machtbesessene Kapitalsammler? Kampfjetpiloten auf Heimaturlaub?

Ein Drecksfilm, der einfach nur eine miese Geschichte erzählt. Beschissenes Durchdrehbuch. Schmerzen, kein Scherz, nur Schmerzen. Und Hass auf die Verantwortlichen und auf die eigene Naivität.

Der Selbsthass ist wohl das Schlimmste, was Brittas leichter Zerrissenheitsseele widerfahren ist. Beim Spiegelblick in die Augen einer völlig fremden Person zu blicken, macht einfach nur wahnsinnige Angst.

Mehr Alkohol. Mehr Realitätsdistanz ...

Beide stehen an der Bar. Das nervöse Nebeneinanderstehen der Prä-Alkoholbestellung. Da stehen Vera und Britta angelehnt am Tresen der Erkenntnis. Wen sieht die Bedienung zuerst? Wer ist schneller *out of space*? Sogar hier in der kleinen Independent-Disco ist das Leben ein Kampf, der nur verloren werden kann.

Die Bedienung nimmt beide Bestellungen nacheinander auf. Zuerst Britta, dann die Vera. Merkt sich die Getränkewünsche in ihrem studentischen Großhirn. Da liegen noch andere Sachen rum in diesem Gehirngebilde. Statistiken über Säufer zum Beispiel. Jeder vierte Apfelkorntrinker über 30 fällt nach dem zwölften Apfelkorn in eine Bewusstlosigkeit.

Die Bedienung hat das erforscht. Sie hat ja Zeit. Sie ist jung und unglücklich, weil nicht schön. Ihre Augen zu nah beieinander, eine Nase, lang und krumm, ein Kopf in der Form eines Medizinballs, schiefe, ungleich lange Beine, kaum Busen, nur 1,53 m groß und ganz dumme Haare. Aber sie kann Bier zapfen und deswegen steht sie hier. Irgendwann, denkt die kleine, hässliche Literaturstudentin, irgendwann. Mehr denkt sie nicht, nur immer irgendwann. Sonja heißt das Ding. Und zapft Biere für Tiere. Es geht weiter, die beiden Frauen wollen den Zellenzerstörungsexzess heraufbeschwören.

Britta bestellt: »Pils! Bitte! Ne, machen se sofort zwei. Auf einem Bein kann mensch nicht stehen. Apropos stehen, ich sollte mich mal setzen.« Das labert die Britta so vor sich hin und taumelt dabei auf einen freien Barhocker mit zerrissener beziehungsweise durchgesessener Oberfläche.

Vera kommt direkt daneben zum Sitzen. Die Anstrengung des Wartens macht ihr wenig Lust am Leben. Sie ordert winkend, taumelnd, wirr, im Quasiselbstgespräch begriffen. »Tequila, aber ohne Zitrone und Salz, scheiß aufs Ritual, ich will besoffen sein und nicht Vitamin C oder Mineralien einfahren ...« Verhaspelung der Gefühle.

Getränke haben ist jetzt mehr als wichtig. Das Festhalten von Gläsern und das sofortige Leeren der Gläser.

Das Leeren der Gläser gegen die Leere im Leben.

Das Leben hat Löcher, die mit Rausch gefüllt werden mögen. Zeit für melancholisches In-sich-selbst-Verlieren ... zwei Frauen am Abgrund mit Blicken aus Kälte und Stein.

Augen wie kalte Steine, die, wenn sie auf die Erde fielen, zersprängen in Restträume.

Britta und Vera.

Ihre Blicke treffen sich. Überkreuzen sich, die Blicke, und machen kleine Explosionen. Verständnis ohne Worte leiert sich aus beiden Blicken. Man sieht einander die Verzweiflung an. Man sieht die unsichtbaren Tränen, die Frauen, die alleine trinken, weinen.

Die beiden sehen sich lange Augenblicke an. Verstricken sich ineinander. Die Getränke kommen gleichzeitig und die studentische Sonja hat tatsächlich die Zitrone vergessen. Und zwei Bier, frisch gezapft. Wie edel.

Die beiden Frauen können immer noch keinen Blick voneinander lassen. Die Wellenlänge. Die Frequenz. Die Antennen sind ausgefahren.

Selbst an diesem Abend gibt es noch so etwas wie ausgefahrene Antennen. Sie starten einen Dialog, beginnen ein betrunkenes Sprechen, denn sie wollen diese Bekanntschaft an sich binden. Beide gleichzeitig. Beide aus einer immensen Verzweiflung heraus. Männer haben die Welt zerstört.

Männer sind ein Abgrund und ein Grund, sich zu besaufen. Frauen sind bessere Präsidenten, Firmenchefs, Außenminister. Dieses Lied ist aber scheiße, ja, hahaha, schönes Kleid, ja, du auch, aber Männer sind das Allerletzte. Mondbewohner. Sauerstoffverweigerer. Gehirnsucher. Ich liebe dieses Lied. Ja, Adam Green hat echt eine tolle Stimme. Scheiß Männer!

Vera und Britta verstehen sich bestens und es summieren sich die Getränke, die hässliche Literaturstudentin macht hingegen neue Erkenntnisse, sie ist ja auch im Nebenfach Psychologiestudentin und das macht die neuen Erkenntnisse sogar noch lebendiger und nachvollziehbarer. Die wissbegierige Aushilfsthekenkraft Sonja hat eine empirische Erhebung gemacht:

1. *Besoffene Frauen sagen gerne Arschloch zu jedem und allem.*

2. *Bier und Tequila lassen ein Besoffenheitslevel aufquellen, das in einer neuen Sprache gipfelt, ich nenn es jetzt mal Bierila!*
3. *Bierilisch sprechende Frauen machen sich ganz subtil Versprechungen.*
4. *Wenn zwei bierilisch sprechende Frauen nach drei Stunden Druckbetankung noch stehen, kann immer grad eine nicht ohne Hilfe stehen.*
5. *Ich kann ihr Lachen nicht ertragen.*

Britta und Vera schweigen kaum, dafür haben sie keine Zeit. Es läuft ein Lied, das beide kennen und sogar ein bisschen gut finden. Nick Cave and the Bad Seeds: »Where the wild roses grow.« Dieser Romantikinput macht beide tränenschwanger. Glitzerwasser am Augenrand und es wird gesungen, so beschissen, wie es sich anfühlt, man selbst zu sein.

> *»... they call me the wild rose,/*
> *but my name was Elisa Day,/*
> *why they call me it I do not know/*
> *for my name was Elisa Day ...«*

Es flimmert vor allen Augen. Die beiden Frauen umarmen sich und fallen in einen tiefen Kuss.

Augenaufschlagsexplosion, Zungenkussrevolution.

Nimm mich mit. Ja klar. Alles wird ganz weich. Körperreibung. Eigen- und Fremdwahrnehmung. Alles schön und blinkt.

Zungentanz.

Irgendwo ein Regenbogen in fremden Augen und Sternschnuppen in den eigenen. Wohin die Hände? Da ist es gut.

Lass die Hände, wo sie sind. Nimm mich mit. Lass diese Nacht im Feuer sterben.

Begierde. Saftgehirn. Fruchtfleischzungen bahnen sich Wege durch den Morast der äußerst unappetitlichen, alkoholisch beeinflussten Begierde.

Zungen tanzen am Abgrund von sich weg und zu sich hin.

»I scream ice-cream«, brüllt plötzlich eine besoffene Türkin neben den wild zungentanzenden Frauen, aber die nehmen nichts mehr zur Kenntnis, was nicht mit dem Gegenüber oder ihrem eigenen zuckenden Saftgehirn zu tun hat.

Die Türkin geht tanzen, geht ab, als ob es morgen nichts mehr zum Tanzen gäbe, und es läuft ein Lied, das keiner kennt, das keiner mehr wahrnehmen kann.

Ungefähr eine Stunde später befriedigt ein gewisser Hugo zwei Frauen, die ohne Männer gut auskommen. Zwischendurch Stellungs- und Batteriewechsel, man versteht sich auch in diesen Belangen mehr als gut. Im Orgasmustaumel der beidseitige Wunsch nach Zeitstillstand. Ein vom lächelnden Mond beleuchtetes Bett ist der Schauplatz einer Begegnung zweier unentdeckter Universen.

Das Erwachen des nächsten Morgens ist köstlich wie Honig. Honig, den kleine Bienen mit ihren winzigen Rüsselchen aus den schönsten Blumen der Welt gesogen haben.

Genau dieser Honig vermengt sich in den Teetassen von Britta und Vera. Dazu gibt es Aufbackbrötchen mit Erdbeermarmelade. Auch diese Nahrung besteht aus Liebe.

Die beiden Frauen sitzen in Brittas Bett, schlürfen Tee und schweigen. Schweigen und schwelgen in der Erinnerung der letzten Nacht, in der sie sich den letzten Tropfen Alkohol aus dem Leib gefickt haben.

Keine Beschwerden. Kein Postalkoholtrauma und vor allem keine Reue. Beiden geht ein Grinsen von innen nach außen.

Innehalten.

Den Moment speichern.

Alles, was man sieht, behalten können. Brittas Herz kribbelt und knistert wie ein angeschlagener Musikknochen.

Vera bemerkt Brittas kreisende Hand auf ihrem Oberschenkel und die Stimme, die zu ihr spricht, ist ein heiseres Flüstern. »Du weißt, warum du hier bist?«, wird Vera vertrauensvoll gefragt.

Ja, sie weiß es und es ist die perfekte Kombination aus Liebe und Wahnsinn. Ein Wagnis. Die Abkehr von einem Weg, den man sich vor Jahren ausgedacht hat. Denn der Weg führte vor eine Wand. Immer wieder.

Und jetzt ist es an der Zeit, sich um sich selbst zu bemühen. Man kann nicht ewig vor einer Mauer stehen und warten, bis sie umfällt. Ein mutiger Sprung in unbekannte Tiefen. Doch der Aufprall wurde gedämpft von Honig und kleinen Brötchen.

Lauwarmer Tee. Alles wird gut.

Warum denn auch nicht, ihr Negativerwarter ...

Das letzte Krankenhaus hat keine Fenster

In Rolands Wohnung ist es still. Der Atem kommt und geht. Roland kennt seit Tagen nur noch sein Schlafzimmer und seine Toilette. Die Klospülung ist für ihn nur noch die Blutspülung.

Es. Geht. Dem. Ende. Zu.

Alles!!! Das zuletzt gehörte Lied noch im Kopf zirkulierend, aber überwiegend ist da Schmerz und Herzzerfall.
 Alles!!! Allein!!!
 Der menschliche Solist Roland begreift das kunterbunte Sterben und dessen Unvermeidbarkeit.
 Alles!!! Allein!!!
 Das Lied. Das Leid. Die Zeit. Der schräge Frohsinn, der ihn manchmal besucht. Die Augen der Mutter. Der Blick des Vaters. Das Lied. Viele Lieder. Aber das hier ganz besonders. Das letzte Lied.

> »... *Hey little train! Wait for me!*
> *I was held in chains but now I'm free*
> *I'm hanging in there, don't you see*
> *in this process of elimination* ...«
>
> Nick Cave and the Bad Seeds – O Children

Genau dieser Prozess der Grundeliminierung ist jetzt fast abgeschlossen. Es fehlt nur noch das Streicheln der kalten Todeshände über den verwesenden, sich selbst zersetzenden Leib.

Jetzt, denkt Roland, jetzt kommt der Tod. Er hat Recht. Er liegt auf seinem Bett und blutet aus diversen Körperöffnungen. Rotes Rinnen vertieft sich im weißen Laken und verkrustet. Ein Ganzkörperschmerz weht umher wie ein wilder, abgedrehter Nordseewind.

Draußen läuft Frau Tod um den Häuserblock. Ihre Schritte sind leise und zärtlich. Ihre Schönheit zieht sie hinter sich her. Wirkt wie ein Mensch, ganz normal, aufrechter Gang, keinerlei Unwirklichkeit, nur eine dünne Präsenz. Sie hinterlässt keine Spuren auf dem Asphalt.

Ihr Gesicht besteht aus Kindlichkeit und Lächeln. Die grünen Augen wirken einzig krankhaft. Der Rest wie ein Mensch, der seiner Gewohnheit nachgeht, der zu einem Termin eilt wie alle, die immer irgendwohin müssen.

Mit dem Wissen 30-jährig zu vergehen, ist Roland bekannt. Er weiß sich bald unterirdisch, zumindest seinen Leib. Er hat keine Vorstellung von der Seele, aber Angst. Anonyme Angst, die auf ihn wirkt wie lähmendes Gift.

Eigentlich ist sein Geist hellwach, nur sein Körper allzu schwach. Aufstehen, hinlegen, umherlaufen, alles ist aus Schmerz gebaut. Sein Gehirn ist nicht mehr fähig, wichtige Selektionen zu betreiben. Essen und trinken: Vergiss es.

So pur die Existenz der letzten zähen Zeiteinheiten. Sekundentropfen. Roland erinnert sich an Autofahrten im Regen. Er, das ewige Kind, saß hinten im Wagen und beobachtete, wie sich auf der Seitenscheibe neben seinem Kopf

Regentropfen sammelten. So hat sich Roland früher schon das Zeitvergehen vorgestellt.

Regentropfen, die nicht vom Himmel fallen wollen.

Roland schaut die Wände an, die ihn wie gute Freunde umgeben, um mit ihm diese Momente des Abschieds aus der Jetzt-Welt zu zelebrieren.

Die Wände schauen zurück und als hoffnungsfrohe Botschaft stimmt man zusammen ein neues, endletztes Lied an. Das Lied beginnt ganz langsam, zaghaft, zögerlich, bis es zu einem Chor anschwillt, den die Wände durch den Raum reflektieren.

Das Lied klingt in einer Deutlichkeit, die unbeschreiblich ist. Es klingt wie die Nationalhymne des Sterbens.

Viva la muerte. Es lebe das Sterben.

»... dort aus dem Dunkel
Schauen zwei Augen
Und ihr Blick
Ist finster
Und schön.
Ich merk es genau,
Doch kann es kaum glauben,
Wir werden verwundet
Durch das, was wir sehen ...«
Tocotronic – Free Hospital

Das letzte Krankenhaus hat keine Fenster. Dieses Zimmer hat nur ein Bett und darin ist Roland Patient und Arzt zugleich.

Seine einzige Therapie ist der Tod, das Dahinrotten seiner Reste. Menschenrestverwertung. Die Entwertung seiner Existenz bei den wahrgenommenen Resten seines Bewusstseins.

Bewusstsein. Bewusstsein.
 Alles ins Bewusstsein.
 Lass das Sterben Lust sein.
 Muss sein. Muss sein.

Roland erkennt die fallenden Sekunden als seine letzten. Zäh und zählbar treten die Zeiteinheiten in den Raum, dahinter ein noch völlig irrelevanter weiblicher Tod.

Das Zimmer. Der einstige Idealismus seiner Wohnkultur.
 Ein Designer hat sich hier ausgetobt. Bett und Schrank und all das. Farbe an die Wände. An jedem Pinselstrich klebte wohl irgendein Sinn.
 Das ist jetzt egal. So richtig wunderschön egal, wie alles aussieht. Egal was war, egal was ist und dazwischen auch egal, was wird. Das meiste ist jetzt egal.
 Sogar die Erinnerungen von der Zartheit der Küsse am Hals sind jetzt egal. In der Erinnerung daran liegt keine Relevanz mehr. Nichts liegt da mehr außer Rolands nervöser Geist in einem ausgezehrten Körper. Roland stirbt.
 Langsam, zerrissen, zitternd.

Er will einen bewussten Tod, vielleicht erkennt er dann den Grund seines vorzeitigen Ablebens durch diese widerliche Krankheit in ihm. Weil er einen bewussten Tod will, hat er alle Drogen und alle Medikamente weggeschmissen.

Auch sein riesiges TV-Gerät hat Roland mit einem Hammer betriebsunfähig geschlagen. Es lief grad eine Familienserie, die ein Idyll präsentierte, das keiner kennt, das sich Monster ausgedacht haben, um alle Unangepassten scheitern zu lassen.

Roland im Schmerz. Liegt auf dem Bett.

Wieder klopft der Tod, etwas stürmischer als zuletzt.

Frau Tod dringt ein in Rolands Bewusstsein und spricht verheißungsvolle Worte des radikalen Wahnsinns. »Ja, Roland. Es ist so weit. Reiserücktritt ausgeschlossen. Habe hier schon mal den Lieferschein fertig gemacht. Die Lichter gehen aus. Peng.«

Roland, das Sterben, die eigene Vergänglichkeit vor Augen, erzittert innerlich, äußerlich zu sehen ist lediglich Widerstandslosigkeit wegen Kraftmangels. »Warum? Warum ich? Warum jetzt, in dieser Stunde? Ist nicht noch Zeit? Irgendwie Zeit?«

Bitteres Sekundenzählen ...

Tränen schieben sich vor seine Netzhäute und Kindheitserinnerungen flackern auf wie Einwegfeuerzeuge.

Frau Tod präsentiert sich in der ihr ureigenen erotischen Ironie. »Böse Falle. Dich das zu fragen, kostet dich so viel Energie, dass du mich gar nicht mehr schön finden kannst. Ich werde jetzt mit dir ficken. Find mich schön, Mensch, und du wirst sehen ...«

Roland im Taumel. Eine Art Tunnel als Blick. Die dünne Grenze zwischen Leben und ERleben ist sichtbar erleuchtet. Das ist nicht bloß eine einfache biologische Existenz, was da wegbricht, sondern ein Sonnenstrahl höchster Güteklasse.

Roland lässt sich ein. Was bleibt ihm auch übrig bei so viel Übersinnlichkeit. »Ja. Du bist schön. Deine Macht ist mir willkommen. Alles Irdische abwerfen. Handys, Computer, Leben. Alles weg, sich in einen Fluss stürzen. Wegreißen lassen. Sich mitnehmen lassen.«

Frau Tod erkennt die ausbleibende Gegenwehr und philosophiert weitestgehend wunderbar. »Ich setze mich jetzt auf dich. Esse dein Menschsein von dir runter. Es ist nicht mehr viel Zeit, aber ZEIT ist eh SINNLOS. Küss mich, Geliebter.«

Eng umschlungen nun.

Roland genießt die Engumschlungenheit und lässt sich gehen. Er lässt sich gehen, weil er weiß, dass er gehen muss.

Einige Sekunden fallen noch durch eine imaginäre Sanduhr und die letzten Worte Rolands sind wie in Stein gemeißelte Weisheit. »Nimm mich, Tod. Fick mir den Körper in die Außenwelt. Schieß mich ab. Verteil mein Sein. Ich bin bereit ...«, woraufsein Sterben nahezu vollzogen ist.

»Ich bin so geil.« Der Tod hat das letzte Wort.

Vergehen wie in Zeitlupe. Der Switch des DJs von einem Lied zum nächsten ist der Tod für den Tänzer. Und trotzdem muss es ihn geben diesen Switch, um in die nächste Phase der Tanzbarkeit zu gelangen.

Roland stirbt. Der Augenblick ist so farblos wie bunt. So authentisch autistisch. Das Leben biegt sich weg vom Sein. Sein Sein entgleitet ihm durch die Hintertür seines Körpers.

Er verblutet innerlich. Die Organversorgung ist nicht mehr gewährleistet.

Der Schmerz ist nunmehr eine seichte Wellenbewegung und Wind in den Ohren. Kaum mehr registrierbar, zwar vorhanden der Endlosschleifenschmerz, aber so was von in einem drin, zum Menschsein dazugehörig, dass er, der dumme, alte Schmerz, kaum noch auffällt.

Mehr Krebszellen als Gehirnzellen. Fressen durch Roland. Herz und Atem stören sich nicht. Reiben sich nicht aneinander. Dieses Sterben ist wie Sex in Zeitlupe.
Der Tod über Roland.
Die Überlegenheit der Vergänglichkeit und das darin Verfangensein Rolands machen diesen Augenblick des Sterbens schön.
Es sind keine Gedanken mehr übrig. Nichts hat mehr Bestand. Ein 30-jähriges Leben zersplittert in seine obszönen Einzelteile.
Keine Gewalt.
Das Sterben ist zärtlich. *Death is female.*
Ein Mädchen, die Unschuld vom Lande. Der Tod ist eine kleine, zierliche Frau mit weichen Händen, mit einem lächelnden Gesicht. Ein Mädchengesicht, bei dessen Betrachtung man meinen möchte: »Hast du heute keine Schule oder was lungerst du hier rum?«

Erst 58 Tage später werden die gestorbenen Überreste von Roland entdeckt. Als sich die Post stapelt, als es durch den Flur stinkt, als sich der Nachbar fragt, warum der junge Mann seinen Müll nicht mehr runterbringt.
Da wird dann die Polizei eingeschaltet von andächtigen und pflichtbewussten Mitmenschen mit Fernglas und selbst gebauter Rein- und Rauskomm-Statistik.
Beobachter in Mietshäusern. Alltagsspione überall.
Sie gucken aus Türen und Fenstern und machen allerhand Verdächtigungen und wenn ihr Nachbar stirbt, bekommen sie nichts davon mit.

Die Bullen kommen und brechen eine Tür auf, stehen im Gestank der Verwesung und finden eine Leiche, die mittlerweile schon als Mehrfamilienhaus und Schnellimbiss für diverse Insekten herhält.

Roland ist tot.

Die Bullen sperren das ab, machen die Tür wieder zu. Dann kommen andere Bullen und diese seriösen Bestattungsmenschen in schwarzen Mänteln mit Sarg.

Die anderen Bullen gucken sich in Rolands Bude um, kramen in seinen Sachen rum, machen seine Schränke auf, akzeptieren nicht seine Dinge, die da sind. Fassen alles an. Heben alles hoch. Gucken durch den Müll. Sehen kopfschüttelnd ein zerschlagenes TV-Gerät, darin einen Hammer.

Der Tote hat ein Lächeln im eingefallenen Gesicht. Ein willkommenes Sympathiegrinsen.

Roland ab in die Holzkiste. Vorher einige Fotos von diesem Grinsen. Die Bullen verstehen keinen Spaß. Sie machen ihren Job gründlich. Sie tragen Waffen, aber keine Sympathie.

Roland auf der Anrichte eines Pathologen. Der macht es kurz. Erkennt die ganze Krankheit in Roland. Erkennt dieses zerfressene Gehirn. Sieht andere Organe in Auflösung begriffen. Maden, Käferlarven.

All you can eat. Rolands Grand Buffet.

Er hat seinen Körper als Wohnheim für kleine Tiere verschenkt. Der Pathologe schmeißt sie alle raus. Körperbesetzer.

Raus.

Die kleinen Tiere lachen.

Es war eine gute Zeit.

Leben im Glascontainer

»... *you were my mad little lover*
in a world where everybody
fucks everybody else over ...«

Nick Cave and the Bad Seeds – Far from me

Draußen vor der Tür ist ein Altglascontainer.

Hubert mag das Geräusch, wenn Personen da Flaschen reinwerfen. Diese aggressive Spitze, wenn Glas in der Ferne zerbricht. Hubert träumt manchmal, in einem solchen Glascontainer zu leben. Kein Geräusch verursachen, eigentlich nichts verursachen, aber alle Geräusche wahrnehmen.

Hubert und Karla in ihrer Stille. In ihren Gedanken. In ihren wohlbekannten Bädern aus Hassschaum.

Oberkante Unterlippe.

Da brodelt in beiden Gesichtern dieser Schaum, eine Mixtur aus dem Sud, der beim Aushalten des jeweils anderen entsteht, gewürzt mit emotionaler Gedankensuppe. Buchstabensuppe nur mit bösen und dummen Wörtern.

Hubert und Karla, so sieht es in ihnen aus. Die Leere und die Suppe. Sitzen sie da und starren ihren Fernsehapparat an, der Dummheit und deutsche Aussichtslosigkeit ins saubere Wohnzimmer gießt.

Die Aussichtslosigkeit des Lebens. In einem viertelstündigen Fernsehformat. Ulrich Wickert ist tot.

Das Zimmer zum Wohnen. So sauber. So gepflegt. Karlas Wahn tötet Bakterien und jede menschliche Regung. Nun sitzt sie hier, ist ganz fertig davon und macht die Augen auf. Visionen hat sie nicht mehr.

Parole: Aushalten, bis der Arsch (Hubert) umfällt. Kann nicht mehr lange dauern. Der Bluthochdruck wird ihn eines Tages erledigen. Das Herz wird ihm platzen vor unausgelebter Sehnsucht. Das ganze Herz wird kaputtgehen und überall wird Blut sein.

Karla stellt sich die Sauerei vor und sieht sich schon fröhlich wischen. Den Matsch in den Eimer tun. Den Mann in den Müll werfen. Ein neues Leben beginnen.

Aber welches? Was für ein Leben kommt nach diesem hier? Kommt da überhaupt noch was außer des Tatorts im TV?

Was kommt?

Wenn man gläubig wäre, hätte man daraus vielleicht ein kleines Lebensziel definieren können, aber leider geht auch das nicht, denn katholisch erzogen wurden zwar beide, aber im Laufe des Lebens hat die Realität obsiegt, die gesagt hat, dass Religion Zeitverschwendung ist. Den Gang in die Kirche gespart, aber leider nicht durch den Gang in sich selbst ersetzt.

Hubert und Karla schweigen, keine Besonderheiten. Nichts Bewegendes und nichts Bewegtes.

Der Fernseher zeigt Kriege und buntes Sterben in internationalen Krisengebieten. Hubert und Karla fühlen sich gut und ungefiltert informiert. Der Schmerz von abgetrennten Beinen, weil ein Panzer im Libanon drüberfuhr, ist da.

Apfelsaft und Kekse sind auch da.

Die räumliche Distanz ist im Haus, die persönliche auch. Wir sind eine Mauer, denken beide, ein Schutzwall unserer entzündeten Seelen. Die Seele brennt. Alles steht in Flammen in beiden Geistern.

Hubert und Karla.

Verbrennen ihr Leben.

Die Zungen kleben am Gaumen. Nicht reden. Statt Reden gibt es Karlas selbst gebackene Höllenkekse. Da ist so viel Schmerz in einem Gebäckteil, das Ding müsste viel größer sein, als es augenscheinlich ist.

Hubert und Karla bei Keksen und Apfelsaft. Das Gehirn gleichzeitig unter- und überfordert. Keine Bewegung nach außen, nur Regung des schweinischen Inneren.

Die Sauinnereien schreien subtil-verstimmt in das abendliche Wohnzimmer. Hubert versucht mit der körperlichen Haltung eines Tetraspastikers, seinen Darm vom lautstarken Furzen abzuhalten.

Die Anti-Ballast-, also eher BELASTstoffe der Kekse sind dafür verantwortlich. Karla weiß das.

Weil Hubert ihre Nahrung isst, wird er eines Tages sterben. Und weil er sich nicht traut, öffentlich zu furzen vor den Augen und Ohren seiner Ehefrau.

Das verdunkelt die Zukunft. Huberts zukünftige Kaputtheit wird multipliziert mit der von heute.

Da wird er einen Herzinfarkt kriegen, wenn die Karla grad im Keller ist und nur hört, dass oben was umgefallen ist. Ein Regal, eine Vase, ein Mann, keine Ahnung.

Kommt dann nach oben die Karla und da liegt dann der Hubert, schon ganz blau im Gesicht, und die Karla weiß bei diesem Anblick nicht recht wohin mit ihren gemischten Emotionen.

Will in hysterisches Lachen ausbrechen und bricht dann in hysterisches Lachen aus.

Hubert hingegen sucht Sauerstoff im luftleeren Raum um sich, sieht die Hysterie in Karla und ihren ganz eigenen Humor. Dann verscheidet Hubert still, auf irgendeine Art trotzdem zufrieden mit dem Ende.

Das wird in circa vier Jahren passieren. Der einzige Weg hier raus ist Umfallen und Liegenbleiben, weiß Hubert und diese Vorahnung macht ihn müde.

Der Punkt ist erreicht, wo eine Umkehr in gesundes Denken ausgeschlossen ist. Da ist zwar ein winziges Aufbegehren in Hubert, das ungefähr Sachen sagt wie in diesem Lied von Alec Empire.

Das kennt Hubert natürlich nicht, woher auch. Aber dieses Lied symbolisiert Huberts Gefühl zu seinem Leben.

Der Gestank des Lebens, der an einem klebt und den man eigentlich runterduschen könnte, wenn man noch wüsste, wo die Dusche ist, aus der es Freiheit und geordnete Gedanken regnet.

Das Lied sagt:

»... *break the silence*
and break it now
fight the fucking liars
and take 'em down
the point of no return
and everything will change ...
I dream of waking up
and feeling just fine
but when I do I never do
this horror can only consume you if you allow it to

> *when you're this deep in shit*
> *every ray of hope looks like a trick of light*
> *and every day you wanna*
> *break 'em down*
> *and your only goal is to survive ...«*
>
> Alec Empire – The point of no return

Das TV-Gerät macht weiter seine Arbeit. Es macht das, was kommt, und was nicht kommt, passiert trotzdem, ohne dass Hubert und Karla darüber wissen. Fernsehen um 20 Uhr paart Vernunft und Stimme, paart Arsch und Sofa und vereint Ehepaare, die sich hassen, in Räumen, die zu sauber zum Leben sind.

Fernsehen macht die Stille aus.
Und sie verkümmern unter Trümmern.
Und sie trauern hinter Mauern.
All das.
Und die Stille ihrer Herzen wird ersetzt durch Ereignisse, die ein höheres Gremium für wichtig erachtet.

In der Jetzt-Welt und Gerade-eben-Zeit zerreißt das mechanische Surren eines Telefons die Stille. Das rustikale Wohnzimmer erlebt diesen Klang wie unter Betäubung.

Karla in einem Zucken begriffen, Hubert ignoriert das Geräusch, er hat in den ungeschriebenen Gesetzen dieses Haushaltes keine Befugnisse, ein klingelndes Telefon zu berühren. Karla ist nach dem Zucken auf ihren Beinen, der Kopf dreht sich virtuos umher, denn das Umschalten von den Nachrichten in die Realität ist immer schwer, besonders wenn ein nervenfolterndes Telefon in eine verrückte Stille surrt.

Karla in höchster Alarm- und Terrorbereitschaft.

Ein klingelndes Telefon als Auslöser einer Gedankenvielfalt.

Wer mag es sein? Die Söhne kommen zurück und vervollständigen das Mutterleben? Die Lotterie zahlt uns aus? Es ist Gott, der uns sagt, alles ist nur ein großer Irrtum und das Leben, das wir leben, gehört eigentlich anderen Leuten und wir sind eigentlich Könige oder Agenten und die Tristesse um uns können wir einpacken und umtauschen in ein Pool-, Sauna- und Solarium-Wellness-Leben.

Danke Gott, ich hab mir so was schon gedacht. Der Mann ist übrigens auch falsch hier, den bitte auch zurücknehmen und stattdessen Karel Gott oder Sascha Hehn zum Bedürfnisbefriedigen, bitte. Danke.

Nein, Gott ist nicht am Telefon, es ist die verdammte Polizei, ein Mensch mit einer Nachricht beginnend mit: »... es tut mir leid ... Wir müssen Ihnen mitteilen, dass Ihr Sohn ... in seiner Wohnung ... tot aufgefunden ...« Karla wird mit jedem Wort kälter.

Sie wusste es doch, aber es kann doch nicht wahr sein. Sie kneift sich, so fest es geht, in den Oberschenkel. Tja, der kommende Schmerz bezeugt und beweist lediglich die Realität.

Karla in ihrer Kälte.

In Karla irre Kälte. Erinnerungen an ein spielendes Kind. Ein Dreirad. Ein Puzzle. Eine Geburtsszene. Ein kleiner Kopf. Ein zerbrechlicher Körper. Schreie.

Mama. Mama. Mama.

Karla legt den Hörer auf und schleicht ins Wohnzimmer. Hubert stumm und dumpf, aber vorhanden. Karla sagt ihm zusammenfassend, was sie weiß über das Sterben ihres Kindes. Ihre Stimme ist ein Zittern, ein zerbrechliches Gebilde, das jeden Moment umstürzen kann. Hubert beginnt ein zögerndes Schluchzen, Karla ein hysterisches Weinen.

Trauer ist im Haus. Das Kind ist tot.

Es ist noch Liebe da. Vergammelte Restliebe, die beide fühlen können. Hubert und Karla haben unsichtbare Willkür um sich.

Die beiden umarmen sich. Vielleicht wird dann die eigene Trauer weniger, wenn man sie mit der seines Partners vermischt. Sie bilden einen Trauerkomplex aus Tränen, Erinnerungen und Wut.

Die Arme umeinander pressen sich die Körper aus. Hubert und Karla fallen beide in extremes Weinen.

Die Tagesschau wurde von einer drittklassigen ARD-Eigenproduktion mit Senta Berger abgelöst. Das ist nicht relevant, aber trotzdem passiert. Minutenlang stehen die beiden Eheleute in der Mitte des Zimmers und zelebrieren ihre ungestüme Tränenflut. Die kommt einfach aus ihnen raus.

Der Sohn ist tot. Der andere Sohn auch nicht vorhanden.

Unser Leben ist so mies, so hinterfotzig gemein. Warum wir uns als Partner haben, wissen wir auch nicht. Vielleicht sind es solche Momente wie diese innige Umarmung, die die Linie zwischen Hubert und Karla als vorhanden erklären.

Da schwingt auf jeden Fall Verständnis mit und auch ein Splitter Liebe. Es geht nicht anders.

Der andere Mensch muss so lange festgehalten werden, bis man wieder allein denken und stehen kann.

Das geht noch nicht. Bei beiden nicht.

Aber beide haben einen Körper direkt vor sich, einen warmen, lebendigen Körper, in den mensch sich reinfallen lassen kann, wenn das Leben explodiert.

Liebe, zumindest Splitter davon.

Zu Zeiten ihrer Paarwerdung waren Hubert und Karla ein ganzes Gebäude mit wunderschöner Fassade. Ein unumstürzliches Haus.

Jetzt stehen sie hier, zusammengepfercht vom Elend der Tränentrümmertage, und halten sich aneinander fest. Sie sind nunmehr zu einer billigen Absteige verkommen, einer abgelegenen Hütte ohne Heizung. Motel *Suffer Well*.

Aber sie bestehen und sie fühlen das. Es wird ihnen, wenn der Schmerz vergangen ist, wieder egal sein, aber jetzt ist es schlicht relevant, dass die beiden zusammen sind.

Sie stehen, weinen, bis ihnen die Tränen fehlen. Dann schlagen sie auf Gegenstände, bis ihnen die Hände schmerzen und endlose *Warums?* hallen in ihren Köpfen.

Irgendwann lässt die Trauer nach, aber so lange ist man ein Paar, das sich festhält. Gegenseitigkeit, um den eigenen Schmerz zu teilen. Ob aus Liebe oder aus Hass oder einfach nur so, weil es alleine mehr wehtun würde, ist hier egal.

So stehen sie da, laufen manchmal auf und ab, tätscheln sich die Hände, nur weil da Hände sind. Nennen das dann Trost, aber hier geht es nicht um eine Ehe, in der Liebe ausgetauscht wird. Es geht um Zweckmäßigkeiten und Dreckfressen.

Als sie nachts dann nicht mehr können und ihre Tränensäcke leergeweint sind und die Körper so schwach und müde werden, legen sich die beiden gemeinsam schlafen. Beide liegen auf dem Rücken, starren die Decke an. Darüber ein Himmel, das wissen beide, und darin ein Sohn, das Abbild ihrer seltsamen Liebe. Dann kommt ein gnädiger Schlaf, zuerst über den Mann, dem Gott einfach die Augen zumacht, um Ruhe einkehren zu lassen.

Da ist dann auch Gedankenstillstand und wenig Traum. Karla ist noch wach. Steht auf. Geht in die Küche und trinkt ein Glas Wasser. Schaut aus dem Fenster. Irgendwo dahinten wird es hell. Da fackelt eine Hoffnung am Horizont. Dann geht sie nach der Wassereinnahme zurück ins Schlafzimmer und deckt sich zu.

Hubert schläft.

Ungerechtigkeit, denkt Karla tausendfach, bevor auch sie in alptraumhaftes Halbschlafen gerät.

Das Ehepaar schläft unruhig und wacht einigermaßen zusammengetreten auf. Da ist eine Trauer in beiden Körpern, die kräftiger an einem zieht als die Schwerkraft. Die einen zum Erliegen bringen will. Ein toter Sohn. Der andere Sohn, Gott weiß, wo der steckt. (O-Ton Gott: Keine Ahnung, wo der steckt, ich kontrolliere die Menschen nicht, dazu sind sie mir zu egal ...)

Hubert wacht mit dem Bewusstsein auf, eine erniedrigte Kreatur zu sein. Auf dem Boden festgebunden fühlt er sich, und hätte er Flügel, sie schlügen, aber die Festgebundenheit ist stärker und ausdauernder.

Huberts Körper hat sich über Nacht entschieden, die Flügel nicht mehr zu bewegen. Füg dich oder fick dich, das alte Spiel für alte Männer in Zwangszusammenführungen.

Dieses ständige Schweben in Lebensgefahr ist Hubert auf die Dauer zu anstrengend, deswegen akzeptiert er lieber sein Siechtum. Das sind die Gesetze der Natur, denkt Hubert und dreht sich noch mal um.

Hubert ist am Arsch und weiß es. Kein Gefühl des Widerstandes in ihm. Wozu auch? Das Leben plätschert sekündlich von ihm runter, die Sonne des Sieges scheint an ihm vorbei. Willkommen komatöses Restleben.

Anders Karla. Sie ist unruhig. Wäre er bloß weg der Mann. Dann könnte ein Leben beginnen. Sie wollte eigentlich Hubert *vor* einem ihrer Söhne beerdigen.

Nun ist es andersrum.

Karla denkt an all die vergebenen Möglichkeiten ihres inhaltslosen Lebens, fühlt sich so unsicher und ausgebrannt. Jeder Gedanke ist falsch, verfälscht, durchwässert, unecht. Aber keine Schwäche zeigen, weil: Da ist keine Liebe, die die Schwäche auffangen könnte.

Karla flieht förmlich aus dem Bett. Durch das Schlafzimmer. Leise schließt sie eine Tür. Öffnet eine andere. Füllt Wasser, einen Filter und Kaffeepulver in die Kaffeemaschine, die dann zu röcheln beginnt.

Die Küche ist kalt, doch in Karla hat es eh Minusgrade. Gefrorenes Herz. Adaptiertes Gehirn. Sie fühlt sich wie eine Universalfernbedienung. Alles soll sie schalten, aber auf allen Programmen läuft nur schale Kotze aus Gedanken.

Draußen wird von einem Kranwagen der Glascontainer hochgehoben und unten aufgemacht. Das Altglas wird auf einen Lkw geladen.

Der Krach, den das verursacht, ist nichts gegen das, was in Karla vorgeht. Sie wäre nur auch gern in diesem Container, und bestimmt wäre der Aufprallschmerz, aus zwei Metern in zerbrochenes Glas zu fallen eine Wohltat gegenüber dem Jetztgefühl.

Prädikat unverfilmbar

So einen Film hat Britta noch nie gedreht beziehungsweise gefahren. Sie ist eine von zwei Hauptdarstellerinnen in der geilsten Lovestory aller Zeiten.

Casablanca, Vom Winde verweht, Dirty Dancing, alles scheiße.

Vera und Britta heißt das Wunderprogramm, ein Film mit Emotionen, Realismus und Hautrissen, genannt Lachfalten. Der Soundtrack besteht aus Atemgeräuschen, Geschirrabspülgeräuschen, Millionen kleiner Kussmomente, verspielten Schritten und lautem Frauenlachen.

Ein Glück ist eingetreten und ward in Herzen eingesperrt.

Vera und Britta. Haben sich für die Paarwerdung entschieden. Sie haben Gemeinsamkeiten entdeckt. Es war beidseitiger Wille vorhanden, sich zu verschenken.

Auch, um nicht weiter suchen zu müssen, denn das kann einen Menschen zerstören.

Die romantische Suche. Die ganze kitschige Vorstellung davon, dass Menschen für sie extra von Kuba durch die Nacht geschwommen und gelaufen kommen, alles für einen aufgeben, was ihnen wichtig ist, Heiratsanträge auf kleinen, warmen Inseln machen, also all das kann man ja sowieso vergessen. So etwas gibt es nicht.

Keine Rockstars, Bestsellerautoren oder Multimillionäre kommen einfach so des Weges und tun ihre unumstößliche Zuneigung kund.

Nein, da fließt zu viel Scheiße durch die Männerwelt, wissen die beiden. Zu viel schwanzgesteuertes Bewusstsein. Und in der Gegenwart von so was hat man schon zu lange Zeit verbracht.

Sie trafen sich in einer lauten Nacht und haben von da an ihr Leben leiser gemacht.

Cooling down die gemeinsame Philosophie. Das Leben kühlen, nicht auf Eis legen, sondern vor Überhitzung schützen. Sich gegenseitig schützen. Ruhe einkehren lassen. Mit dem stacheligen Besen der Ruhe auch das letzte bisschen Zweifel aus dem Gemüt fegen.

Liebe ist, sich mit Bonbons zu beschießen.

Liebe ist ein großartig geträumter Traum, der sich einer realistischen Umsetzung nicht sträubt.

Liebe geht.

Liebe funktioniert.

Vera und Britta waren verschiedene Wunden. Sie lassen sich, ineinandergeflossen, Zeit zu heilen.

Sie sind ein gemeinsamer See, in dem Ideenfische gesund werden können.

Des Glückes Geschick brachte aber dann in einer schönen, zerbrochenen Nacht eine realistischere Liebe. Eine Liebe, die es nur unter gleichgeschlechtlichen Menschen gibt.

Ebenfalls schön, dass beide Frauen ein Leidkonto hatten, das ungefähr zu gleichen Anteilen mit erlebtem Unsinn zu tun hatte. Beide hatten zuvor Enttäuschungen durchstehen müssen, sich zermürbt, gequetscht unter Männerwahnsinn winden müssen.

Das war dann vorbei, als ein Zungentanz begann, der nur für Britta und Vera bestimmt war. Nie hatten die beiden Frauen zuvor darüber nachgedacht, eine gleichgeschlechtliche Beziehung führen zu können.

Einen Körper zu ficken, der einem gleicht, ist etwas Wunderbares, haben beide erkannt. Die Auslotung von weiblichen erogenen Zonen war sehr einfach, denn diese Zonen besitzt ja jede auch bei sich selbst.

Klar, so ein scheiß G-Punkt, diese blöde anatomische Besonderheit, die es nicht gibt, also dieses Ding ganz außen vor zu lassen, war schon ein Befreiungsfaktor.

Kein sexueller Stress. Geilheit zu gleichen Verhältnissen.

Eine Orgasmusstatistik, die sich komplett die Waage hält.

Wunderbar.

Alles passt.

Alles geht.

Sie leben Gemeinsamkeit und aus ihren banalen Lesbenhandlungen fließt Liebe in den Alltag. Beide hatten ja mal mit Männern zu tun in ihrer Vergangenheit, sind aber nach dem Abschwören von dem ganzen romantischen Kitsch sehr realistisch und vor allem lesbisch geworden.

Darin erkennen beide die Realität. Die Liebe, die wahre Liebe ist kleiner, leiser und unaufgeregter, als man sich das zuvor vorgestellt hat in romantischen Traumkulissen. Das Leben zu zweit ist etwas, das man wollen muss, und Vera und Britta sind Willens, und zwar absolut, ihr Restleben zu teilen.

Beide Frauen sind des Scheiterns müde geworden. Das Umsehen hat beiden einen Teil ihrer emotionalen Kompetenz gestohlen.

Vera und Britta im internationalen Restaurant. Hier kann man sich durch die ganze Welt fressen, wenn man Spaß dran hat. Es serviert ein Spanier in einer engen Hose internationale Speisen.

Gemüse und orientalische Teigwaren. Beide haben sich Wein bestellt, um die Stimmung stimmen zu lassen. Die beiden haben einen sehr gepflegten Umgang entwickelt und wohnen seit über einem halben Jahr in einer gemeinsamen Wohnung.

Dort ist das Heimkommen am allerschönsten.

Das alltägliche Empfangenwerden, das subtile Geküsse, das immer noch sehr, sehr frische Geficke, die gemeinsame Vorliebe für das Herbeiführen multipler Orgasmen.

Der gemeinsame Kühlschrank mit allerlei Dingen. Eine Küche, in der es Spaß macht, sich aufzuhalten. Gemeinsame Einkäufe, um einen Haushalt zu führen.

Die Entdeckung kleiner wunder Punkte in Gesprächen auf dem Wohnzimmerteppich. Die Entdeckung von Wunderpunkten im Inneren des weiblichen Unterleibs.

Wie man ein Herz zum Erblühen bringt, wissen beide.

Vera ist immer noch in der Klinik beschäftigt, hat aber mit der Valiumeinnahme glücklicherweise aufhören können. Es wäre auch fast aufgefallen. Immer fehlte was. Britta, die gescheiterte, aber gescheite Schauspielerin mit Seitenscheitel in der modernen Kurzhaarfrisur, hat eine Ausbildung als Fleischwarenfachverkäuferin begonnen.

Ein unspektakuläres, leises Leben hat sie sich gewünscht und das hat sie jetzt inmitten toter Tierteile. Würstchen, Schnitzel, Geschnetzeltes, Aufschnitt, Hackfleisch umgeben Britta täglich.

Da steht sie dann gut gelaunt hinter ihrer Theke und grinst in die Gesichter der Fleischfresser, sie selbst isst vegan.

Manchmal denkt sie an Fred Fantasy und auch an Linda, die Pornoqueen ohne Bewusstsein. Sie denkt auch gerne an Iris Berben und an die Güte, die sie ausstrahlt, aber sie liebt Vera.

Vera, die Ruhepolin.

Vera, die Mülleimerin für Brittas Gedankenkonzepte.

Vera, die Aufbaupräparatin für wenn es schlimm ist.

Nachtisch. Britta nascht Früchte aus einer kleinen Schale.

Vera schaut ihr dabei verliebt zu. In diesen Blick legt Vera alles rein, was geht. Britta lässt eine Erdbeere in ihrem Mund zergehen und hat was aus Metall im Mund, was sie sich dann in die Hand spuckt. Ein silberner Ring.

Verdammte Scheiße. Ein Ring aus Silber.

Vera guckt immer noch verliebt. Dieser Ring ist eine Botschaft aus Metall. Er hat keinen Anfang und kein Ende, ist sauhart und unzerstörbar. So will Vera die Liebe haben. So aus Metall.

Deswegen der Ring. »Willst du mich heiraten?«, Veras Worte flüstern sich an die andere Tischkante und Britta leckt sich über die Lippen, bevor sie ein äußerst sensibles und einverstandenes Ja haucht.

Da blitzen silbrig glänzende Tränen hervor. Die kommen aus den Augen, aus der Seele, aus der Echtheit der Existenz. So geht Romantik.

Beide Frauen von Glückswellen umspült.

Mitten im internationalen Restaurant ehelichen sich zwei Gestalten. Imaginärer Glockenklang. Das macht süchtig, weil es sich so richtig anfühlt. Die beiden Frauen machen sich Gedanken über die Verwaltung ihrer Zukunft. Die Kellner gucken dumm.

Sind zwar in der EU, aber gucken dumm, vielleicht auch deswegen. Die beiden Frauen bestellen sich im Was-kostet-die-Welt-Stil Sekt. Vera setzt sich neben Britta und Küsse regnen über Gesichter. Wie schön. Wie wunderschön.

Als Britta und Vera dann abends auf dem Wohnzimmerfellteppich nach zwei Flaschen Bier zum Liegen gekommen sind, erzählen sie sich Geschichten. Ihre Gedanken drehen sich wild im Kreis.

Sie beginnen eine Hochzeit zu planen mit zwei Brautkleidern. Sie überlegen sich Gäste, sie überlegen sich Nahrung für die Gäste. Sie überlegen sich die Zukunft in Liebe und finden sich überragend realistisch. Dann trinken sie ihr Bier aus und gehen zufrieden schlafen.

Zusammen unter einer Bettdecke, ganz dicht und ganz warm legt sich ein sanfter unsichtbarer Brautschleier auf die beiden.

Die Draußengeräusche interessieren nicht mehr. Eine ferne Fahrradklingel oder das Geschrei eines besoffenen Deppen, nichts ist mehr von Belang unter dieser Decke, unter diesem Schleier.

Zwei Menschen, geschaffen für einen Splitter Ewigkeit.

Kein Schmerz, kein Neid, nur Zeit. Es gleitet ein gnädiger Schlaf ins dafür vorgesehene Zimmer und wird Bestandteil der Gelassenheit.

In der Mitte der Nacht spürt Vera Traumbefall. Das ganze Glück, das die ganze Scheiße rausspült, ist so ungewohnt.

»Verlassen«, stöhnt Vera im Schlaf, »ich kann mich auf dich verlassen.« Britta ist noch wach, hört das und ihre Augen beginnen zu glitzern, weil sie hofft, Veras Trauminhalt zu sein. Ist sie auch, in Veras Kopf tanzt eine lesbische Ehe den Tango der Erkenntnis.

Feste Umarmungen signalisieren die Entschlossenheit.

Das Schlafzimmer ist dunkel, Britta sieht nur schemenhaft den neben ihr liegenden, im Traum befindlichen Körper.

Sie schickt ihm gedanklich alle Liebe, die sich in ihr befindet. Das ist nicht viel, aber immerhin alles.

Ich: Innenministerium

Eine Schüssel Desinteresse am Leben. Manchmal reicht die bloße Existenz. Das Sein. Die Eigentlichkeit. So wie der Mensch gemeint ist, so guckt er sofasitzend aus seiner Wäsche. Bewegen muss er nichts. Nicht mal den eigenen Körper. Der Kopf regelt alles in einer gelassenen Selbstverständlichkeit.

Der Atem geht ein und aus, bis der Mensch ein- und sein Licht ausgeht. Peter ist im Netz seiner Gedanken verstrickt, hätte gern einen Routenplaner, der ihn zur möglichen Ausfahrt führt. Aber da ist nur Kreisverkehr. Auch gut. Nehmen, was kommt. Schlucken, was passiert. Vermeiden, was wehtut. Peter ist nicht interessiert an radikaler Selbstanalyse. Eigenwahrnehmung kann ganz schön anstrengend werden.

Peter ist glücklich und unglücklich zugleich.
Peter lacht.
Er überlegt sich was über Politik.
Peter lacht.
Er ist fröhliche Zerbrochenheit.
Peter lacht.
Er ist ein stummes Manifest.
Peter lacht.
Er überlegt sich was über Sex.
Peter lacht.
Er denkt an ein kleines Grab, in dem sein Bruder ...

Peter zögert ...

Peter raucht.

Peter.

Entgleist in Zigarettenzügen.

Er überlegt sich was über Gott.
Gott lacht.
Peter lacht.
Er überlegt sich was übers Sterben und Totsein.
Die Tod lacht.
Peter lacht.
Er macht sich Musik an.
EA 80.

»... *es wird verherrlicht*
Es wird gepriesen,
Bis es helfen muss
Zu jeder Zeit.
Es hält dich gefangen
Die schöne Welt,
Bis du gar nicht mehr fühlst,
Dass du gar nicht mehr fühlst ...«
EA 80 – Kann nicht heilen

An der Wand hängen Punkrockdevotionalien.
Nazis raus.
Schieß doch Bulle.

Fuck the police.
Ihr könnt uns nicht vernichten, denn wir sind ein Teil von euch.
We are all prostitutes.
All die verbogenen Slogans. Peter war mal gut dabei. In einer Jugendkultur, die dem Bürgertum in den Arsch treten wollte.

Peter war auf den sogenannten Chaostagen 1995 in Hannover, als Punks wie er für Minuten die Macht im Land hatten, denn die Polizei war auf der Flucht vor ihnen. Er weiß es noch genau. Ein besetztes Haus. Davor die Bullen in futuristischer Kampfpanzerung.

Alles wurde zu Wurfgeschossen umfunktioniert. Flaschen. Dosen. Stangen. Alles flog durch die Nacht in Hannover damals im August 1995 und die Bullen mussten sich zurückziehen des Beschusses wegen.

Man hatte gewonnen, bis dann schwereres Gerät aufgefahren wurde und das Haus geräumt wurde. Mensch dachte kurz, Mensch sei im Wandel, doch Mensch hatte nur Angst vor sich selbst.

Peter dachte im Augenblick seiner Verhaftung, dass er doch auch nur Angst haben kann. Typisch Mensch. Schädliches Gedankenmachen, aber die Hannover-Erinnerung hatte doch eigentlich was Gutes. Sie beinhaltet noch einen von Punks aufgebrochenen und ausgeraubten Penny-Markt. Peter vermisst die Anarchie, die mal sein Leben geleitet hat.

Die gute alte Zeit hängt da an der Wand. In Form von Konzerttickets, Tourplakaten und Fotos. Bunte Wände, die Zeugen einer verwundeten Seele sind.

Eine Seele machen Wunden doch erst schön.

In der Wohnung riecht es nach kaltem Rauch. Erloschene Zigaretten erzählen keine Geschichten, sondern ein Bewusstsein. Kalte Asche. Zusammengefaltete Filter.

Hier im Aschenbecher des Lebens.

Das Gehirn in Bewegung.

Der Restkörper liegt lediglich da. Das Gehirn stößt an die Grenzen des Kopfes und Peter erkennt den Stillstand seines eigenen Seins. Seine eigene geistige Behinderung lockert mentale Fesseln.

Peter sieht sich als unwichtiges Rad im System. Sein Stillstand ist maximal belanglos. Er fragt sich: »Wenn ich schon so begrenzt bin, dann kann ich doch alles sein?«

Er antwortet sich: »Natürlich, du kannst alles sein. Jenseits aller Grenzen.« Erzieher wie er und Bauarbeiter wie sein Vater geben Menschen ein stabiles Zuhause. Der Rest ist doch nicht relevant.

Sein Schlafzimmer, wie auch sein sonstiges Leben, ist sehr praktisch gestaltet. Mitten im Raum ein Bett. Gegenüber davon ein Kleiderschrank. Neben dem Bett steht eine Art Ablagetischchen, darauf ein Aschenbecher, eine Zeitung und eine Kaffeetasse mit vor Tagen erkaltetem Kaffee, der einen ganz eigenen Geruch entwickelt hat.

Kalter Kaffee im Herzen der tolerierbaren Einsamkeit. Gemischt mit dem Flavour von eben genannten erloschenen Zigaretten.

Die Summe eines Lebens.

Peter liegt auf dem Bett und Punkrock der melancholischeren Sorte blockiert sein Hirn.

EA 80. Eine wunderbare Band, denkt Peter.

Eine Stimme, die eine sonderbare Mixtur aus Wut und Melancholie transportiert. Gitarrenwände, an denen kein Ohr vorbeikann. Ein Schlagzeug, das eine Durchdringlichkeit hat. Die Summe dieser Einzelteile fasziniert Peter. Er liegt da, hat sich Obst besorgt und genießt seinen Feierabend.

Es war ein unspektakulärer Frühdienst.

Peter ist wütend, wütend auf den Rest seines Lebens und wütend auf seine Vergangenheit und sein Nichtklarkommen mit der beschissenen Gegenwart.

Peter ist melancholisch.

Deswegen passt das. In Melancholie liegt ja extrem viel Wärme. Liegend konsumiert Peter einen grünen Apfel und die EA-80-Platte *Schauspiele*. Die kommt mit zwölf Liedern daher, die alle Peters Herz genau in der Mitte treffen.

Herzknisterpunk.

Die Musik ist ihm ein guter Freund, vielleicht sogar der beste. Musik gegen Alltag. Musik gegen die erschreckende Norm.

Musik.

Für den Kopf und für den Körper. Musik ist ein ganzheitlicher Ansatz. Vom aufständischen und vollständig autonomen Punk-Peter vergangener Tage ist aber nur die Musik geblieben. Zumindest etwas.

»*... doch wahrscheinlich werd ich belassen*
Bei den eigenen kleinen Sorgen,
Die oft so belanglos
Und doch so tödlich sind.«

EA 80 – Einleben

Der letzte Akkord verklingt. Der Apfel ist Geschichte und Peter bringt den Rest zum Biomüll.

Bewusstes Arschloch. Er ist kein Öko oder so was, trennt aber seinen Müll oberkorrekt. Wahrscheinlich ein genetisches Mitbringsel aus seiner kaputten Familie. Die Mutter, die war auch so, überall musste Ordnung sein, sonst war die Welt im Arsch und eine Welt im Arsch kann sich keiner leisten.

Peter geht zum CD-Player. Ihm ist nach Klassikern.

Er fummelt ein Cure-Album aus dem CD-Ständer und möchte die Welt heiraten, als er dieses alte Gefühl plötzlich spürt, das Cure-Lieder in ihm auszulösen imstande sind. Er hat sich für das Album *Bloodflowers* entschieden und in ihm entstehen verwirrende virtuelle Bilder, wie er mit seiner letzten Freundin nach Holland an die Nordseeküste aufgebrochen ist und die beiden in frühmorgendlicher Stille genau diesem Lied gelauscht haben und sich danach außerhalb Deutschlands beziehungsweise außerhalb der normalen Denkwelt befanden.

The Cure können das.

Magie in Worten.

Magie in Gitarren.

Zauber im Wohlklang. Die Freundin ging irgendwann, aber das Gefühl zu dieser Musik blieb.

>»... *and I know we have to go*
I realize we always have to turn away
always have to go back to real lives
but real lives are why we stay
for another dream
another day ...«
>
> The Cure – Out of this World

Die Schönheit der Klänge lässt Peter einen Traum wagen. Die Schönheit der Klänge ist die Schönheit der Klage. Lässt ihn wie ein gut bemuttertes Kind ganz regulär ermüden.

Dann blinzelt er, eine Sache, die vor dem Schlaf passiert. Peter hat die Freiheit zu schlafen. Er hat es sich verdient, die soziale Sau.

Peter fällt in einen Traum. Er ist der einzige Gast eines Schwimmbades. Sein Vater ist der Bademeister, der dauernd Dinge schreit wie: »Nicht vom Beckenrand springen!« oder »Startblock gesperrt!«.

Seine Mutter betreibt in diesem virtuellen Schwimmbad eine Art Imbiss, sie verkauft Wurst, Pommes und Scheuermilch.

Auf dem Beckengrund liegt Roland, Peters Bruder, und erzählt kleine lustige Kindheitsanekdoten. Er erzählt in seinem kleinen, versponnenen, eigentlich nie da gewesenen Realitätsüberfluss kleine Geschichten des nebeneinander Aufwachsens.

Rolands Worte werden eine große Anklage, mangelnde Brüderlichkeit thematisierend. Der Traum endet in einer Blaufärbung. Personen und Worte, alles wird zu einem magischen Blau.

Blau.

Blau.

Blau. Beruhigung.

Alles bläut sich in seine Welt und kurz vor dem Aufwachen sind es Augen. Blaue Augen, die eine sanfte Melancholie verströmen.

Am späten Nachmittag wacht Peter auf. Liegt ganz zerknautscht auf dem Sofa. Sein Gesicht hat die Form eines

Kissens, das unter seinem Gesicht lag. Auf dem Tisch liegen seine Zigaretten. Er fummelt sich ein Billigtabakprodukt aus der Schachtel und gibt sich Feuer. Der Traum war seltsam real.

Peter riecht noch eine Mischung aus verbrannter Bratwurst und Chlor. Um den Traum wegzuspülen, lässt er Zigarettenrauch durch seine Nasenhöhlen fluten. Der Traumgeruch verschwindet, bleicht langsam aus.

Die Zigarette vergeht, wird spontan durch eine neue ersetzt. Einige nennen es Nikotinsucht. Peter nennt es Lebensqualität. Er hat einfach auch für jede denkbare Phase seines Lebens Handlungsweisen, die ihn besänftigen. Peter ist ein Denkstratege.

Er macht scheinbar alles richtig.

Rauchend sucht Peter die Fernbedienung, um das TV-Gerät aus der Ferne zu bedienen. Ein feines, leises *bss* öffnet die mediale Pforte zu 47 Programmen.

Programm für Programm prostituiert es sich bunt und munter auf dem Bildschirm. Dummheit von Dreistigkeit von Dummheit von grenzenlosem Irgendwas abgelöst.

Die Medienlandschaft wie ausgestorben. Ein verdorrtes Land. Peter sucht vergeblich was Lebendiges. Dennoch ist er nicht allzu kritisch. Er kann es gut ertragen, wenn sein Geist sich auf Hirnkot ausruht. Er durchquert die Kanäle.

Fernsehen ist jetzt genau das Richtige. Er schaltet um und um und es beginnt ein multimediales Schlachtfest an einem Mittwochnachmittag. Nach zehnminütigem Zappelzappen ist Peter erniedrigt von der Mangelqualität des Nachmittagsprogramms.

Fernsehen war genau das Falsche.

Ein verächtliches *bss* der Fernbedienung verkündet seine Unlust an dieser Pseudounterhaltung.

Peter raucht. Es legt sich ein flacher Film auf seine Lunge, den Peter selbst Beruhigung nennt. Ein angenehmes Kratzen tritt auf, ohne das diese Ruhe nicht komplett wäre.

Peter geht in seiner Wohnung umher. Gedanken treiben ihn. Undenkbare Gedanken. Er geht hinaus auf den Balkon.
Denken.
Dies hier ist das dritte Stockwerk.
Warum?
Zen? UnZen?
UnZenSiert sensibilisiert.
Passion und Aktivität versus Passivität und Perversion.
Freiheit verhindert sich selbst. Freiheit gleich Feigheit?
Na komm, ein Flugzeug und du bist weg. Deutschland den Rücken kehren.

Du bist alles außer Deutschland, Peter ... oder doch lieber ein Sprung und du bist weg ... Selbstmord drängt sich manchmal auf ob der Sentimentalitäten, die einem Menschen aufgerucksackt werden ... Peter will nicht springen, Peter will ungebrochen atmen.

Nicht am Boden zerschellen und nicht mehr gut aussehen. Er würde gefunden werden und »Iiiiihhhhh!!!« würde der brüllen, der ihn findet. Muss ja nicht sein, denkt Peter und balanciert seinen Geist aus dem Suizidbedürfnis.

Peter weicht unbequemen Fragen an sich selbst gerne aus. Dann denkt er an naheliegende Dinge wie die Menschen mit Behinderung, die er täglich betreut.

Dinge und Menschen. Da wird er gebraucht und wer gebraucht wird, ist so unfrei wie ein Hochhaus oder ein amerikanischer Präsident, schallt es in ihm.

Und er hat Recht und es tut nicht weh. Peter ist, wie Peter ist.

Er zündet sich noch eine Zigarette an. Das Denken rekonstruiert sich von selbst. Es ist nicht wichtig in diesen Augenblicken. Der Blick nach unten. Der Blick nach oben. Peter verfolgt eine Schwalbe, die sich in den Häuserschluchten verirrt hat. So scheint es ihm.

Der kleine Vogel verschwindet aus seinem Blickfeld.

Peter geht wieder rein. Schließt die Balkontür. Es wird ein Herbst, der sich gewaschen hat, sagt der dunkle Horizont.

Peter registriert seine Freiheit, will sich aber nicht in sie fallen lassen. Was ist so schlimm daran, allein zu sein, denkt er sich. Für niemanden verantwortlich. Für niemanden wesentlich.

Ist sein Leben nur eine Flucht oder passt das alles in ein Konzept?

Und wenn nicht, ist nicht alles scheißegal im Endeffekt. Denken.

Peter bewegt Gehirnzellen in seinem Schädel. Die Freiheit. Seine Freiheit. Die nutzt er hier zum Stehen, Denken und Rauchen. Für den Moment ist das genug. Träume können warten.

Traumrealisierung macht Angst, denn was kommt dann, wenn ein Traum erst mal wahr ist, zum Beispiel der einer gut laufenden Beziehung mit allerhand Sex und guten Gesprächen. Was ist, wenn dieser Fall eintritt?

Wo bleibt dann die Sentimentalität des Träumens?

Wo bleibt der Träumer? Auf der Strecke?

Peter hat Angst davor, zu viele von seinen Kopfgeburten Wirklichkeit werden zu lassen. Es hat sich eine leichte Persönlichkeitsspaltung in ihm aufgebaut. Die knuspert ein wenig Hirnrinde, mehr ist nicht. Mehr soll nicht. Peter.

Ein Teil in Peter will die Welt bewohnen,
der andere Teil alles zerstören.
Ein Teil von Peter will Liebe schmecken,
ein anderer sie aus Angst nie probieren.
Ein Teil von Peter will sich kreativ outen,
ein anderer schweigen und Gras rauchen und wachsen hören.
Ein Teil von Peter will spazieren gehen,
der andere Teil will nicht mit, dann doch, dann wieder nicht ...

Spazieren gehen? Warum nicht? Warum eigentlich?
Peter bleibt im Haus. Er will Sicherheit.
Draußen hält sich ein Wetter auf, das überwiegend Graufärbungen hat.
Und Nieselregen, deutscher Nieselregen.

Peter liebt den Uterus, den er liebevoll sein *Zuhause* nennt. Es ist eng hier drin, dreckig auch, Uterus eben.

Bei jeder Türöffnung ist da ein kleines Unbehagen. Hier drin ist es warm und es gibt einen Kühlschrank und darin alles, was Mensch für ein kleines Leben benötigt. Warum das Leben unnötig aufblasen, denkt sich Peter.

Das Leben ist doch keine Gummipuppe, die mit geöffnetem Mund neben einem schläft und sich sonst nichts denkt. Das Leben ist klein und instabil, weiß Peter und zündet sich 'ne Kippe an.

Und vielleicht will es gefickt werden, das eine gute Leben ...

Da das Leben sich aber zu keinem Vorwurf oder Einwurf jemals äußern wird, sondern einfach so weitermacht, wird nicht ins Leben gefickt, es wird auch nicht aufs Leben geschissen, sondern das Leben soll dableiben, solange man es ertragen und gut finden kann.

Peter ist ein junger Mensch Mitte 30 und die Gedanken, die er gerne mit sich trägt, passen manchmal nicht in diese Welt, aber genau aus diesem Grund sollte er sie überall äußern.

Mensch sei zerbrechlich, denn das ist deine Natur.

Zu Besuch im Lazarett der globalen Wirklichkeit

In diesem Dorf wird jeder Dritte nicht älter als 35. Nutten haben Träume. Soldaten auch. Ein Leben im Inneren einer Wüste.

Die Wüste ist sowohl real als auch emotional vorhanden. Niemand weiß, dass Randor Namobi tot ist.

Erschlagen in Deutschland. Randor hat mal hier gelebt, bevor er ein Boot bestieg, das ihn in eine europäische Zukunft bringen sollte. Er kam in Deutschland an und wurde von nationalen Trinkern an einem Bahngleis verschmiert.

Schwarz, rot, geil.

Die Metzger laufen immer noch frei rum.

Der deutsche Mob macht Löcher in Kopp.

Gestern war ein hässlicher kleiner Mann im Dorf. Ein Prominenter aus Deutschland oder Umgebung. Er hat hier einen Werbespot gedreht mit den Kindern, die dafür Schokolade bekommen haben. Er war hier für eine Organisation, die hier in Afrika Schulen, Krankenhäuser und Behinderteneinrichtungen bauen will.

Als ob es nicht schon genug Scheiße hier auf diesem inkontinenten Kontinent gäbe. Der Prominente nahm sterbende, aidsinfizierte Kinder an die Hand und streichelte ihre Biafrabäuche. Er vertrieb Fliegen. Er spielte mit Einbeinigen Krückenfußball. Er fühlte sich sozial engagiert.

Er war sozial, solange die Kamera an war. Sozial bis Feierabend. Als die Kamera nämlich ausgemacht wurde, grätschte er ein einbeiniges Minenopfer um und desinfizierte sich erst mal die Kinderberührungshände.

Dann war ihm Krüppelfußball zu doof und er wollte irgendwelche Frauen ausprobieren. »Die sind ja alle so schick dünn«, belästigte er den mitfahrenden Regiemenschen.

Der Regiemann wusste, worauf der dumme Vorabendseriendarsteller hinauswollte. Ficken mit dem Elend der Region. Klar, Reis macht nicht fett. In irgendeinem Verschlag probierte der viagraabhängige Schauspieler dann einige Mädchen aus.

Keine war schon achtzehn. Das ist leider nicht gefilmt worden. Das wäre nämlich ein prima Werbespot für dieses Land gewesen.

Viva la Sextourismus.

Eine Pfütze Blut, die auf gelbem Sand gerann, blieb zurück.

Als der Mann fertig war, wollte er zum Flughafen, und zwar möglichst schnell. Die Worte, die er verlor, waren: »Genuch Nigger gefilmt, dat kann man doch jetzt schneiden, dat ich noch vor der neuen Serie als sozial engagiert rüberkomm. Bloß weg hier aus dem Loch. One world und so. Alles ist eins.«

Der Regiemann nickte, die Ausrüstung wurde abgerüstet und zusammengepackt und alles in einem Jeep verstaut. Ab durch die Wüste. Flughafen.

Fuck you, never Africa again. Oder, um es mit den Worten des Prominenten zu sagen: »Wenn die Mädchen in Deutschland ärmer wären, hätten sie auch wieder mehr Spaß am Sex mit alten Männern wie mir ...«

Veränderungen in Karlas Leben. Sie ist gereist. Ihr Bewusstsein hat sie begleitet. Nun fällt ihr Blick auf dies:

Die Sonne scheint durch Hütten und die Wasserader ist scheinbar leergetrunken. Irgendwas, vielleicht auch alles hier, ist immer vergiftet.

Die Natur biegt sich zurück in die Innenerde. Die Immer-schon-Einheimischen, die wirklich hierbleiben wollen, werden vom Bürgerkrieg missbraucht oder von fehlgeschlagener Entwicklungshilfe totgeschlagen oder schiefentwickelt.

UNICEF-Menschen und Ärzte ohne Grenzen toben sich hier aus und der Regen weint kein Lied.

Wüstenspringmäuse hetzen durch die Wüste und finden das einigermaßen in Ordnung, wie sie da so in ihren Löchern leben, in denen sie sich vergraben können, wenn es kalt wird. Den meisten Menschen hier geht es ähnlich und ob sie es in Ordnung finden, danach hat noch niemand gefragt.

Maschinengewehrbehangene Minderjährige fahren in alten Autos durchs Dorf und geben sich rebellisch. Verballern unzählige Salven Munition in den sonnengetränkten Himmel. Die Patronenhülsen werden von anderen Kindern eingesammelt und zu weiteren Waffen verarbeitet.

Mensch kann den Gewaltkreislauf förmlich riechen.

Sand, Blut, Schande, Sünde, Abwegigkeiten und Zerschossenes am Wegesrand.

An irgendeinem Tag kam auch Karla hergereist. Hubert war unlängst an einem Herzinfarkt verblichen und Karla blieb einige Zeit allein, bis sich in ihrem Kopf eine flambierte Rotation entzündete. Nachdem Hubert gestorben war, saß sie die meiste Zeit unberührt in ihrem Sofa, Fernsehprogramme in sich saugend, eine innere Unterhaltung mit sich selbst vermeidend.

Huberts unattraktive Leiche vergrub sie emotionslos auf dem Dorffriedhof. Karla war nun allein. Fräulein Tod hat sich bereits reichhaltig von ihrer Familie ernährt. Alle hat sie gefickt. Wo ist eigentlich Peter? Er war nicht auf der Beerdigung seines Vaters.

Karla weint nicht. Wieso auch? Was bringen Tränen außer Zeitverlust? Tränen ändern nichts.

Es bleibt laut im Körper. Die kaputt ritualisierte Karla verwickelte sich paranoid in sich selbst. Sie putzte sich die Finger blutig und die Dosen Scheuermilch, die sie sich an Samstagvormittagen reinzog, wurden allmählich höher.

Und schon wieder was gespart: das Denken. Und so kroch die Zeit durch Fensterritzen und Karlas Alltagskummer gedieh in ihr.

Veränderungen. Nicht immer nur krank sein wollen. Nicht immer nur am Boden kleben und wegmachen, was am Boden klebt. Eine Frau hat doch Flügel, denkt sich die Karla, um sich danach einfach nur selbst auszulachen, denn das verdammte Leben hat sich, seit sie eine junge Frau war, von ihren Flügeln ernährt.

Also sollten da jemals welche gewesen sein, sind sie ab und die alte Frau fühlt sich flugunfähig, aber nicht tot, auf keinen Fall tot. Nicht sterben, bevor nicht der Atem ausgeht, denkt Karla und das war ein guter Schritt in eine Zukunft, die noch gemalt werden sollte.

Veränderungen. Braucht so was der Mensch noch in Karlas Alter. Differenzierungen vom Restbestand der Gleichaltrigen. Freundinnen hat die Karla kaum, wohl so andere Frauen, die mit ihr Kuchen essen und Kaffee trinken, aber wirklich verstehen kann sie von diesen Menschen niemand.

Da gibt es Besuche und Gerede übers Wetter und über die Gefährlichkeit des Islams und über Schlagermusik, die zu Herzen geht. Aber die Wut wächst, weil sich nichts verändert. Alles bleibt gleichbleibend stumpf.

Dann sah sie einen Beitrag in einer Spiegel-TV-Sendung, in der eine Frau während eines Afrikaurlaubs von einem Stammeshäuptling interessant gefunden wurde und jetzt alle Vorzüge eines Königinnenlebens im Inneren eines Zeltes zu haben schien.

Dieser Gedanke infizierte Karla. Machte sie zur Prinzessin ihrer eigenen Ideenwelt. Das Gefühl von Macht breitete sich in ihr aus. Da war ja noch Huberts Lebensversicherung für den Flug.

Genug Geld ist da. Für alles. Wann, wenn nicht jetzt? Wann?

Jetzt.

Einen Traum selbst zu entwickeln, machte auf Karla eine positive Wirkung. Sie fühlte sich von diesem Traum gefangen. Auch wenn kein Häuptling auf sie abfährt, die Braut eines Standardkriegers von Anfang 20 könnte sie doch allemal werden. Gedankenschemen durchdrangen Karla und es trieb sie ein krankhafter Handlungswahn.

Sie erinnerte sich an ein Sprichwort ihres Großvaters, wenn es um Konsequenz im Alltag des allmählichen Alterns ging: Es muss nicht nur der Mund gespitzt werden, es muss auch gepfiffen werden. So sagte es der alte Mann, konsequenterweise Nazi von 1933 bis 1945 und danach folgerichtig CDU-Mitglied.

Ein Land bereisen, dort Geschlechtsverkehr haben, irgendwas Konkretes aus Zukunft und Gedanken aufbauen, nie mehr zurückreisen. Die Güte Afrikas schmecken. Vielleicht Krokodilfleisch verzehren.

Von langschwänzigen, multipotenten Negern in alle Körperöffnungen gefickt werden. Das klang alles sehr gut in Karlas Kopf und sie fühlte sich ein wenig pubertär. Ihre eigentliche Pubertät hatte ja kaum stattgefunden. Schon mit zehn wurde sie bei der Kartoffelernte eingesetzt und ab da hörte eigentlich die Arbeit nie mehr auf.

Das bisschen Haushalt.

Das kranke Eheleben.

Alles Barrikaden vor Karla auf dem Weg zu richtigen Gedanken. Und wenn ein Mensch daran gehindert wird, seine richtigen Gedanken zu denken, also jene, die eigentlich von der Natur oder von der Genetik her in ihm stecken, kocht die Suppe in ihm irgendwann über. Karlas Suppe ist schon seit Jahren am Topfrand angekommen, tritt manchmal über die Ufer, aber jetzt erst recht.

Jetzt will sie es wissen.

Sie ist mittlerweile 59 und sieht aus wie eine verbrannte Uschi Glas. Der Körper krumm und das Gesicht so leer. Der Kummer, die Scheiße, die Vergänglichkeit. Die Summe von negativen Faktoren hat Karlas Seele geplättet. Sie will sich noch einmal aufrichten.

Sessel – Reisebüro – keine Diskussion, kein Dialog mit sich selbst. Das würde eh nichts bringen. In Karla ist niemand zugegen, der ihr antworten könnte.

Dann ist Karla geflogen und kam irgendwann an. Der Stahlvogel ist dort gelandet, wo nicht mal echte Vögel gerne leben mögen. Die ersten Tage in der Hitze haben Karla fertiggemacht. Sie war so müde wie selten zuvor. Drei Tage lag sie auf einem Bett in diesem schlecht klimatisierten Hotelzimmer und trank lediglich Wasser oder kotzte Nahrungsreste aus Deutschland in den Abfluss, der keiner war, sondern nur ein Waschbecken.

Die Hitze, dieses Flimmern vor den Augen hätte Karla fast in die Flucht geschlagen. Urlauber oder Flüchtling? Da hatte sich ja ein schöner Gedankenkreis aufgebaut, der sich über drei Tage in Karlas Schädel drehte. Zwischendurch konnte sie dann doch ein wenig Nahrung aufnehmen. Der Hotelier war so freundlich, ihr was zu machen.

Am vierten Tag traute sich Karla auf die Straße. Es war nicht wirklich eine Straße, vielmehr hingeworfener Sand unter den Füßen derer, die keine Erwartungen mehr haben.

Karla schlich um die Hütten, festen Willens, ihre Möglichkeiten zu multiplizieren. Verloren fühlte sie sich, aber doch mit einer Kataloghoffnung der Verzweiflung gesegnet. Händler boten ihre gefälschten Uhren feil. Karla war einfach nur schwindelig und sie kaufte drei Rolex für 25 Dollar das Stück. Dann kam sie an eine Art Imbiss und tatsächlich: Es gab Coca-Cola aus eiskalten Metalldosen.

Karla bestellte sich eine und der Kellner knallte ihr 'ne Dose auf den wackeligen Holztisch. Karla trank und erkannte erstmals die trostlose Schönheit dieses nach Pisse stinkenden Landes.

»One fifty«, grummelte der Negerkellner und Karla gab ihm das Geld. Sie ließ Cola trinkend ihren Blick durch die Gegend taumeln. Der Blick bohrte sich durch Holzhütten, in die Augen von aidskranken 14-jährigen Nutten und durch die dreckigen Straßen. Die Leute hier waren alle langsam. Keine Touristen waren unterwegs, obwohl es diese Hotelabsteigen, in denen sie wohnten, an jeder Ecke gab.

Die rumlaufenden Einheimischen wirkten auf Karla wie aus Lehm gedrehte Götter. Sie sah eigentlich nur tolle Körper. Hinter einer blickdichten Sonnenbrille versteckte sie ihren dichten Blick, der die ganze Gegend zensierte. Wo Scheißhaufen von Mensch oder Tier auf der Straße lagen und ob ihrer Frischheit dampften, flog Karlas Blick schnell vorbei. Wo aber coole Boys mit Rastazöpfen Gras rauchten und dabei ihre Körper maximal erotisch inszenierten, blieb Karlas Blick haften. Karla stierte durch die Kaputtheit der Gegend und nichts änderte sich, weder die Sonne ihre enorme Bestrahlung noch die gleichbleibenden Klänge von selbst geschnitzten Krücken auf Sand.

In den nächsten Tagen saß Karla häufiger beim Colamann rum. Und schaute sich die kleinen Kiffer und die armen Kinder an. Einigen fehlten Körperteile.

Sie hatte mal vor Jahren Geld gespendet für Kinder aus Afrika mit fehlenden Körperteilen. Hubert war damals dagegen, er hätte lieber einen größeren Fernseher gehabt. Aber Karlas Herz ist weich geworden, weicher als ihr Kopf, und Dieter Thomas Heck hat so sozial und gerecht geschaut an diesem Abend.

Karla war fast immer allein. Die Ecke beim Colaverkäufer war super zum Leuteangucken. Sie starrte tagelang durch die Ödnis in die benutzten Gesichter der Menschen, die hier lebten. Sie dachte an die Sendung, die sie gesehen hatte.

Spiegel TV. Da hat die Frau, die von einem Häuptling im Zelt hergenommen wurde, auch einfach nur so dagesessen und ist irgendwann wie eine blühende Blume gepflückt worden. Es ist wohl noch Zeit bis zur Karla-Ernte, dachte Karla.

Weibliche Reize hatte sie nicht. Ihre Brüste schwitzten zusammengepresst unter ihrer weißen Bluse. Sie war die einzige Frau, die hier einen BH besaß, und trotzdem kam keiner, der ihn sehen wollte.

Karla trank Cola, Karla guckte. Das Wetter war gelb, orange und machte Karla geduldig. Zeitvergehen ist hier weniger schlimm als in deutschen Landen.

Jeden Tag kalte Cola mit abgelaufenem Verfallsdatum und Männer angucken, die in einer ganz anderen Welt verweilen, machte Karla erheblich müde. Aber Europa, speziell die Bundesrepublik Deutschland, da hat sie auch keine Lust mehr drauf. Da gibt es zu viel zu putzen, zu wenig Sonne, so viel komische Liebe, die niemand versteht.

Und Werbung, hat Karla durch Werbeabstinenz erkannt, braucht keine Sau. Aber jetzt wird Karla auch hier unzufrieden und fühlt sich in ihrer Existenz bedroht. Sie dachte ja, bei den armen Leuten liegt das verdammte Glück auf der schlecht geteerten Straße rum. Pustekuchen. Nix da. Kein Glück.

Karla ist hier ein Fremdkörper, den niemand so recht anschauen und ernst nehmen will. Karla fühlt sich selbst wie eine Dose Cola mit abgelaufenem Verfallsdatum. Sie schmeckt wahrscheinlich abgestanden, wenn jemand an ihr lecken würde. Macht aber keiner. Keiner leckt an ihr rum. Die deutsche Frau ist nicht von Interesse für das Fortbestehen der Welt.

Langsam verwelkend spürt Karla an einem weiteren Hirnbrandtag einen Blick, der den ihren mit voller Absicht kreuzt. Der Inhaber dieses Blickes, ein weißer Mann mit einer leichten Gehbehinderung, schlendert ihr entgegen. Er strahlt eine klassische Mittelmäßigkeit aus, die Karla ziemlich beruhigt. Der Mann kommt an ihren Tisch gehumpelt und fragt auf Französisch, ob sie was dagegen habe, wenn er sich setze.

Kein Stammeshäuptling und der meiste Lack ist auch schon ab, aber der Mann strahlt Sicherheit und Gelassenheit aus. Karla versteht kein Wort. Ein Kind kommt an den Tisch und hält eine Hand auf, weil es nur noch eine Hand hat. Der französische Mann verscheucht das Kind, wie man Mücken verscheucht, und das einhändige Kind geht seiner Wege.

Krumm und unfreiwillig. Ein sehr alter Gang für ein Kind, aber für diese Region eine sehr typische Fortbewegungsart.

Der Mann setzt sich zu Karla und schaut ihr direkt in die hitzegeröteten Augen. Er ist ziemlich dick und rot im Gesicht. Dann sagt er wieder was Französisches und Karla kratzt sich am Knie, weil ein Moskitoweibchen draufgepinkelt hat. Dann wird alles ganz weich, denn der Mann hat eine tolle Stimme, findet Karla und verliebt sich ein wenig, nur weil da jemand ist und sie was fragt. Karla zeigt ihre Unkenntnis der französischen Sprache durch Schulterzucken. Geh nicht weg, komischer, humpelnder, dickgesichtiger Mann, denkt sie, bleib und rede französisch, bis die Sonne ausgeht.

Der Mann sieht irgendwas im Blick der deutschen Frau, das er seltsam findet. Eine Tragik, wie nur ein Franzose sie wahrnehmen kann. Karla guckt den Mann weiter an und der bestellt zwei Cola und Karla lächelt ihr Gesicht rund.

Der Mann tut es ihr gleich und flüstert schon französische Schweinereien. Von wegen Flachlegen im Peugeot und so. Die alte Cola kommt.

Zwei Menschen sehen sich an, beide sehen scheiße aus, macht aber nichts, beide sind am Arsch der Welt. Und in dem Alter hat mensch auch einfach keine Zeit mehr für Korrekturen des Verhaltens oder des Aussehens.

Die Zeit tickt und die Kommunikation wird nicht besser, aber tiefer. Irgendwann greift der französische Mann Karlas Knie und drückt es sanft und Karla lässt die Hand dort, weil sie sich begehrt fühlt. Und wenn Hände an Frauen ihres Alters und ihrer Lebensführung gelangen, werden die da liegen gelassen. Der französische Mann streichelt Karlas Knie wie eine zärtliche Metzgerhand, die Frikadellen aus Schweinehack formt. Karla jubiliert innerlich.

Das abgewiesene Kind hat in seiner Hütte eine Pistole.

Die hat es geholt, weil es stark angepisst ist vom unfreundlichen Verhalten der europäischen Einwanderer, da es beim Erbetteln lebensnotwendiger Gaben so unüberlegt nach Hause geschickt worden ist.

Die Pistole ist das Wertvollste, was das einhändige Kind vorzuweisen hat, nicht mal das eigene Leben ist so viel wert wie eine Pistole, die wirklich schießen kann.

Im Kind trommelt ein Lied, mit einem Text wie diesem:

Der Hass über viele Jahre verinnerlicht und angestaut
Wird durch einen widerlichen, kranken Mord nicht
abgebaut
Doch der Wahnsinn hat seinen Platz in meinem Ich
Er wurde ständig unterdrückt und sah noch nie das
Tageslicht

Doch der Ausbruch ist geplant
eine Waffe ausgesucht
Die Krankheit meines Geistes
stinkt und ist verrucht
Doch ich bin der festen Überzeugung, dass mein Streben
gerechtfertigt ist
Sehe ich die Bürger, ihre Häuser
doch ich bin ständig angepisst
Menschen werden sterben
Häuser werden brennen
Durch meine Hand
Durch meinen Willen
Ihr Wichte, ihr Wichte
Ich mache euch zunichte
Ich habe heute Lust auf Streit
Ich schieße euch die Fresse breit
Wer antritt gegen meinen Zorn
Der hat den Kampf sofort verlor'n
In meinem Kopf da tobt ein Krieg
Der macht mich furchtbar aggressiv

Amok: Amok: Amok

Wenn ich dich auf der Straße seh
Glaub nicht, dass ich vorübergeh
Dann wirst du Opfer meiner Wut
Und ertrinkst in deinem Blut

Amok: Amok: Amok

Die Sonne geht langsam unter
An diesem blutigen Tag

Doch für mich ein Tag des Glücks
Ausbruch aus Gefangenschaft
Die Situation ist eskaliert
Ich hab gelacht
Ihr seid krepiert
Ihr blutet aus
Ich hatte Spaß
Die letzte Kugel für mich
Das war's
Doch der Wahnsinn hat kein Ende, kein Ende ...

Das geht in dem Kind vor, als es in seiner zittrigen, kleinen Hand die Waffe hält und sich mächtig, göttlich und für den Augenblick gemacht fühlt. Das machen Waffen mit Kindern.

Jetzt geht das Kind zum Colastand, wo es vorhin von dem französischen Mann abgewiesen worden ist. Der hat das Kind vertrieben, weil kleine dunkelhäutige Bettler ihn extrem nerven und weil er Karla kennenlernen wollte.

Das Kind legt an. Alle Passanten lassen alles passieren und ignorieren das einarmige Kind, das eine Waffe auf zwei zufriedene Europäer anlegt.

Es schießt Pistolenmunition in Menschen.

Die fangen an zu bluten und fallen um oder es fallen Teile von ihnen ab. Einfach so.

Das Kind ist außer Atem und lässt beim Anblick, den es sich zurechtgeschossen hat, die Pistole in den Sand gleiten ...

Vernichtungsgeschichten

Peter ist in einem Pub. Der Pub hat eine hölzerne Dunkelheit, die etwas Kuscheligkeit ausstrahlt. Also wenn man Verwesung für kuschelig hält. Es riecht nach Bier, Zigaretten und Männergesprächen und deren Ausdünstungen.

So dumm kommen wir nicht mehr zusammen.

Frauen sind nicht anwesend. Peter findet das schade, weil es manchmal, eigentlich sehr häufig »Befruchtung, Befruchtung« in ihm schreit, er aber nur zuhören kann, wie es in ihm schreit und er seinen Penis ins Leere kotzen lässt.

Peter ist ein sonderbarer und sympathischer Mensch und das nach eigener Einschätzung. Jetzt sitzt er hier auf einem Barhocker. Hockt rum, will eigentlich nichts außer ruhige Gelassenheit, monotone Männerdummheit, frisch gezapfte Biere aus schlecht gespülten Gläsern und langsam betrunken werden. Dabei ist dem Peter die Langsamkeit wichtig. An das Alleineausgehen hat er sich gewöhnt.

Peter passt sich dem Geruch des Pubs an. Auch das findet langsam statt, aber er merkt es. Ob das auch andere an sich merken, dass Räume von ihnen Besitz ergreifen.

Die Luft ist schwer zu atmen und in ihr liegen sowohl Gedanken der Demut als auch des Sieges. Arbeitendes Volk knallt sich hier den Feierabendrausch rein. Und unterhält sich größtenteils auf einem Niveau, auf dem mensch sich grad die Haare kämmen oder die Schuhe zubinden kann. Vielleicht ist Peter deswegen so gerne hier, weil ihn dieser Ort an seine Arbeit erinnert. Einige dieser Gäste scheinen haarscharf am Downsyndrom vorbeigeschlittert zu sein.

Sprechen und saufen können, reicht für dieses Etablissement.

Sein Leben ist manchmal eine Comedyshow ohne externe Lacher. Also es passiert etwas Witziges und nur Peter kann drüber lachen. Nur er allein, weil auch nur er allein diese Witze des Lebens überhaupt wahrzunehmen imstande ist.

Peter schaut sich um, er ist ein intensiver Beobachter. Wenn er was richtig gut kann, dann ist es Bilder, die der Tag ihm vor die Füße schmeißt, intensiv zu beobachten und zu analysieren. Er scannt mit seiner Menschenkenntnis den Wirt, der dickbäuchig und doof glotzend Bier zapft und zwischendurch selber an Gläsern nippt, die er sich zurechtgegossen hat.

Dann blickt er noch in herumstarrende, besoffene und harte Arbeitergesichter, die sich an Bieren und an ihren Worten laben. Peter kann aus seinem Blickwinkel wunderbar die ganze Szenerie rund um die Bar wahrnehmen.

Langsam, ganz langsam wird er auch betrunken und es fühlt sich gut und richtig an.

Dann betritt ein bitterer Mann die Kneipe. Ungefähr Mitte 40, schütteres, blondes Haar und ein Blick, der sich Bier oder den Tod wünscht. Oder beides. Er humpelt, stolpert, schlurft. Nichts an ihm geht richtig. Seine Beine scheinen nur zufällig an ihm dran zu sein und er scheint nicht unbedingt Herr über alle seine Körperteile zu sein. Außerdem läuft er ein wenig gebückt.

Sieht so aus, als trüge er die Gesamtschuld des Universums auf seinen schmalen Schultern. Zweiter Weltkrieg, die World-Trade-Center-Flugshow von 2001, Privatfernsehen, Big Brother, polyphone Klingeltöne – alles seine Schuld.

Der Blick ein wenig tränengetrübt. Peter weicht dem suchenden Blick des kaputten Typen aus, als dieser seinerseits den Laden scannt, um nach einem adäquaten Platz für seinen zerlumpten Körper und seine Trauervisage zu suchen. Das könnte Peters gut arrangierte Egomelancholie trüben, wenn der Reingekommene mit einer, im schlechtesten Fall noch *seiner* Geschichte rauskommen würde. Also ein Zwangsgespräch mit so einem, das muss ja heute nicht sein.

Ne, da hat Peter keine Lust drauf und guckt absichtlich auf das Poster an der Wand, auf dem sich eine Frau mit wenigen Anziehsachen räkelt, die vorne *Miss* und hinten *September* heißt. Peter findet die eingebildete Abgebildete aber doof, weil sie aussieht wie eine abgestellte Angestellte.

Diese übertrieben sexualisierte Gestalt wirkt so unecht wie diverse Mitglieder des Ensembles der *Muppet Show*. Nach Peters Ansicht könnte die Frau gerne vorne *Miss* und hinten *Geburt* heißen, das fände er passend.

Blöder, aufgeblasener Fantasiemensch, denkt Peter noch hinterher und verliert sich auf ihrem subtil geformten Arsch. Der sieht aus wie eine Skipiste und Peter stellt sich kleine Figuren im Stil der *Muppet Show* vor, die auf *Miss Geburts* Arsch Slalom fahren. Da fahren also diverse Zwerge auf einem Nacktmodelarsch Ski und Peter bekommt Lust auf weitere Biere. Der Abend lief bislang sehr gut. Nichts ist passiert, aber genau deswegen ist Peter hier.

Der Tragischblicker sucht immer noch hektisch was zum Sitzen, Trinken und Reden und meint, er ist hier aber so was von richtig in diesem Lokal der Liegengebliebenen. Und kacke noch eins, er pflanzt sich in einer mehr als unangenehmen Art auf den Barhocker neben Peter, der das erst mal scheiße findet.

Der Typ bestellt sich Bier. Ein großes. Dann sieht er Peter an und nickt ihm aufdringlich zu. Danke, du Arsch, sehr aufdringlich dein Kackgenicke, denkt sich Peter und grinst freundlich, aber distanziert zurück.

Das hält den Typen aber nicht davon ab, mit einem großen Wortschwall auf Peter einzukotzen. Er bekommt sein Bier und beginnt einen nervenaufreibenden Monolog, der sich gewaschen hat, aber ungewaschen aussieht. »Alter, lass dir erzählen«, beginnt der Abgefuckte seinen Redefluss und Peter denkt, LASS ICH NICHT, aber der Typ fährt unbeirrt fort.

»Junger Freund, ich bin vom Bau, da ist das Leben kalt und rau. *(Oh Gott, ein Poet, ein reimender Hammerschwinger. Peter steigert sich in sein Entsetzen, wirkt aber nach außen sehr ruhig und ans Kackezuhörenmüssen gewöhnt ...)* Es ist wohl gut einen Monat her, da waren wir vonne Firma aus saufen. Erst kegeln, dann fett fressen und dann saufen. Chef hat alles bezahlt, war ja auch ein gutes Jahr für ihn. Brillante Umsätze gemacht.

Gebaut wird ja immer und der Alte ist trotz seiner 62 Jahre noch gut im Geschäft und kann gut Konkurrenten kaputt machen. Jetzt mal ganz ohne Sabotage am Bau. Alles total legal bei uns.

Also wir war'n die letzten fünf: Chef, Lothar, Werner, ich und der Azubi Timo. Der ist im dritten Lehrjahr und echt fit. Maurer wie ich. Guter Junge. Mauert manch einen alten Hasen an die Wand, der Timo.

Also wir dann so raus aus der Kneipe und der Chef wurde von seiner Frau abgeholt. Die alte, aufgebrezelte Sau mal wieder ganz in ihrem Meckerelement, von wegen ekelhaft, so viel zu saufen. Wat soll'n denn die Mitarbeiter denken und so'n scheiß Besserverdienerkram halt. Chef ist aber einer von uns. Alle wissen dat. Der hat den Laden damals von seim Vadder übernommen, der weiß noch, wie sich Mörtel anne Finger anfühlt, wenne verstehst.«

Peter hat sich an das besoffene Kackgelaber bereits gewöhnt und lässt den Typen gewähren, wie der da so seine Mitteilungswut abschüttelt ...

»Also wir ausse Kneipe raus und Frau Chef im dicken Benz lädt den Alten ein unter einem unvorstellbaren Zickengezeter. Echt schlimm so nüchterne Frauen. Dann standen wir da noch zu viert und fühlten uns noch jung und gut aussehend genug, noch in ein Tanzlokal zu gehen. Wat zum Ficken absahnen, verstehste.« *Nein, keineswegs. Peter ist leicht genervt ob der Machountiefen seines Gegenübels.*

»Dann ab ins Taxi und in diesen Laden rein, wo immer diese jungen Miezen abhotten, Name vergessen.«

»*Stromhaus*«, Peter ergänzt emotionslos und trinkt.

Der Typ trinkt ebenfalls große, gierige Schlucke und macht weiter mit seinem Monolog aus desillusionierten Gefilden. »*Stromhaus* Alter, genau. Scheiß die Wand an, war dat geil. Da noch kräftig einen gehoben, nur die Weiber waren echt zu arrogant, um wirkliche Männlichkeit erfahren zu wollen. Keine wollte. Also mehr Schnaps. Keine wollte. Mehr Schnaps ging nicht. Timo fasste mal einer an den Arsch, aber die hat sofort zugeschlagen und ihren Freund rangewunken, der aber angenehm ängstlich war wegen vier gewaltbereiter Männer vom Schwerbau.

Na, also alles in allem war es nicht erfolgreich. Kein Glück bei den schönen Frauen, also massiv alkoholisiert zum S-Bahnsteig. Raus aus diesem viel zu lauten Jugendding. Auf dem Weg ist unser Werner abgeschissen. Konnte auf einmal nicht mehr seine Beine bändigen und ist voll hingeknallt und hat dann erst mal auf die Straße gekotzt. Blut und Kotze. Da is uns wat Gemeines eingefallen. Werner war ja richtig hilflos, der konnte ja gar nichts mehr und wir ham den erst mal ausgezogen. Der hat nix mehr gemerkt, der alte Werner.

Komplett nackt gemacht haben wir den Werner. Der konnte ja gar nichts mehr. Dann haben wir ihn erst mal mit der Hand sexuell erregt, obwohl keiner von uns is'n Homo, Alter, alles nur Frauenficker, kein Homo, klar.

Ja und dann haben wir den Werner irgendwo an einen Türrahmen gelehnt und da geklingelt. Und dann zu dritt hinterm Busch versteckt. Das Geschrei war natürlich groß. Nackter, besoffener Bauarbeiter nachts um halb drei mit 'ner Erektion vor der Haustür is ja auch nicht nett. Aber so sind wir, immer zu Scherzen aufgelegt.

Tja, dann haben die Anwohner aber die Bullen gerufen und Werner wurde mitgenommen, das war dann nicht mehr so lustig, aber er wusste später keinen Deut mehr von den Dingen, die wir mit ihm gemacht haben. Schweinetat oder Freundschaftsdienst? Hier wird gesprungen, junger Freund.

Also dann sind der Timo, der Lothar und ich ab zum Bahnsteig, da wollten wir ja eh hin. Werner war weg und der Abend auf seinem Höhepunkt. Wir waren voll wie die Zementsäcke. Und dann saß da dieser Neger auf 'ner Bank rum, so'n Scheinasylant. Verstehste, einer, der Deutschland am Verarschen is'. Der hat uns blöd angelabert und dann haben wir ihm mal gezeigt, was ein rechter Haken ist.

Der ist gar nicht mehr aufgestanden. Kaputt geprügelt ham wir den. Wat labert der uns auch voll? In unserem Zustand. Und am Ende sah der aus wie tot, war der aber nicht, so Neger sind doch stabil am Kopp. Wir ham uns trotzdem erschrocken, als der nicht mehr aufstand. Der Timo hat dem Schwarzen 'nen dicken Stein übern Kopf gezogen. Wir sind dann weggerannt. Der Neger war nicht tot. Die sind doch stabil, die Neger. Stabil sind die.«

Der Mörder saugt Bierschaum aus dem unteren Drittel seines Glases. Peter ordnet Gedanken in sich. Die meisten haben mit Flucht zu tun. Einige mit Gewalt. Ein winziger mit Sex. Peter denkt und sieht den Mörder an, wie er mit leicht zitternden Händen ein Bierglas umklammert.

Der Blick ist undurchdringbar. Bereut er seine Tat oder will er sich damit rühmen? Das bleibt undurchsichtig wie eine beschlagene Glasscheibe.

Der Typ trinkt weiter und Peter hat von dieser Scheiße in der Zeitung gelesen und weiß, dass ein Mörder vor ihm sitzt.

Der Mörder bestellt zwei große Bier und stellt Peter eins hin. Peter sieht dem Mörder direkt in seine Baufresse, in die schon viel Regen gehagelt ist. Soll der Typ ihm jetzt leidtun oder soll er ihn verachten?

Peter kann sich nicht entscheiden. Er stößt mit dem Mörder an, muss dann aber mal los, sagt er, nachdem er das Gastgeschenkbier drin hat. Zahlt dann, der Peter, und muss schnellstens auf die Straße.

Draußen geht er noch ein wenig durch die Nacht und denkt an Opfer, Täter, Justiz, Asylpolitik und Nazischeiße.
Und wie nah alles an allem ist und wohnt.

Er kommt zu Hause rein und fühlt sich aufgrund seines Halbwissens wieder ein wenig auf der Flucht. Wohin mit dem Denken, wenn es keine Richtung hat?
Woher eine Richtung, wenn das Denken kollabiert? Kurzdenken und da ist eine Grundmüdigkeit in Peter, die ihn ins Schlafzimmer begleitet.
Ohne Zähneputzen. Schlaf.

Peter schläft trotz Gedankenwüsten in seinem Kopf sehr gut, schnell getrunkene Biere lassen einen gesunden Schlaf aufblitzen und erhalten diesen stabil. Es ist diese Kategorie »traumloser Tiefschlaf«, von dem mensch am Ende einer Nacht nur noch weiß, dass er stattgefunden hat.

Anderntags hat Peter Spätdienst. Die Masse behinderter Mensch ist wie immer in Bestform. Peter reguliert prima den Alltag, nur die Praktikantin ist irgendwie komisch heute. Silvia ist grad 21, ein Hippiemädchen mit lustigen Augen, die aber heute nicht glänzen wollen.
Peter spekuliert auf Liebeskummer und will aufgrund seiner sozialen Kompetenzüberschätzung auch das noch regulieren. Er bietet Silvia eine Zigarettenpause an und die beiden sitzen irgendwann auf der kalten Terrasse des Wohnbungalows und zünden sich gegenseitig Filterzigaretten an.
Peter bemerkt Silvias aufrechte und echte Schönheit. Sie scheint keine von diesen zu sein, die nur doof sind. Nein, Silvia ist eine andere und heute ausnahmsweise tieftraurig.

»Erzähl, was los ist«, bietet Peter Qualm einsaugend an.

Silvia beginnt ein Schluchzen und die Liebeskummertheorie festigt sich in Peter, bestätigt sich aber dann doch nicht. »Meine Katze ist tot. Mein Scheißnachbar. Der hat sie umgelegt. Lava war immer wild und hat immer Nachbars Garten vollgeschissen und umgegraben. Junges Tier eben auf der Suche nach Erfahrung oder Nahrung oder Spielmöglichkeiten. Der Nachbar hat mir öfter mal gesagt, ich solle Lava einsperren, weil er sich was auf seinen Kackgarten einbildet.

Der Typ meinte immer, er hätte so tolle und einzigartige Pflanzen und alte Gemüsesorten in seinem unaufgeräumten Garten. Aber Lava konnte ich nicht einsperren. Sie ist immer wieder durch Fensterschlitze oder Briefkästen entkommen und hat dann täglich diesen tollen Nachbargarten heimgesucht.« Silvia lächelt und gleichzeitig schieben sich kleine Silbertränen durch ihre Augäpfel, die jetzt unbedingt geweint gehören.

Ihre Schönheit ist mit nichts zu vergleichen, was Peter kennt. Silvia leuchtet. Die Natürlichkeit der Praktikantin macht in ihm ein emotionales Fass auf. Silvia erzählt weiter, raucht noch eine und die Tränenflut kommt durch einen Kanal in die Wirklichkeit geflossen.

Ein kleiner, nassklarer Salzbach fließt da ein rundes Mädchengesicht hinab. »Dann bin ich gestern raus in den Garten und Lava trieb tot in unserem Gartenteich rum. Blutend. An einen Baum war sein Fell drangenagelt, daneben ein Schild mit der Aufschrift: BIN KURZ SCHWIMMEN, GLEICH ZURÜCK.

Ist doch klar, wer das getan hat. Der Scheißnachbar hat meine Katze geschält und sich noch einen Witz erlaubt, der ja gar nicht mehr geht.« Silvias Tränenfluss steigert sich. Schluchzt, heult, ihr Oberkörper sucht einen Halt, den Silvia in sich selbst nicht findet.

Die letzten Worte nur noch gesprochen unter einem unterdrückten Trauerwutausbruch. Silvia kriecht in Peters Arme. Peter streicht ihr über die ungekämmte Frisur. Wie gesagt, ein Hippiemädchen heult sich in seiner Gegenwart die Augen nass.

Peter sagt nichts und versucht, etwas Ruhe in seine Streichelbewegungen einzubauen. Silvia verliert ihre Leuchtkraft nicht, auch nicht durch ihre massive Trauer, die sie zu einer gebückten, tragischen Figur werden ließ. Silvia umklammert Peters Oberarme, dann schluchzt sie noch einmal tief und distanziert sich wieder von ihm. »Danke fürs Zuhören«, lächelt Silvia.

»Kein Ding«, Peter lächelt bewusst gönnerhaft, »jederzeit gern, zuhören kann ich echt gut.« Peter versucht, damit seine Einsamkeit zu beschreiben. Außerdem, und das macht ihm ein wenig Sorgen, findet er die Katzengeschichte zum Schreien komisch. Er stellt sich dieses angenagelte Katzenfell vor und in ihm grinst so einiges.

»Komm, lass uns reingehen«, rettet Silvia für sich die nunmehr peinliche Situation des Vollschweigens, »ich glaub, der Kevin hat sich vollgemacht.«

»Eingekotet«, sagt Peter, um bei Silvia einen Fachwortschatz zu etablieren. Die verdreht aber nur die Augen. Die schönen Augen drehen sich im Kopf. Und Peter fragt sich, ob sein Trost unvollständig war. Die beiden gehen rein und es weht der Duft von frischen Menschenexkrementen.

Nach dem Dienst ist Peter wieder in seiner Punkrockhöhle und verkriecht sich da unter guter Musik. Wie viele geile Arten gibt es eigentlich, eine Katze zu töten?

Eine sehr abgefahrene hat Peter heute gehört. Er holt sich ein Bier aus dem Kühlschrank und anschließend einen runter. Dazu reflektiert Gitarrenmusik an seinen Wänden. Suicidal Tendencies. Wunderbare Musik aus den frühen Neunzigerjahren. Das Album heißt *The Art of Rebellion*, doch genau diese Kunst hat Peter verlernt, aber er will sie zurück diese verdorbenen Gefühle.

Mike Muir singt in dafür vorgesehener Hymnenhaftigkeit dieses Lied. Die Kunst des Rebellierens gegen das Ungute ist noch da, merkt der Peter, als er den Mike singen hört, und wagt einige Tanzschritte auf dem Holzparkettboden seiner Mietwohnung. Für den Anfang ist die Musik ja da und die sagt ausdrucksstark zusammenfassend:

> »Ah, damn, we got a lot of stupid people
> doing a lot of stupid things
> thinking a lot of stupid thoughts
> and if you want to see one
> just look in the mirror ...«
>
> Suicidal Tendencies – Gotta kill Captain Stupid

Manchmal ist Peter das Opfer von seltsamen Geschichten, die sich wie Regen mit ihm vermischen. Er fühlt sich so weich gespült, so biologisch verwertet, gar kompostiert.

Aber da ist auch Glück.

Peter ist glücklich. Die Platte ist geil. Melodie und Botschaft dringen in sein Gewissen. Es ist die Art von Mindfuck, die Peter braucht. Im Rückzug geborgen, aber immer der Rebellion Untertan. Schläfer. Die Kunst erwacht durch dieses Stück Musik, denn ein Commander Doofmann schlummert doch in jedem und den muss mensch erst mal erkennen und totschlagen.

Peter ist auf einem guten Weg.

Dem Weg nach innen.

... aus der Serie:
**Das Leben hat keine Helden, nur Gesichter,
die aussehen wie Sitzorgane**
heute die Doppelfolge ...

Im Schauspielhaus der Andersartigkeit

und

Im Institut der Leere

Im Schauspielhaus
der Andersartigkeit

Man hat es als Mensch, der einem gewissen, von der Allgemeinheit eingeforderten Ideal nicht entspricht, wirklich schwer, in so was wie der Gesellschaft von heute Fuß zu fassen. Einfach nur da sein und irgendwie aussehen reicht halt nicht.

Das weiß auch Sonja und sie hat alles satter als satt. Diese Sauberkeit, diese Sicherheit, alles hat sie satt. Ginge das Leben doch schon endlich los. Würde sie endlich mal beschossen werden vom Lächeln anderer Leute, es wäre ein Schritt, der ihr sagen würde: Das Leben ist zwar das Leben, aber auch das Leben.

Sonja war auf dem Weg ins Theater, als ihr auffiel, dass sie auffällt ihrer Unangepasstheit wegen. Aber unglücklich ist sie nicht mehr, denn sie empfindet Besonderheit bezüglich ihrer eigenen Person.

Sie ist nicht wie ein Großteil derer, die sonst noch wandern. Sie hat weder Auto noch Bausparvertrag, noch will sie irgendwen ehelichen oder ihre Arbeitskraft irgendwem zur Verfügung stellen.

Nein. Nicht die Sonja, die ist so oberspeziell drauf, die geht einfach mal so an einem Donnerstagabend, an dem andere Menschen in Clubs, Kinos und großen Betten verschwinden, in ein Theater.

Und leider kommen die Menschen, die in Clubs, Kinos und große Betten verschwinden, auch immer wieder da raus. Gut, wenn das nicht so wäre, mehr Gemütlichkeit für alle.

Na ja, wer Böses denkt, soll endlich ins Theater gehen.

Der Vorhang fällt. Die Schauspieler kassieren ihre Gage und verpissen sich durch Hinterausgänge. Scheiß Kleinkunstpack. Es weht eine Pausenmusik, die den Zuschauern suggeriert: Jetzt ist es wirklich vorbei mit der grotesken Unterhaltungssache.

Die Musik ist extrem unaufdringlich. Etwas zu klassisch, etwas zu dreist und etwas zu leise. Die ukrainische Putzfrau steht schon in den Startlöchern, um die nicht runtergeschluckten, sondern am Sitz platt gewalzten Kaugummis zu lösen. Das geht am besten, solange die noch frisch sind.

Leute stehen auf und ziehen sich tolle Mäntel von H&M an und fühlen sich autonom. Die Mäntel hängen alle in der Garderobe rum und sehen alle gleich aus.

Die Menschen haben dafür Geld bezahlt, dass auf ihre Mäntel von Garderobenmädchen aufgepasst wurde. Außerdem fühlen sie sich kulturell involviert, denn Theater ist doch was Radikales, oder?

Oh ja, natürlich, radikal bis ins Mark, radikal verplant, desorientiert und verirrt in abstruser Sinnlosigkeit. So ist doch das Theater heute, wenn es nicht dichtgemacht werden will.

Und das will es nicht, also spielt sich auf seinen Bühnen fernsehähnlicher Mist ab. Radikalität wird immer mehr vermieden. Schön glatt und nur nach außen rebellisch, weil einen gewissen Ruf hat man als Theater ja zu verlieren.

Kommt man rein ins Gewandhaus, wird überall aus jedem Winkelauge gemahnt und gewarnt und Revolutionen werden geplant, doch die Stille nach dem Applaus ist die eigentliche Richtung.

Nie brennen Autos nach Vorführungen, nie werden den Banken die Fensterscheiben mit den Kreditplanungsvorschlägen dahinter eingeworfen, nie wird die Bühne gestürmt und Stücke vom Volk beantwortet.

Nie, aber Theater ist was Radikales. Der H&M-Mantel tauscht die innere Kälte gegen äußere Wärme und Zuversicht.

Ach das Stück, das Stück, das war eigentlich egal, Theater ist doch was Radikales. Hat sich hier wer mit Absicht erbrochen heute? Leider niemand ... Geklatscht wurde, nicht zu lang.

Es lebe das Mittelmaß des Mittelstandes.

Garderobenmädchen ist ein Scheißjob. Blöde Arbeitszeiten, kaum Trinkgeld und nur von stinkenden Textilien umgeben und immer diese Blicke, diese ergriffenen Versteherblicke, wenn Menschen aus Theatern rollen und ihr RICHTIGSEIN zelebrieren. Die geben dann Nummern ab und das Garderobenmädchen muss dann das dazugehörende Textilteil herpuzzeln. Ein Spiel, das niemand versteht, aber jeder spielt mit.

Die Aufbruchsstimmung gehört der Allgemeinheit. Ein Schlendern ist das hier, unglaublich, was hier geschlendert wird.

Ein Strömen.

Menschengequetsche durch rot beteppichte Flure Richtung Toiletten, Cafés oder zu Bushaltestellen.

Das Theater, das Gewandhaus, dieses alte Haus mit der Kunst, die ganz, ganz innen liegt. Dieses Haus wird nun leergemenscht.

Alle raus.

Nichts bleibt, nur ein gewisser Schein. Die gebildete Masse Mensch plätschert durch Glasdrehtüren ins Freie. Zellen laufen hier haufenweise Amok. Pseudoverständnis in vielen Gesichtern.

Und ein Gemurmel geht hier durch die Leute. Ein Sagen und auch ein Nichtsagen. Zaghafte Eleganz trifft auf pseudointellektuelle Mittelklasse und jeder weiß, wovon gesprochen werden sollte. Ein Chor aus Stimmen und schrillem und leisem Gelächter, Gehuste, zartem Gefurze, penetrantem Geräuspere und klingenden Gläsern.
Die Premiere ist vorbei und keiner weiß mehr.

Und kulturelles Sprechen ist auch dabei. Unterhaltungen über alles. Die Kunst wird draußen, abseits von ihrem Stattfindungsort, nochmal kleingehackt. Da ist von »Szenenbildern aus rot geschmücktem Wahnsinn« die Rede und solche Phrasen werden beantwortet mit: »Darstellerinnen vom Babystrich sind zumindest die, die noch mit Leidenschaft spielen.«
Alles in allem redet man an der Eigentlichkeit vorbei, übt sich in Phrasendrescherei und verlässt glücklich über den Zustand, Kultur *mitgenommen* zu haben, den Platz der Geschehnisse. Dann nimmt man morgen nochmal den Goethe mit oder den Beethoven oder sonst wen. Tiefe will da keiner mehr, aber mitnehmen wollen alle. Das Mitnehmen von vielerlei lässt ja auch überhaupt keine Tiefe mehr zu. Nein, die Menge des Kulturinputs macht die Köpfe eher kaputt.

Draußen flackern Feuerzeuge und es wird geraucht. Drinnen ist das verboten. Wegen der Rauchmelder und wegen der Nichtraucher. Die Unterhaltungen gehen weiter und die sich Unterhaltenden nach Hause.

In ihre Luftschutzbunker, in ihren durchgefickten Sicherheitsuterus. Diese Leute gehen langsam mit voller Absicht. Sie sind die liberale Blockade für die, die Weiterkommen wollen.

Die Penner schlendern. Sie schleichen förmlich, gehen diese nervös machenden Kleinschritte. Nur kleine Geister machen kleine Schritte. Manche bleiben sogar nach einigen Metern wieder stehen, um sich zu vergewissern, ob sie noch lebendig sind. Atmen allein reicht einfach nicht mehr aus, um Leben zu fühlen. Stehen bleiben und Luft angucken und die Nacht gutfinden.

Ein hässliches Mädchen ist die Sonja augenscheinlich und sie ist nach der Vorstellung sitzen geblieben. Einfach so. Für sie und ihre Hässlichkeit gibt es keinen Grund aufzustehen. Niemand wartet irgendwo.

Sie ist jung und unglücklich, weil nicht schön. Ihre Augen zu nah aneinander, eine Nase, lang und krumm, ein Kopf in der Form eines Medizinballs, schiefe, ungleich lange Beine, kaum Busen, nur 1,53 m groß und ganz dumme Haare, die man nicht kämmen kann. Sie bleibt sitzen und die osteuropäische Saubermachhilfe putzt um sie herum und beachtet sie dabei nicht. Wahrscheinlich hält sie das sitzende Subjekt für ein Kunstding, das man nicht berühren darf. Und sie will keinen Stress haben so wie damals die Putzfrau, die Joseph Beuys' Fettecke *gereinigt* beziehungsweise aus seiner Sicht *zerstört* hat.

Das Mädchen Sonja ist ja eine kluge Studentin und sitzt und schaut immer noch Richtung Bühne. Eigentlich sieht sie nur die fetten roten Vorhänge, die die Bühne hinter sich verstecken. Die Putzfrau ist irgendwann fertig und macht das Licht aus, sie beachtet das Mädchen nicht mehr. Keinen Ärger. Machen Job gut, bringen Geld heim. Zu Hause schreien Kind aus mangelhaft Zuversicht an Leben.

Mann? Mann tot. Weggeschossen mit Wodka oder Pistole. Tür zu und gut ist. Auf Wiedersehen.

Das Mädchen Sonja sitzt nun in der Dunkelheit des Theaters. Sie hört nur ihren Atem, der leise in sie rein- und dann auch schnell wieder rausgeht. Die Umgebung ist in sattes Schwarz getaucht. Sonja ist glücklich.

Das Alleinsein in dieser postkulturellen Stille rührt das Mädchen zu Freudentränen. Diese gleiten ganz langsam über ihre unreine Haut und bleiben an den Mundwinkeln kleben. Das Mädchen leckt sich die Tränen von den Mundwinkeln und genießt die Nacht, die salzig, nass und klar schmeckt.

Holz knackt, weil der Boden, das ganze Theater lebendig ist, und irgendwo ist ein Fenster nur halb geschlossen und Wind kommt rein. Das Mädchen grinst durch die Dunkelheit der Vollkommenheit ihres Glücks wegen. Sonjas Blicke entzerren den Raum, zaubern Endlosigkeit in ihren Kopf.

Andere Leute träumen davon, eine Nacht im Supermarkt abzuhängen, um alles mal fressen oder spielen zu können. Nicht so die Sonja. Sie wollte immer schon mal in einem frisch bespielten Theater übernachten. Ein Theater, das immer noch wie eine Hure daliegt, die noch zwischen den Beinen blutet, und der Freier hat grad die Tür zugemacht und ist auf dem Weg zu seiner Ehefrau.

Theater, du Nutte. (O-Ton Theater: Leckt mich fett, ihr Ankläger ... So scheiße bin ich gar nicht, ich muss nur richtig in Szene gesetzt werden, ich Divafundgrube ...)

Traumschlaf. Sonja bleibt sitzen. Pech nur, dass sie am nächsten Morgen so hässlich ist wie zuvor. Allerdings fühlt sie sich schöner und stärker, asynchron mit dem Realismus. Traumgeburt. Aber zunächst schläft sie einen gerechten Schlaf. Dieser Schlaf ist so gerecht, dass er eigentlich ins BGB gehört.
Schlaf der Gerechtigkeit? Schläft die Gerechtigkeit? Woher kommt eigentlich dieses beschissene Sprichwort?

Das Theater schweigt, die ganze Kunst schweigt, während das Mädchen im dicken roten Polstersitz nächtigt und einigen Träumen nachhängt.

»Ich will nie mehr so leer sein wie weißes Papier, denn meine Realität ist nicht die allgemeingültige Realität.
Ich will der Start einer Rakete in die Unendlichkeit des Weltalls sein. Ich will wahrgenommen werden wie eine Massenschlägerei in einem Jazzclub.
So wie Herzensfieber. Die Erkenntnis aber sagt mir, labert mich mit sich selbst voll, dass Denken, bloßes, großes Denken das intensive Leben verstümmelt.«
Das ist die Großartigkeit von Sonjas Gedanken.

Sie entkommt ungesehen in den frühen Stunden des nächsten Morgens und da ist ein Grinsen auf ihrem Gesicht, das sich nicht mehr zu ihrem gewöhnlichen Ausdruck umgestalten lässt. Auch nicht mit Gewalt. Denn Gewalt, das wissen wir doch alle, ist die Kapitulation des Geistes.

Im Institut der Leere

Ich will nie mehr so leer sein wie weißes Papier, denn meine Realität ist nicht die allgemeingültige Realität.

Ich will der Start einer Rakete in die Unendlichkeit des Weltalls sein. Ich will wahrgenommen werden wie eine Massenschlägerei in einem Jazzclub.

So wie Herzensfieber. Die Erkenntnis aber sagt mir, labert mich mit sich selbst voll, dass Denken, bloßes, großes Denken das intensive Leben verstümmelt. Diese Sätze denkt die unschöne Sonja beinahe täglich in dieser Reihenfolge.

Sonja ist in Gedanken, stolpert über kleine Beschränkungen ihres Geistes. Der Hirnprozess ist doch nur Chemie. Lediglich eine Abfolge von Zufällen.

Sonja sucht Struktur im Denken. Und findet nur Gedanken an die Menschen. Gedanken wie diese hier:

Wir über uns, Hals über Kopf, ich über Standard ... *Fuck art, let's kill* ... der Aufstieg des Untergangs ... have Gefühlsabitur or Bewusstseinstherapie and die!!! Weil es immer extremer wird und man blind ist und nicht erkennt, dass der Fall vom Glück ins Unglück immer tiefer wird und der Weg nach oben immer steiler ... Aus diesem Grund ... eine Beschreibung dessen, was ist, denn sicher ist das »Ist«, immer wieder ist das »Ist« sicherer als das »Ich« ...

Zirkulation. Der Winterschlaf ist vorbei. Da betäubte sich die Sonja mit allerlei Betäubungskram, legal, illegal, scheißegal. Jetzt fährt sie mit dem Fahrrad in Richtungen, wo keiner wohnt.

Regelstudenten haben regelmäßig ihre Menstruation, so auch Sonja, der ihr Frausein, ihr kleines, unbedeutendes Denkerinnendasein, schon wieder massiv auf den Sender geht. Der Sender nämlich, der eigentlich empfangen sollte.

Sonja studiert ihr Leben, lernt ihre Gehirngeschwindigkeiten einschätzen. Ist eher slow als easy. Ist eher anders als verschissen angepasst. Sonja ist Sonja mag Sonja nicht und es wird Sommer und da wartet doch ein Leben.

In den Löchern ihrer Existenz. Durchaus positiv zu beurteilen. Wieder stört ein Gehirn. Das eigene. Die Befindlichkeit geht in den Keller, gucken, was noch in der Gefriertruhe der Emotionalität ruht.

Nur sentimentale Schnitzel für extrovertierte Befindlichkeitsvegetarier. Studieren ist doch irgendwie gut, denkt Sonja, da vergeht die Zeit und das Gehirn wird im Idealfall ein wenig aktiviert und eventuell in Richtungen gelenkt, die Sonja von Sonja ablenken.

Sonst ist sie noch täglich in dieser verruchten und schimmeligen Bar tätig. Diese Bar, in der sich Menschen wegen des Alkohols und Restelebens besinnungslos machen.

Was für ein Scheißjob. Sie erinnert sich an das Mitverfolgenkönnen des Kennenlernens eines lesbischen Paares, das später am Abend sich den Kopf leerküssend und schwer fummelnd auf ihrem Tresen lag.

Und sie, die Sonja, fand an diesem Abend mal wieder alles so richtig scheiße. Schwermutempfindungen beim Erleben einiger eigener Scheiße und der Präsentation fremden, unbegreiflichen Glücks sind schon mal möglich. Menschenbeobachten macht auf Dauer doch auch keinen Sinn, wenn man selbst vergisst, wie es sich anfühlt, ein Mensch zu sein.

Es sind diese Tage voller Licht, voller Wärme, voller Frühjahrsfreude, die Sonja manchmal fertigmachen, weil sie mit so viel Glück auf einmal einfach nicht umgehen kann.

Sie ist Literaturstudentin und singt dann laut beim Fahrradfahren: »I'll shit on you and your fucking life ... fuck that shit, fuck that shit. FUCK!!! THAT!!! SHIT!!!« Und könnte sie ihr Leben von außen betrachten, dann würde sie wahrscheinlich auf ihre neuen weißen Adidasschuhe kotzen und sich von dieser Welt wünschen.

In ihr ist immer irgendwas aus Metzgereialltag und Grindcorekonzert zugegen. Glücklichsein ist so fremd für sie, so wie indische Gewürze fremd sind. Sie schmecken gut, aber wenn der Magen sie nicht kennt, der gewöhnliche mitteleuropäische Magen, dann lehnt er sie erst mal ab und kennzeichnet das durch Schmerz oder Druckgefühl. Vielleicht sogar Durchfall.

Vielleicht steht Sonja das Glücklichsein einfach nicht, so wie ihr Baumwollhemden nicht stehen oder Sandalen, denn sie hat keine schönen Füße und Baumwollhemden sehen ja auch an fast jedem doof aus.

Sie als Inhaberin eines Hochleistungsabiturs und als Nichtvermeiderin reflexiver Denkprozesse findet sich auch gern mal rauchend unter alten Bäumen wieder mit Gedanken wie diesen: »Ich bin nicht glücklich, warum bin ich nicht glücklich? Was ist Glück. Ich bin nicht glücklich, weil ich es dann nur mir gönne und erkenne, wie klein alle sind, die so tun, als ginge es ihnen gut, weil es doch niemandem gutgeht, weil das Glücklichsein nur ich genau in diesem Moment verdient habe, und dann bin ich lieber ein Schattenmädchen, das leise, in kaum hörbarer Sanftheit flüstert: Wie komme ich hier wieder raus? Raus aus diesem Pseudozustand.«

Das denkt die Sonja auf der Flucht. Sie ist ständig vor irgendetwas auf der Flucht, deswegen ist ihr Leben manchmal zu schnell.

Sonja ist kompliziert. Deswegen ist sie allein, mag auch das Alleinsein, denn sie hat schon mal herausgefunden, dass es nicht an weiteren Personen liegt, dass das Glück an einem kleben bleibt wie ausgespuckte Kaugummis, auf die man einen Turnschuh setzt.

Nein, das Glück ist menschenunabhängig.

Sonja fährt langsam und unentspannt Fahrrad durch den Frühling, singt ihr selbst gemachtes Fuck-that-shit-Lied und die Bäume gleiten langsam vorbei. Baum für Baum ein Monument aus Natürlichkeit.

Das ist die Welt, denkt die Sonja, mehr denkt sie nicht mehr, denn da vorne ist die Uni und da ist Denken verboten, weiß Sonja. Also Kopf auf »OFF«, besser so. Leicht angedrogt tun, machen alle. An guten Tagen auf »STAND BY« und dann in die destruktive Unauffälligkeit eintauchen, die der bildungsverseuchte Campus zu bieten hat. Das ist die Revolte der Jugend, ist sie nicht, könnte sie sein, aber ist sie eben nicht. Wo ist denn die Jugend?

Sonja sieht nur Zufallsgesichter unter Designerfrisuren. Niemand guckt bestimmt. Was Augen erkennen müssen und an Gehirne weiterleiten müssen, ist manchmal nicht mehr als eine vergessene Nachgeburt, die man Mischlingswelpen zum Fraß vorwirft oder manchmal süßen Ferkelgestalten. *Die* sollen leben. Nicht diese Leute hier, sondern die Ferkel, denen man Essen hinwirft aus dem Anlass des Zuvielbesitzens an Essen.

Eat people not animals.

Sonjas Uniperversitätstag hat einen Anfang. Ihr Blick ein Scanner, besser erst mal einscannen die verdammte Umgebung und dann dem Gehirn zur Verwertung schicken, das dann wiederum 90 Prozent des Gesehenen für Unbrauchbar erklärt, weil es für diese Informationen einfach keine Empfänglichkeit gibt. Leider auch keine Empfängnisverhütung.

Sonja guckt. Durchaus neutral. Sie parkt ihr Fahrrad unter den Fahrradständer und muss sich sofort um Menschen kümmern. Vor ihrem Antlitz wabert das schreckliche Volk der deutschen Universitätslandschaft.

Uniperversitäten allerorten. Sonja riskiert Blicke. Sieht Kurt-Krömer-Brillen, sieht aus den Resten von amerikanischen Leichensäcken gefertigte Umhängetaschen, die diagonal und unpraktisch an Körpern, die keine sind, baumeln und die Gegenstände beherbergen, die Kreativität und Businessorientierung vortäuschen sollen.

Hosen sieht die Sonja, die entweder viel zu eng oder viel zu weit sind und die Träger aussehen lassen, als herrsche in der Hose Atemnot oder als suche man noch einen Mitbewohner für das andere Hosenbein.

Alles Extremisten aus der Mitte des Planeten, denkt Sonja und sieht weiterhin T-Shirts von unbekannten Emokapellen. Je unbekannter, desto Fragen stellender denkt da der Träger ...

Schuhe sieht die Sonja, Schuhe, die so politisch korrekt sind, wie ihre Träger gern sein würden. Schuhe, die dem Kapitalismus in den Arsch treten wollen und ein Vermögen kosten. Schuhe aus der Haut von Hunden außerdem, schön von kleinen Indern in heimeliger Näharbeit hergestellt.

Frisuren sieht die Sonja, Haardesign, das so räudig daherkommt wie selbst gebastelt, das aber vor jedem Ding mit Spiegelfunktion erst mal wieder in Form gebracht werden muss. Schön asymmetrisch die Frisuren so wie Zufallsschnitte, so unabsichtlich wirkend, aber immer gleich geformt.

An solchen Menschen geht die Sonja vorbei, grüßt einige, andere grüßen sie. Ach, das Leben auf dem Campus, das Studieren, Sichverirren, das In-geheimnisvolle-Augen-blicken-und-doch-nur-enttäuscht-Werden, all das geht hier am Stock und ohne Würde ab.

Sonja führt einige Smalltalkunterhaltungen mit Menschen, die etwas wie sie studieren. Man unterhält sich über Fachseminare und Klausuren, über den Arbeitsmarkt und was der hergibt oder auch verweigert.

Sonja hat Meinungen und behält diese für sich. Sie schwimmt in diesem Pool aus scheinbar sinnvollem Unsinn und denkt sich immer anders. Sonja denkt die Dinge, die sie persönlich angehen. Andere Stimmen stören da nur. In ihrem Kopf bricht hin und wieder eine schizophrene Hölle aus, ein Chor aus Stimmen, die alle zu ihr gehören, und warum geht sie dann noch studieren, wie anders wäre ein Leben, das nur aus dem Zuhören eben jener Stimmen bestünde.

Eine Art Mittagspause hat die Sonja auch, nachdem sie zwei Vorlesungen besucht hat. Eine hatte das Thema »Interne Toleranz und externe Intoleranz am Beispiel deutscher Popmusik« und die andere »Zwangsgesetze der Konkurrenz in der politischen Ökonomie«.

Weil den blauen, fast wolkenlosen Himmel ständig Sonnenstrahlen durchstreichen, kann die Sonja draußen bleiben und sich unter einen Baum in der Nähe des Campus setzen. Dort schwingt sie ihre Tasche mit den Studierutensilien von sich und lässt sich in einen Schattenplatz sinken, der gut riecht und einladend dunkel ist. Das Gras ist noch leicht feucht, aber das ist nicht so wichtig. Die Abgeschiedenheit vom Rest ist wichtiger. Sonja beobachtet das Schaulaufen der verpeilten Modeopfer und verliert sich erneut in Gedachtem.

»Ich frage mich, ob die Depression nicht die wahre Erfüllung allen Seins ist, der Grundstein des sozialen Lebens, oder ob ich einfach asozial geboren wurde und das Leben in ständiger Trauer und Zweifel mein einziger Weg ist, irgendwie in diese Welt zu passen und nicht verlorenzugehen«, so schallt es in Sonjas Kopf in einer tanzenden Endlosschleife.

Und weiter schwingt da im Subtext mit: »Was noch zu erfinden wäre: Ein Aus-der-Haut-Schlüpfer und vielleicht ist es deshalb ganz gut, wenn ich mich mal essen lasse von so einem noch viel kränkeren Kannibalen, der mich erst häutet, bevor er mich in den Topf wirft, und ich nehme mir vor, ihn vorher zu fragen, was denn am besten schmeckt. Herz, Lunge, Leber oder doch das Rückenmark.«

Sonja ist nicht entsetzt von sich, sondern erkennt plötzlich ihr Leben vor ihren Augen in einer bislang unerkannten Deutlichkeit.

Als Sonja dann abends ihre kleine Studentenbude betritt und es stinkt, weil hier ein Mensch wohnt, der sich selbst sucht und daher nicht immer dem Mülleimer die notwendige Zuwendung geben kann, die er verlangt, geht sie zum Schreibtisch.

Sie entscheidet sich, sich der Welt dann doch noch mal mitzuteilen. Über Gedichte. Erst mal eins.

Ihre Vergangenheit war zwar auch schon geprägt vom erzählenden Wort, aber zumeist nur gelesen. Hesse, Adorno, Marx, Kant, Fromm, Fried und wie sie alle heißen. Alle haben sie Sonjas Leben reichgemacht, doch wahren Reichtum, das weiß auch Sonja, findet man nicht in Worten.

Auch die schönsten Worte können die größte Scheiße nicht geruchsneutral zaubern.

Sie schrieb schon als Kind, doch über groben Unfug gepaart mit mittelguten Wortspielen kam sie nicht hinaus. Dann hat sie aufgegeben, kreativ mit Worten zu sein, aber sie schnitt die poetische Pflanze nur an der Wurzel ab, sie rupfte das Bedürfnis nie ganz aus ihrem Bewusstsein.

Schreiben will sie, sie hat ein Mitteilungsbedürfnis, das immer stärker wird. Mitteilen. Über Worte. Zeilen, die verweilen sollen, die in Ohren klingeln sollen ... Sie dreht sich eine Zigarette und entzündet diese mit einem Streichholz. Zieht sich den Aschenbecher ran und schaut an die Wand, während sie kräftig Lungen verschmutzend inhaliert. Dann nimmt sie sich einen Kugelschreiber und einen weißen Zettel und lässt Magie flattern.

Sie weiß nicht, worüber sie schreiben soll, aber sie tut es einfach. Alles ist so einfach, denkt Sonjas Kopf und steuert ihre Hand über das Papier. Sie schreibt.

Lebensweg

Geburtskanal, durchs Blut gerauscht
Jeder Atemzug ist jetzt
Ein Schrei, bedürfnisorientiert und
Kalte Augenblicke später ist es
Der Schlag, der mich trifft
Und erniedrigt und kein »Warum«
Wird jemals beantwortet sein

Wirre Wiegenlieder verspäten sich
Und Singen ist für Ohren, nicht für
Stimmen

Eifrig wedelndes Sonnengelb
Durchquert quietschend schallendes Unschuldslachen
Emsig wuselndes Feuerrot
Kleines Auto, Kiste Sand, Burg und Wasser
Streift hoffnungsvoll kunterbunte Idealismusberge
Mutterhände halten
Vaterhände arbeiten
So bricht ein Riegel Schokolade
Die Notwendigkeit des Seins entzwei

Kummerlose Kindertage

Gedankenamok, Zuversicht
Es gilt zu vernichten, es gilt zu zerstören
Eklatant wucherndes Tannengrün
Durchbricht zaghaft zweifelnde Erkenntnistürme
Euphorisch wogendes Mitternachtsblau

Bedeckt unaufhörlich schwellende Fragebogen
Und Zeigefreudigkeit, oh Jugend, du Drecksau

Entzaubertes Erwachsenwerden
An der Schwelle zu irgendeinem Irgendetwassein
Verspielte Jugend

Böses Gedankengut in allzu freundlichen Gesichtern
Erniedrigt wimmerndes Anzuggrün
Durchtrennt mühevoll gestaltete Verbindungslinien
Entfärbt willenloses Leichenschwarz
Demaskiert wütend starkstromgespeiste
Verdrängungsmechanismen
Wir haben den Müll getrennt
jetzt sind wir allein ...

Leidvoller Lebensabend

Dann begreift man doch nur das Sterben
Das Ende holt doch jeden ein, der es
Bis dahin aushält, die Entscheidung ob
Ist wichtiger als die Entscheidung wie ...

Alles geht, wenn das ins Wissen kleine Anker wirft ...

Verfallen mit allen und allem uns umgebenden
Sind wir einander verschweißt, das Scheißleben
Und meine billige Wenigkeit, aber

Es geht, es ist: Eine Art große Sache

Ich lache ...

Nach dem Verfassen dieser Worte denkt Sonja an ihr Leben und ist eigentlich voller Zuversicht. Dieses Zeitteil aus vielen Momenten, dieses Patchworkleben ist doch lebenswert und liebenswert. Alles ist eine Art große Sache. Aber eben nur eine Sache.

Leben, weiß Sonja, funktioniert nicht mit Sachen, sondern mit Gefühlen und dem Terror der Eigenwilligkeit. Ihr Individualismus macht Wunderkerzen an und Seifenblasen tanzen virtuell durchs Zimmer. Es ist ein Glück. Es ist ein Glück. Es geht ein Glück. Wie schön.

Weiterlachen.

FUCK: THAT: SHIT

... die nicht wissen, dass sie Nasen haben

Das Zimmer ist viel zu warm. Die Heizung macht die Wangen rot und die Fliegen tot. Zwei Menschen versuchen Einheit. *Konnte ich noch nie sein,* denkt der eine Teil und *Ich habe ein Loch im Kopf, das nicht vergessen will, wo es herkommt,* denkt der andere Teil. Die Summe dieser Teile verstummt und liebt die Sekunden, in denen sie existieren.

Dass ein Leben als menschliche Summe spannend sein kann, ist für beide neu und daher umso erfreulicher. Die Wiederkehr beziehungsweise Neugeburt eines guten Gefühls.

Auf dem Tisch liegt die Bildzeitung, die gute, alte, traditionsreiche Informationsbroschüre für Leute, die gerade am Kacken sind. Ein Journal für Menschen, die beim Arbeiten frieren und beim Essen schwitzen. Sie passt so gut nach Deutschland wie Thüringer Rostbratwurst, offener Rassismus oder Bayern München. Sie offenbart auf Seite vier: »Deutschlands frechster Heiratsschwindler in Venedig«. Und darunter steht ein Statement: »Frank Ficker hat mich in der Gondel verschaukelt.« Frank Ficker war also wieder mal unterwegs.

Es ist November. Draußen weht ein Wind, der Herzen zerreißen kann. Stürmisches Aufbegehren wendet das Laub auf dem Asphalt, das tänzelnd sich in die Luft erhebt, die feuchte Draußenerde lädt zu einem Spaziergang ein, aber wer mag schon dem Ruf von Erde folgen? So gleißend geil der Sommer war, so bricht der Herbst nun herein.

Einst starke Bäume stehen kahl. Sie können nicht anders, die guten Bäume. Hätten sie keine Wurzeln, sie würden verschwinden, einfach weglaufen.

Zwei Kerzen flackern auf einer Fensterbank, positioniert mit Liebe zum wohnlichen Detail. Es riecht nach koffeinhaltigen Heißgetränken und einer billigen, zurechtgebogenen Harmonie. Schlagermusik aus irgendeinem kleinen Radio bringt eine weitere faulige Süße mit in die Atmosphäre. Ungeschickte, pseudoerotische männliche Vokalakrobatik trifft einen kaputt gehäkelten Klangteppich aus Bontempibilligkeyboards und elektronischen Trommelsamples und das alles soll Spaß machen und Fröhlichkeit in Arbeiterherzen streuen.

Wohl kaum, wohl kaum. Der Liedtext geht exakt so:

»... *ja die Liebe ist ein helles Licht,*
Das in alle Herzen scheint
Beschütz es, dass es ausgeht nicht
Und keiner hier mehr weint ...

... vermeide Leid, schenk Blumen, Kind
So wird das Leben schön und bunt
Wir wissen, wer wir heute sind
Wer liebend lebt, der lebt gesund ...

... und wenn du einmal traurig bist,
Was immer vorkommt auf der Welt,
Dann weißt du, dass da jemand ist,
Auf den du und der auf dich zählt ...«

Kitsch as Kitsch can.

Wer davon nicht zittert, hat einfach keine Gefühle. Musik in den luftleeren Raum der Wohlstandsgesellschaft.

Das Lied, so sagt der Radiomoderator, nennt sich »Liebend leben« und ist von Jacques Brast. Ein neuer Stern am Schlagerhimmel, gerät der Moderator ins Schwärmen. Ein Mann, der Watte in der Stimme hat.

Eine Wattestimme als Waffe der Romantiker. Manchmal klingt der Mann, als hätte er Komplettpackungen Abschminkpads im Mund. Gänsehaut für Gänsehautwillige und das sind die beiden Menschen vor der Radioempfangsstation. Kaffeegeruch wabert durch die gute Stube.

Beide glaubten sich oder auch den anderen verloren zu haben und jetzt ist da diese Harmonie, nicht nur im Kaffeegeruch, sondern auch im zärtlichen Leben zu zweit.

Karla und der französische Mann trinken Kaffee. Sie sind zurück aus Afrika, weil es da zu gefährlich wurde. Ein Kind hat auf sie geschossen, getroffen hat es sie sogar mit seinen bösen Dritte-Welt-Geschossen. Das einarmige Banditenkind gehörte wohl zur Achse des Bösen, mutmaßten die Opfer später.

So ein afrikanischer Terrorschützenschüler war das wohl. Karla hat es am Arm erwischt und den dicken Mann hat das Zufallsattentat ein Auge gekostet. Als das Kind sein Magazin auf das Straßencafé verschossen hatte, zögerte der Wirt desselbigen nicht lange und holte ein großes Gewehr, das er neben der Kühltruhe aufbewahrt hatte.

Das verzweifelte Kind wurde von einem mächtigen Geschoss zerrissen, das der Wirt auf es abfeuerte. Der Kinderkörper zerfloss förmlich auf der Straße, eine körperliche

Struktur war nicht mehr zu erkennen. Alte Frauen haben das später weinend weggeräumt. Sie weinten nicht wegen des Todes des Kindes, sondern aus Gewohnheit.

Der französische Mann und Karla wurden in ein altes, kaputtes Krankenhaus gebracht. Beide hatten Glück gehabt. Der Mann ein wenig mehr, denn wenn das Geschoss nur ein wenig schneller gewesen wäre, hätte er mehr als ein Auge eingebüßt. Teile des Gehirns wohl oder auch das dicke Leben. Der Rest ist Legende ...

Da sitzen die beiden und sind sich sympathisch. Reden müssen sie nicht. Sie verstehen sich ohne Worte. Sie haben eine Reihe ungeschriebener Beziehungsgesetze entwickelt.
 Beispielsweise machen sie Einkäufe zusammen, damit der französische Mann auch mal was aussuchen darf mit seinem übrig gebliebenen Auge. Er steht auf Käse und auf Wein und manchmal ist ihm nach Weißbrot und Würstchen. Seit er diese Verletzung im Kopf hat, tut auch sein linkes Bein weh, wenn es regnet. Seltsamer Zusammenhang, aber lieber nicht in den Kopf des Mannes gucken.
 Obwohl das ja durchaus möglich wäre. Durch die unbewohnte Augenhöhle hat man ja vielleicht freien Blick aufs Gehirn, denkt Karla manchmal, aber wozu sollte so ein Blick gut sein.
 Lieber den Mann blickdicht halten und weiter ein wenig verliebt sein oder so tun. Aber es schmerzt nicht, ihn anzusehen, wie er dasitzt und versucht, einzelne Wörter aus der Bildzeitung korrekt zu artikulieren.
 »... Konzlerin Merkell at gesagt ...« Was sie gesagt hat, ist eigentlich egal. Karla liebt diesen fremden Mann täglich ein wenig mehr. Und der Mann lebt einfach hier, als wäre

er ein Haustier. Er bekommt zu fressen, wird gestreichelt und wenn ihm sein Bein oder sein Kopf wehtut, wird er in Ruhe gelassen. Das sind neue und gute Gesetze und Karla spürt darin so etwas wie Zufriedenheit.

Außerdem haben sich die beiden wortlos darauf geeinigt, sich morgens zu küssen und »Guten Morgen« und »Bonjour« zu sagen.

Das klappt bislang ganz gut und die beiden sind sehr zufrieden mit sich und ihrem Leben. Geld ist auch da, immer noch von Huberts Lebensversicherung. Davon lässt es sich sehr entspannt leben. Und das tun die beiden. Auf ihre Gemüter legen sich warme Schleier und da kommt eine Ruhe von ganz innen. Bei beiden.

Für den französischen Mann ist Deutschland natürlich eine Umstellung. Einiges hier findet er seltsam, zum Beispiel das Essen und die Menschen. Aber er fühlt sich in Karlas Nähe gut aufgehoben und angenommen. Der Verlust seines Auges macht ihm manchmal Sorgen. Sonst sind seine Gedanken aber bunt und die umspannende Wärme Karlas tut ihr Übriges.

Draußen der Novemberregen und hier drin die Süße der Atmosphäre, die Karla durch Schlagermusik und Kaffee hergestellt hat. Der französische Mann versucht sich immer noch an der Bildzeitung. Er erkennt mit seinem Auge einige Bilder von Prominenten und nennt deren Namen.

»Ah, c'est Adolf Itler, non?«, flüstert er verheißungsvoll durch die Stille.

»Ja, isser«, nickt ihm Karla entgegen und nippt an ihrer Kaffeetasse. Stellt die dann weg, die Tasse, und nimmt die

Hand des Mannes. Der guckt überrascht über die Zeitung hinweg und fragt sich, was jetzt kommt, und in Karla wird es ruhig, auffällig leise und bewusst und sie sagt deutlich und leise und maximal ehrlich: »Merci ...«

Der Mann weiß wofür und greift sich Karlas Hand. Die alte Hausfrauenhand in der Hand des dicken Franzosen. Der Hand geht es sehr gut da und der Mann vergisst die Schmerzen im linken Bein. Die beiden küssen sich wie zwei Menschen, die nicht wissen, dass sie Nasen haben.

Der Mann fasst Karlas Gesicht an und kneift sie in die Wange. Ganz leicht, aber die Hautfalten im Frauengesicht bleiben einen Moment lang so stehen, wie der Mann sie mit seinen Fingerspitzen geformt hat. Dann fällt das Gewebe wieder herab und es schwebt ein Hauch Liebe durch die Heizungsrohre, die vor Freude gluckern.

Die nicht wissen, dass sie Nasen haben, streicheln sich und haben extrem gute Gefühle miteinander. Sie halten sich an den Händen und machen sich mit ihren groben Fingern Muster in die Haut des anderen. Zärtlichkeiten fliegen durch die Luft zwischen ihnen und da ist eine Güte, die mensch am allerbesten mit geschlossenen Augen wahrnehmen kann. Also schließen die beiden die Augen und lassen Liebe zu.

Oder das, was sie dafür halten.

Es ist eine Ruhe im Haus, die Ruhe der mild gestimmten, irgendwie Gealterten. Menschen, die wissen, was sie nicht wollen, sitzen da und lassen sich gefallen, was sie eventuell wollen. Wille ist eh viel zu abstrakt, um sich in Menschen einzuverleiben.

Deswegen ist hier eine Ruhe.

Gute Nacht allerseits ...

Entzauberung der Kunst

»*Du hattest ein Bild vom Leben in dir, einen Glauben,
eine Forderung, du warst zu Taten, Leiden und Opfern bereit –
und dann merktest du allmählich, dass die Welt gar keine
Taten und Opfer von dir verlangt, dass das Leben keine
heroische Dichtung ist, mit Heldenrollen und dergleichen,
sondern eine bürgerliche gute Stube, wo man mit
Essen und Trinken, Kaffee und Strickstrumpf, Tarockspiel
und Radiomusik vollkommen zufrieden ist.*«

Hermann Hesse – Der Steppenwolf

Zauberhaftes Werk, nicht wahr, liebe Garry-Plotter-Freunde? Die Guten haben überlebt und Liebe gefunden, die Bösen sind im Feuerreigen umgekommen und wegen diverser Explosionen zu einem Klumpen Asche zerborsten.

Gottes Gnade über allem und gemeinsam singen wir ein Lied. »All we need is love.« Trompete.

Danke, Beatles.

Und dann kommen Sie hier rein und stellen hier ungefragt aufregende Fragen. Stand etwa auf dem Buchdeckel »Die Pressekonferenz«? Ich kann auch »*Auf-die-Fresse-Korrespondenz*«.

Mach ich aber nicht, war grad in der Maniküre.

Ich bin nicht dekadent. Nein, bin ich nicht.

Bloß weil ich wollte, dass mein Buch aus Tropenholzpapier gemacht werden sollte mit einem schönen weißen Eisbärenfelleinband? Nur weil ich mich nicht als böser Mensch beschimpfen lasse, weil ich Schuhe aus Robbenkinderhaut trage und eine Mütze aus dem Elfenbein indischer Elefanten?

Bloß weil mein Auto nicht von mir selbst gefahren wird, sondern von einem, der es wirklich kann? Nur weil ich meine Praktikantinnen nach dem Lächeln und nicht nach so was wie IQ, Schulabschluss oder sonstigem gängigen Bewertungsscheiß aussuche? Das ist doch nicht zu viel verlangt für einen Dichter meines Standes. Und jetzt kommen Sie hier rein und finden das dekadent. Und dann noch Schlimmeres, Sie finden mich jetzt auch noch sexistisch und gewaltverherrlichend nach der Lektüre dieses Buches?

Ja, da muss ich mir mal Gedanken drüber machen, stimmt.

Dramatische Denkpause ...

Okay, ich bin nicht sexistisch. Und schon gar nicht gewaltverherrlichend. Ich mache Bilder, verstehen Sie? Nein, verstehen Sie nicht?

Ich fotografiere die Realität.

Aha.

Und ein Foto der Realität ist Kunst, verstehen Sie, Sie Unfug?

Ich mache Kunst und Sie machen nur Schwierigkeiten. Aber Sie fragen immer weiter nach Inhalten und gut, ich nehme mir Zeit für das Beantworten Ihrer Bedürfnisse ...

Ich wurde schon von verschiedenen Stellen gebeten zu erklären, warum ein solches Buch aus meinem Kopf in die Welt gleiten soll. Von Würdenträgern, Moralaposteln, Linksintellektuellen, Musikern mit gutem Willen, von Freunden, Regierungsmitgliedern, Kleinkindern und Bundeswehrsoldaten.

Ich muss leider verständnislos reagieren auf diese Anfragen. Ich habe dafür keine Erklärung. Ich habe es einfach gemacht, weil dies Gedanken waren, die mich beschäftigt haben.

Snuff, Elternhäuser, zerbrochene Existenzen mit zertanzten Leben, Sex auf Wegen, wo man ihn nicht sehen will, Menschen in Bewegung, empfangen vom Tod, die ja eine Frau ist und eigentlich wunderbar.

Das kommt vor in der Tiefe des Lebens.

Das gilt es, auszuhalten, wegzutherapieren, zu analysieren und Umgang damit zu finden. Daher laufe ich auf diesen Wegen wegen der Konfrontation mit dieser Vielfalt an denkbarer Dringlichkeit.

Kürzlich passierte Folgendes, als ich an einer roten Ampel stehend in den schillernden Verkehr starrte und vor lauter Lärm nicht denken konnte.

Da fragte mich noch eines und es war ein gutes Menschlein: »Herr Bernemann, was tun Sie nur mit Ihrer Existenz?« Es harrte, mit aufgeschnalltem Rucksack, einer bedeutungsschwangeren Antwort entgegen.

Ich hingegen entgegnete seinem Wissensdurst wahrheitsgemäß: »So viel Zeit wie eben möglich mit Nichtstun verbringen ... *Rest of it: Creating evil plans for world domination* ...« Das Menschlein guckte bescheiden und ein wenig erschrocken, da es nicht so doofe, kosmisch unaufgeregte und antiintellektuelle Sätze von mir erwartet hatte.

»The time will come ...«, habe ich dann noch gebrüllt und die Augen so verdreht, dass nur noch das Weiße darin zu sehen war. Das zarte Menschlein hat sich dann überlegt zu verschwinden und ist aber geblieben, bis meine Augen wieder ihre normale Position erreicht hatten. »Danke«, habe ich gesagt und das Menschlein in den Arm genommen und so fest gedrückt, dass es meine Liebe gespürt hat, und so sachte, dass es jederzeit hätte weglaufen können.

»Danke«, habe ich noch mal geflüstert und es ging mir gut an diesem Tag.

Ich verabschiede mich mit gutem Willen in die Therapie des Herzens und wünsche Ihnen alles Gute.

Weitermachen.